Lev
Nikolayevich
Tolstoy

与世界握手言和

［俄］列夫·托尔斯泰 | 著

张明彬 | 译

世界大师散文坊 | 精装插图版 |

江苏凤凰文艺出版社

图书在版编目（CIP）数据

与世界握手言和／（俄罗斯）列夫·托尔斯泰著；张明彬译.—南京：江苏凤凰文艺出版社，2019.5
（世界大师散文坊）
ISBN 978-7-5594-1974-3

Ⅰ.①与… Ⅱ.①列…②张… Ⅲ.①散文集－俄罗斯－近代 Ⅳ.①I512.64

中国版本图书馆CIP数据核字(2018)第088790号

与世界握手言和

（俄罗斯）列夫·托尔斯泰 著　张明彬 译

责任编辑	汪　旭
责任印制	刘　巍
出版发行	江苏凤凰文艺出版社
	南京市中央路165号，邮编：210009
网　　址	http://www.jswenyi.com
印　　刷	江苏凤凰通达印刷有限公司
开　　本	880×1230毫米 1/32
印　　张	9.25
字　　数	251千字
版　　次	2019年5月第1版 2019年5月第1次印刷
书　　号	ISBN 978-7-5594-1974-3
定　　价	42.00元

江苏凤凰文艺版图书凡印刷、装订错误可随时向承印厂调换

目 录

第一章　信仰 / 001

第二章　上帝 / 015

第三章　灵魂 / 031

第四章　人人皆有一种灵魂 / 049

第五章　爱 / 063

第六章　罪过、过错与迷信 / 081

第七章　放纵 / 095

第八章　惩罚 / 109

第九章　虚荣 / 125

第十章　伪宗教 / 139

第十一章　伪科学 / 153

第十二章　色欲 / 175

第十三章　懒惰之罪 / 189

第十四章　贪婪 / 205

第十五章　愤怒 / 219

第十六章　骄傲 / 235

第十七章　论不平等 / 247

第十八章　暴力 / 259

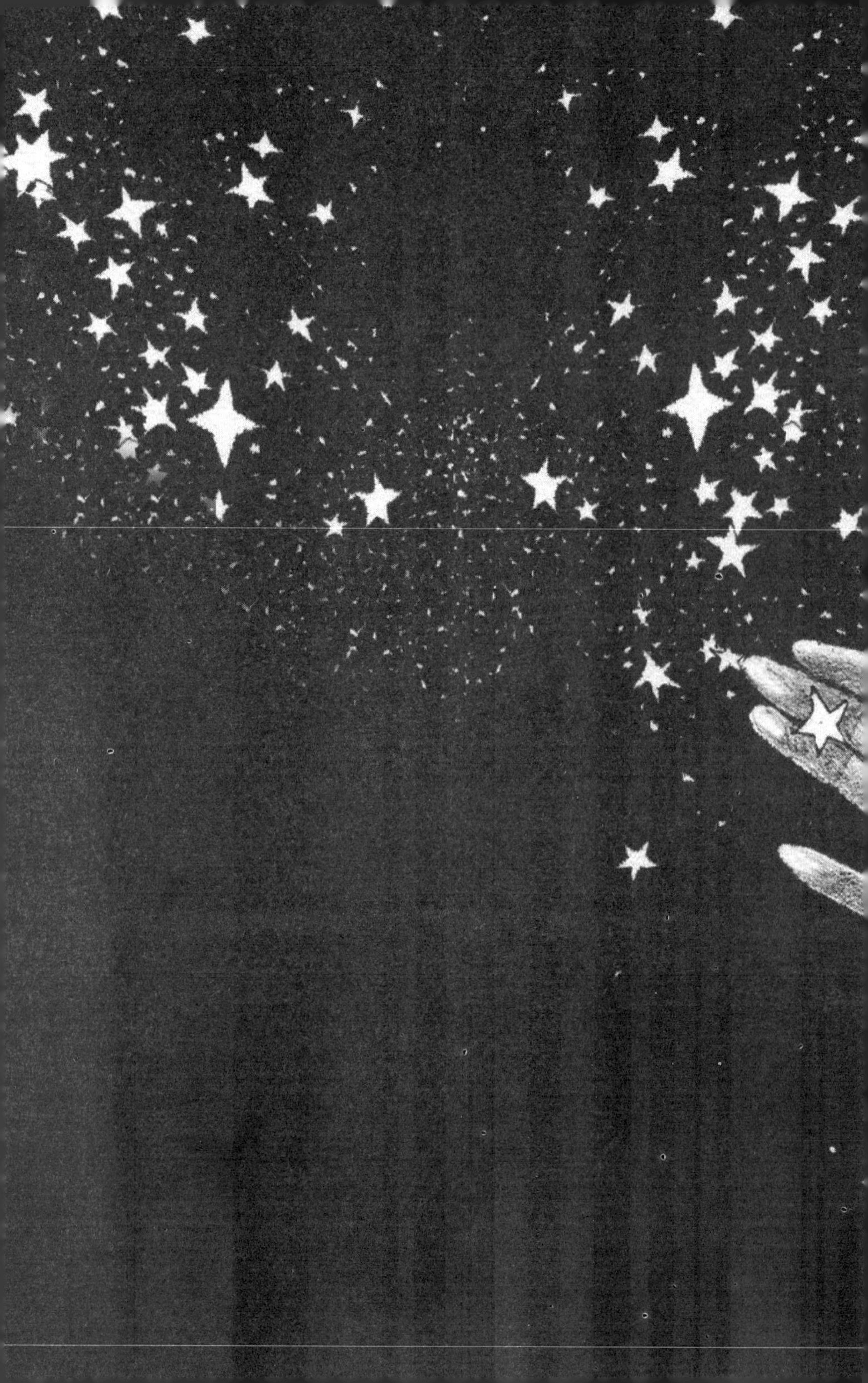

第一章 信仰

要想生活得坦坦荡荡，一个人必须懂得应该做什么，不应该做什么。要想明白这个道理，信仰不可或缺。信仰可以让人懂得如何成为真正的人，懂得生活在世上的目的是什么。因此，所有理性的人都始终坚守信仰。

一、什么才是真正的信仰？

1

要想生活得坦荡，人就需要理解什么是生活？在一生中应该做什么？不应该做什么？古今中外的圣贤教给人们这些道理。总体来说，这些教诲殊途同归。这些归结在一起、适合所有人的教义就是：什么是人生？应该如何度过一生？这才是真正的信仰。

2

无论从任何方向看，这个世界都是无限的。这是一个什么样的世界呢？我对这样一个世界的开始和结束都一无所知。我在这个无限世界中的生活是什么样的呢？我又该如何度过一生呢？

只有信仰可以回答这些问题。

3

世界上存在着两种信仰：一种信仰是相信他人所言。这样的信仰存在于某个人或一些人中。此类信仰种类繁多。还有一种信仰，是对派遣我来到人世间的上苍使者的信奉。这是对上帝的信仰，这种信仰是所有人唯一的信仰。

4

真正的宗教信仰是让人明白有一种法则高于其他所有一切人类的法则，对世界上所有人来说是唯一的法则。

5

也许世界上有许多伪宗教信仰，却只有一个真正的信仰。

——康德

6

如果你质疑自己的信仰,那么就别再信奉这个信仰了。信仰只有在你对其毫无质疑时才是真正的信仰。

二、真正的信仰清晰明了

1

有信仰的人相信启示,不去过问缘由,不去过问结果。这才是真正的信仰。它揭示我们真实的面貌,告诉我们应该做什么。但是它并没有告诉我们,如果我们按照信仰的指示去做结果会是怎样的。

如果我信奉上帝,就无须过问遵从上帝意旨行事的结果。因为我明白,上帝就是爱的化身,除了善良、爱没有什么别的结果。

2

生活的真正法则就是这么简单、清晰、易懂,因此,人们无须为自己的邪恶生活找寻借口,无须乞求生活的法则忽视这样的生活。如果有人与真实生活的法则背道而驰,那么在他们面前只有一条路可走,那就是背弃理性,而他们的确背弃了理性。

3

有人说完成上帝的意旨很难,这种说法并不正确。生活的法则除了要求我们为周围的人付出爱以外,别无所求。爱别人并不是一件令人感到为难的事情,相反,却是一件令人愉悦的事情。

——斯科沃洛达[①]

4

当一个人了解了真正的信仰后,就像一个人在黑暗的房间里点亮了一盏明灯,一切都变得明亮清晰,他的心里也顿时充满了欢乐。

---

① 斯科沃洛达(1722—1794),乌克兰哲学家,诗人。

三、真正的信仰就是信奉上帝，关爱身边的人

1

上帝说："你们要彼此关爱，像我爱你们一样。你们应该懂得，如果你们彼此关爱，那么你们都是我的信徒。"他并没有说，"如果你们相信这个或者相信那个。"而是说，"如果你们有爱。"信仰会随着不同的人，不同时代的改变而改变。但是爱对于所有人来说却是唯一的。

2

基督向人们揭示的永恒并非与未来完全一致。永恒是看不到的，它栖息在我们的现世中。成为上帝的信徒，让灵魂——万事万物运行其中的灵魂与上帝融为一体，我们就会获得永生。

只能通过爱才能获得永恒的生命。

3

真正的信仰只有一个，那就是所有生灵付出自己的爱。

——易卜拉欣

4

爱赐予人们幸福，因为它让人们与上帝结合。

四、信仰引导人生

1

一切形式的信仰都不过是在回答这样一个问题：我如何才能只为了派遣我到人间的使者活着，而不是为了芸芸众生活着？

2

真正的信仰不在于是否能就上帝、过去和未来等问题高谈阔论。真正的信仰只关乎一件事，即洞悉一生中哪些是应该做的，哪些是不该做的。

——康德

3

只有按照生活法则的要求去做事的人,才会真正了解生活法则。

4

人没有信仰,生活就不会幸福,这是一个普世真理。一个没有信仰的民族,其生活也会失去幸福感。

5

人们对生活真实法则的理解程度决定了其生活的好与坏。人们对生活的真实法则理解得越透彻,他们的生活就会越美好;而对真实法则理解得越模糊,他们的生活就会越来越糟糕。

6

若想逃离罪恶的泥沼,邪恶的深渊,悲惨的困境,人们只需做一件事情,即追求信仰;这样他们就不会只为自己而活着,而是遵循共同的法则和精神目标。

那时,人们就会反复祷念上帝的意旨:"愿你的国度来临,愿你的旨意畅行。你的旨意在人间奉行,如同在天上一般畅行无阻。"人们企盼神的国度真的会降临在地球上。

——马志尼[①]

7

假如一种信仰教导我们必须放弃此生而追求来世的永生,那么这种信仰必定是虚伪的信仰。放弃此生去追求来世的永生是不可能的,因为永生即存在于此生之中。

——印度哲学

[①] 马志尼(1805—1872),意大利革命家,民族解放运动领袖。是意大利建国三杰之一(另两位是撒丁王国的首相加富尔和号称"两个世界的英雄"加里波第)。意大利作家、政治家,意大利爱国者,民主共和派左翼领导人和思想家。

8

谁的信仰越坚定，谁的生活就越稳定。没有信仰的生活就像动物的生存一样。

五、虚伪的信仰

1

生活的法则，即"关爱上帝，关爱他人"，简单清晰。所有理性的人都会在心里感受到这样的法则。因此，若没有虚伪的教义，所有的人就都会坚持这项法则，天国也会降临人间。

然而那些虚伪的导师仍旧随时随地在误导人们，让他们相信虚假的上帝，相信虚假的上帝法则。过去人们迷信这些虚假的教义，背离了真正的生活法则，没去履行这些法则，结果他们的生活备受艰辛，毫无幸福感可言。

因此，与"关爱上帝，关爱他人"相悖的教义都不可信。

2

有人认为因为信仰古来有之，所以必定符合真理的标准。这种观念是非常错误的。恰恰相反，越是长寿的人，就越能清楚地把握生活真正的法规。认为在这个时代我们必须信奉当年祖先们奉行的清规戒律，就好像认为当你长大成人后，你孩子的衣服应该还能适合你穿一样荒唐。

3

我们会因为不再相信父辈们所信奉的真理而感到焦虑不安。其实，我们不该为此烦恼。相反，我们应该在内心深处努力建立一种信仰，然后像祖先们信奉他们的信仰一样坚定地信奉这种信仰。

——马丁尼奥

4

要想了解真正的信仰，人们首先必须放弃盲目信奉的那个信仰，然后按照理性去梳理检验从小就学过的有关信仰的知识。

5

某日，完成了一天的工作后，一位在城里工作的工人准备回家。离开工作地点时，他遇见了一位陌生人。陌生人对他说："我们都去同一个地方，所以一起走吧，我认识路。"工人相信了陌生人的话，于是跟他一起走。走了大约一个小时后，工人才注意到，刚才走过的路并不是他以前习惯走的那条路。于是，工人说："我觉得我们走错路了。"那个陌生人却说："这是唯一一条近路。相信我，我认路。"于是工人再次相信了他，继续跟着他往前走。但是，路越来越难走，工人步履蹒跚。他不得不花光了所有的钱以维持体力，但最后还是没能到家。然而他走得越远，却越坚信他走的路是对的。最后，他自己确信选择的道路正确无疑。

工人为什么会如此自信呢？因为他不愿走回头路，总是希望只要走下去，这条路总能带他回家的。结果，他离家越来越远，心情也越来越沮丧。

人们通常宁愿相信那些假传上帝旨意的人，也不愿倾听来自灵魂深处真实的声音。

6

人不了解上帝已经很糟糕了，而他把伪上帝认作上帝就更糟糕了。

六、表面崇拜主义

1

信仰包括幸福的生活，对他人的关爱，还要做到己所不欲，勿施于人。这才是真正的信仰。中外圣贤先哲们所传授的的确是这样一种信仰。

2

上帝并未曾向撒玛利亚人①宣扬：放弃你们的信仰，去信奉那些犹太人的信仰吧。上帝也未曾向犹太人宣扬：加入撒玛利亚人的阵营吧。不过，上帝的确告诉过犹太人和撒玛利亚人：你们都有错。问题关键不在于是基利心山还是耶路撒冷。对上帝真正的朝拜既不在基利心山上，也不在耶路撒冷，而是在内心深处，那发自肺腑的朝拜。这样的朝拜者才是上帝苦苦寻找的门徒。也只有这样，天国降临的时刻才会到来，或者说已经到来。

上帝在耶路撒冷时代就一直在寻找真正的朝拜者，而他现在仍在找寻。

3

从前有个雇主，他手下有个雇工。雇工住在主人家中，每天都能见到主人。雇工慢慢开始对工作懈怠，变得越来越懒，甚至后来什么都不愿做了。主人注意到了雇工的变化，但什么也没说，只是每当再遇到雇工时，不再搭理他。雇工见主人对他不满意，并没打算通过努力干活再次获取主人的青睐。他

---

① 撒玛利亚人源于以色列皇朝分裂为南北两国之后，南国的首都是耶路撒冷，北国的首都是撒玛利亚。

联络了主人的朋友和熟人,请求他们替他向主人求情,认为这样一来也许主人就不再生他的气了。了解到这个情况后,主人就喊来雇工对他说:"你为什么要去找别人替你求情?你整天能见到我,完全可以面对面告诉我啊。"雇工无言以对,于是便离开了。不过,他又想到一个主意:他把主人的鸡蛋收集起来,又抓来一只鸡,然后把这些东西都送给主人,让主人别再生他的气。但是主人说:"你原本可以面对面求我的宽恕,但你却先去央求我的朋友为你求情,现在又带着礼物来贿赂我,让我消气。可是你带来的可全是我家的东西啊。即便是你诚心诚意地带着自己的礼物来,我也不会收的。"于是,雇工又想出了一项新计划:他写诗向主人表示敬意,还站在主人的窗外大声吟诵,赞颂主人的伟大,歌颂无所不在的、全能的天父,赞颂仁慈的施主。

于是,主人再次叫来雇工,对他说:"第一次,你央求别人替你向我求情;第二次你拿着属于我的东西当礼物讨好我;现在,你的做法更荒唐,大喊大叫引起我的注意,还口口声声说什么全能、仁慈之类的话。你对我又唱又叫,极尽谄媚之能事。但是,你根本不了解我,其实你也根本不想真正了解我。我不需要别人替你求情,不需要你的礼物,或者你那些不知所云的溢美之词,我需要的只是你的劳力。"

上帝对我们的要求就是好好工作。上帝的全部法则就是这样。

七、把幸福生活的定义理解为获得奖赏是与真正的信仰背道而驰的

如果有人只是为了在完成宗教使命后获得丰厚奖赏而信奉宗教的话,那不是真正的信仰,而是唯利是图,是一种完全错误的算计。之所以说这是一种唯利是图的算计,是因为真正的信仰只会赐予人们现实的利益,不会、也不可能会承诺给予人们未来的虚幻的好处。

有个人想外出给别人当雇工。路上,他遇到了两位寻找雇工的管家。他

告诉那两位管家自己想找活儿干。于是,两位管家都想雇他为各自的主人做工。其中一位管家说:"为我的主人工作吧,他那里的工作环境舒适。当然,如果你无法让主人满意,那么就要挨鞭子、受惩罚,还会蹲牢房;不过要是你能让他满意的话,就会过得很快活。雇佣期结束后,你就可以摆脱穷困,过上花天酒地、衣食无忧的日子。只要能让主人满意,未来的好日子你做梦都想不到。"这位管家用这样的条件来诱惑雇工跟他回去干活。

另外一位管家也打算请这个雇工去他主人家干活。但是,这位管家并没有告诉雇工主人会给他什么样的酬劳,甚至连雇工去了会住在哪里、工作是轻松还是繁重都没提,只是说这家的主人很善良,不会用惩罚的手段对待雇工;还说主人会跟雇工住在一起。那个找工作的人考虑了一下,对第一位管家说:"你的主人许诺的有点多。说老实话,许诺太多没啥用。虽然许诺让我过上享乐的日子,但是我觉得可能在他那里不会好受多少。这个主人给不满意的雇工那么严厉的惩罚,不用说,他一定很凶,待人很刻薄。我宁愿去第二个主人那里干活儿,尽管他啥都没许诺,可是在他那里干活儿的人都说他很善良,而且他还跟雇工们一起生活,一点儿都没架子。"

宗教教义也在于此。有些导师通过威逼利诱的手段蒙骗大众,鼓吹引导他们享受所谓的幸福生活。这些伪导师们许诺会带领人们前往另一个美好的世界,而那样的世界谁都没有去过。

另外一些导师教导人们爱是生活的原则,它驻留在灵魂深处,能够把爱与心灵融合在一起的人会得到快乐。

1

真正的信仰是信奉世界上所有人都适合的法则。

2

真正的信仰只进入孤独寂静的心灵。

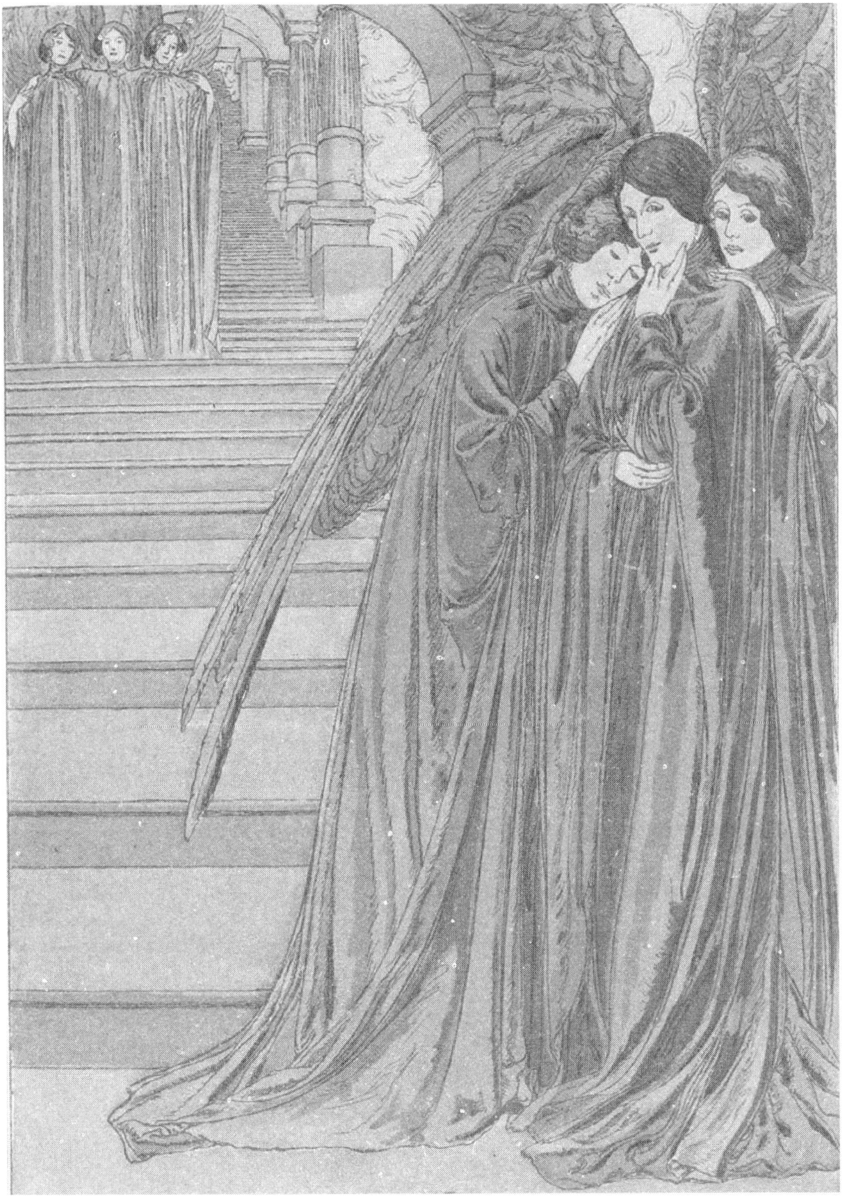

3

如果你侍奉上帝就是为了获得永久的享受，那么你侍奉的不是上帝，而是你自己。

4

真正的信念与伪信仰之间的主要区别在于：信奉伪信仰的人会为了他为上帝做出的牺牲和祷告而渴望上帝满足他的要求。信奉真正信仰的人则只寻求一件事：学会如何让上帝满意。

八、用理性去验证信仰的原则

1

要了解真正的信仰，就不该压制理性的声音；从另一角度来说，必须让理性保持纯洁和可支配性，这样我们才可以通过它来检验由宗教导师所传授的信仰是否正确。

2

要义无反顾地将那些毫无用处、世俗肉欲、肤浅有形、触之可及的东西，以及那些模糊不清的东西，通通从信仰中抛弃。谁将心灵净化得干净彻底，谁就能清楚明白地掌握生活的真谛。

3

如果一个人不相信周围的人所信奉的事情，那么他还不算是无信仰的人。但是，如果一个人实际上并不相信一些事情，却口口声声宣称他总是在想、总是相信那些事情，那么这样的人才是毫无信仰的人。

4

我们不是依靠理性来实现信仰，却需要用理性来检验信仰的真伪。

九、人们的宗教意识不断趋于完善

1

大多数人坚定不移地信奉许多古老的、早已过时的宗教教义,却摒弃那些新教义,视它们为异端邪说,认为它们一无是处。这些人想不到,如果上帝向先人们揭示了真理,那么他同样会向后来者们、向当今的人们揭示真理。

——梭罗

2

雨水从屋顶天沟里流出,看上去似乎就是从沟槽落下一样,其实雨水是自天上落下的。我们对贤哲们的神圣教诲的看法也是如此:我们认为教义应该是出自贤哲们的,其实它们出自上帝。

——罗摩克里希那[1]

3

虽然生活的法则不会改变,但是人们可以努力去了解这些法则,学会如何在生活中奉行这些法则。

4

宗教不因圣人们对其宣扬而成为真理,而圣人们宣扬它乃是因为它是真理。

---

[1] 罗摩克里希那(1836—1886),近代印度教改革家。他善于以民间寓言和幽默谚语阐述自己的宗教和哲学思想。

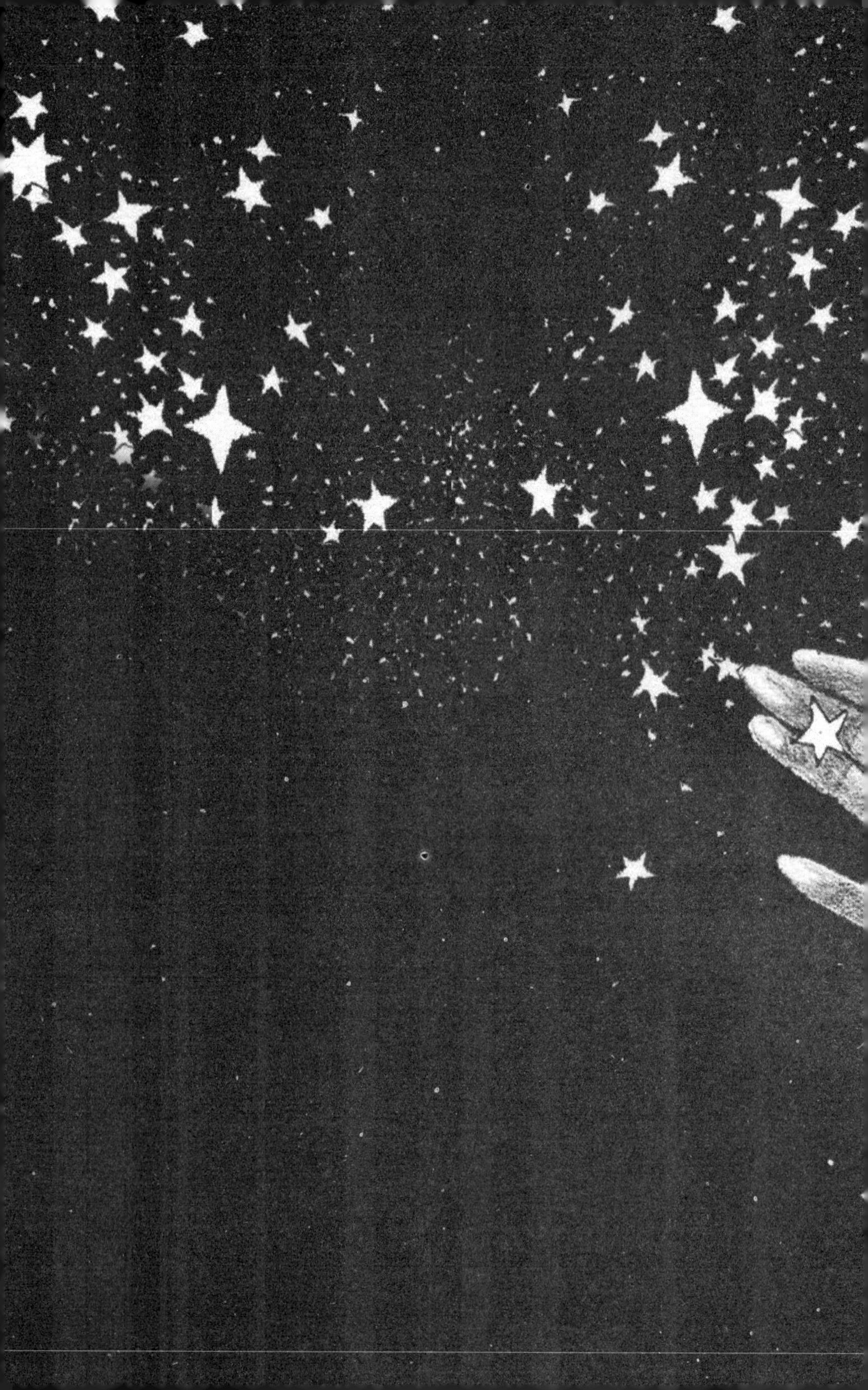

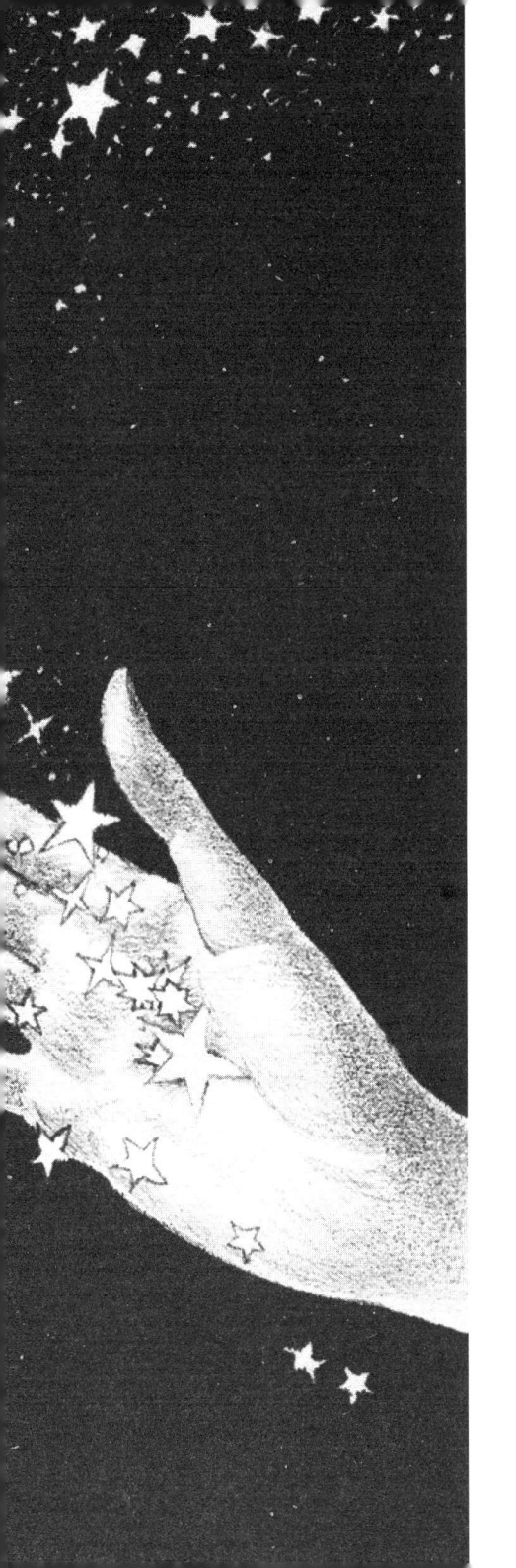

第二章 上帝

除了我们的肉身及全宇宙有形的物质之外，还有无形的物质，它们赋予我们生命，并与生命相连。这种与我们肉体相连的无形的物质，我们称之为灵魂。

另外一种无形的物质，不与任何事物相连，却又赋予万事万物以生命，我们称这种物质为上帝。

一、由内心认知上帝

1

所有信仰的共同基础是，除了我们身体以及其他生物的肉体所见所感之外，还有另外一种无形的、肉眼看不到的东西，它却能赋予包括人类在内的一切有形的、肉眼能看到的事物以生命！

2

我知道，在我肉体内蕴藏着某种事物，如果没有它，一切都将不复存在。我把这种事物称为上帝。

——安杰勒斯[①]

3

一个人在冥冥中思考何以为人时，能够想到他并不是全部，而是从某种事物中分离出来的一小部分。了解了这一信息，人就会认为他从中分离出来的那种事物就是物质世界，也就是祖先与他共同生活的那片土地。一切都是他可以看到的：一样的天空、一样的星辰、一样的太阳。

但是，如果进一步考虑这个问题，或者发现贤哲们早已思考过这个问题，那么他就会认识到那个人类感觉的从中分离出来的事物，并不是在时空里任意延展、在时间上无休止的那个物质世界，而是其他事物。如果一个人再深入考虑一下这个问题，或者了解贤哲们早已就此问题有过见解的话，他就会认

[①] 安杰勒斯（1624—1677），波兰宗教诗人。

识到那个无始无终、既没有也不可能受空间限制的物质世界是根本不存在的，只不过是人类的幻想而已。因此，那个我们感觉的从自身中分离出来的事物，也是一种无论在时间上还是空间上都无始无终的东西，而且是非物质的、精神层面上的某种事物。

人们认为这种精神层面上的事物是生命的本源，也就是贤哲们过去与现在一直所敬称的上帝。

4

我知道在我身体里存在着灵魂体，它独立于其他一切万事万物。我也知道这独立于一切事物的灵魂体也存在于其他人体内。但是，我知道如果在我和其他人体内都存在这种灵魂体的话，那么它也肯定存在于自身。我们称这种存在于自身之内的事物为上帝。

5

如果我们眼不能观，耳不能闻，手不能触，那么我们对周围的事物就会一无所知。如果我们不能发自内心去了解上帝，那么我们对自己也将一无所知，无法获知那个存在于我们内心的可视、可听、可触周围世界的那个事物。

6

如果我能享受世俗生活的快乐，那么不需要上帝我也能生存。但是如果我要考虑我是谁，降生时从何处来，死后要往何处去等等这些问题，我就必须承认我的降生与归宿都源于一种未知的事物。我也不能否认，我是从一个无法理解的事物中来到这个世界的；同样，我的归宿也是源于一个无法理解的事物。我把这个我所源所归的无法理解的事物称为上帝。

7

人们说，上帝就是爱，爱就是上帝。人们还说，上帝就是理性，理性就是上帝。这两种说法都不太严谨。诚然，爱与理性是上帝的典型品质，这一点我们可以在自身感受到。不过我们却无法了解上帝本身是什么。

8

在阿拉伯国家流传着摩西的故事。摩西在荒漠中游荡,听到一位牧羊人在向上帝祈祷。牧羊人祷告说:"噢,上帝啊!我多希望能面见您,成为您的奴仆!能为您洗脚,亲吻它们;为您穿鞋,帮您梳头,为您洗衣,为您清扫住所,带给您从我们饲养的牛羊挤出的奶。我的心只属于你,这将是多么荣耀的事情啊!"摩西听罢大怒:"你这个亵渎上帝的东西!上帝无形,没有肉身。他不需要衣服,也不需要住处,更不需要奴仆的照顾。你的祷告简直是一派胡言!"牧羊人听完黯然神伤。他无法想象上帝没有躯体,也不需要躯体。想到既不能为上帝祈祷,也不能为上帝服务,他倍感绝望!后来上帝对摩西说:"你为何讨厌我忠实的奴仆?每个人都有自己的想法和说法。彼之愉悦,汝之邪恶;汝之砒霜,彼之蜜糖。如何表达并不重要。我看重的是他对我的忠诚之心。"

9

人们谈论上帝的方式各有不同,但对上帝的感悟和理解却是殊途同归。

10

人要信奉上帝,就像人要靠两条腿才能走路一样。信奉方式可能会有所不同,也可能会被压制,但是没有了对上帝的信奉,人就会陷入困惑。

——利希滕贝格[①]

11

人们也许认识不到自己呼吸的是空气,但是窒息时却能感受到没了他呼吸的东西,他将无法生存下去。人失去上帝时的感觉与此相同,他会倍感痛苦,尽管也许认识不到苦从何来。

[①] 利希滕贝格(1742—1799),十八世纪下半叶德国的启蒙学者,杰出的思想家、讽刺作家、政论家。

12

对上帝感到恐惧不是什么坏事，不过热爱上帝会更好。最好的事情是让上帝在自己心中复活。

——安杰勒斯

13

人必须懂得爱，但是真正的爱只会体现在毫无邪恶的纯净世界里。世界上毫无邪恶的纯净体只有一个，那就是上帝。

14

如果上帝不爱存在于你心中的那个上帝，那么你也永远不会爱你自己，不会爱上帝，也不会爱身边的人。

——安杰勒斯

15

人们对于上帝是什么这个问题的回答有所不同。尽管如此，所有相信上帝存在的人，在有关上帝需要人们做什么这个问题上，看法总是一致的。

16

上帝喜欢独处。只要你心中只存在一个上帝，脑子里只想到他，上帝就会进驻你心中。

——安杰勒斯

17

只有在每个人心里才能了解上帝。如果在心中无法发现上帝，那么你在任何地方都无法发现他。对无法在自己心中发现上帝的人来说，上帝不存在。

18

正在忙碌着的那个"你"，不是真正的你。那个你自称的"自我"是已经死去的你。那个赋予你生命的，是上帝。

——安杰勒斯

19

你不要认为能够通过劳动来回报上帝。一切所谓的劳动在上帝面前都不值一提。不要去回报上帝,而是要成为上帝。

——安杰勒斯

20

不知道如何成为上帝之子的人,将永远停留在动物世界里。

——安杰勒斯

二、理性之人必信上帝

1

一个人可以感受到在他身体之内有种灵魂的、与肉体不可分割的东西,那就是上帝。一个人也可以在任何有生命的事物中看到同一个上帝。这时,人就会扪心自问:精神与自体不可分割的上帝,为何会让自己困在一个如你我一样的独立的生物个体中呢?一种灵魂的、统一的个体为何能在个体之内自我分裂呢?灵魂的、不可分割的个体为何能变成物质的、分离的个体?不朽之躯为何能与凡夫俗子结合在一起?能回到这些问题的人,必须是实现了神的旨意的人,正是那个神派遣他来到这个世界。这样的人才会回答说:"所有的一切都是为了实现神的福祉而做。我感谢神,无须追问。"

2

无论是在天国,还是在每个人身上,我们都能看到那个被我们敬称为上帝的神。如果你在一个冬夜里凝望夜空,可以看到繁星点点,点点相连,无边无际。你会想到每颗星星都比我们所在的星球大许多。在这些繁星外,我们还能看到数以百计,数以千计甚至几百万、更多的比地球大很多倍的星星,真正是天外有天。这时,你会意识到有些事情你难以理解。

3

但是，如果我们审视自己，能感受到我们称之为灵魂的东西，也同样能看到在我们肉体之内，虽然无法理解但与其他事物相比了解得更确切的那个事物，并且通过这个事物我们可以了解万事万物。我们还能在灵魂深处看到更难以理解的事物，这种事物甚至比我们在天国里看到的事物还要伟大。我们在天国里看到并能在灵魂深处感受到的这种事物就是上帝。

4

各民族在任何时代总会信仰某种控制世界的无形力量。古人称之为普世真理、自然力量、生命之源或者永恒之道；基督教信徒称之为精神领袖、天父、主上、理性或真理。可见的、日新月异的世界就像是无形力量的影子。

因为上帝永恒，所以有形的世界以及世界的影子也都是永恒的，但是这个有形的世界只不过是个影子。真正存在的是那拥有无形力量的上帝。

——斯科沃洛达

5

有这样一种生命体，倘若离开它，天地无存。这种生命体宁静而无形，我们将其主要特点称之为爱与理性。但是这种生命体无名无姓。它无限远，又无限近。

——老子

6

有人被问及是如何知道上帝是存在的，他回答说："难道需要点上蜡烛才能看到日落的景象吗？"

7

如果一个人自命不凡，这说明他不会从上帝的高度去看待万事万物。

——安杰勒斯

8

一个人可以不去考虑无限广大的世界是什么，或者不去考虑能意识到的自我的灵魂是什么。但是，如果一个人考虑这些事情，那么他就不得不承认上帝的存在。

9

有一个在美国出生的女孩，生来双目失明，又聋又哑。她通过触摸来学习阅读和写作。她的老师向她讲述有关上帝的事情，女孩说她早就听说过，但是却不知道如何称呼上帝。

10

有人认为上帝生活在天堂。还有人认为上帝活在人们心中。其实这两种说法都是正确的。他活在天堂，是指他存在于广袤无垠的宇宙中；他也活在每个人的灵魂中。

三、上帝的意旨

1

我们就像婴儿在母亲怀抱里寻求感知一样，通过感觉去了解上帝，而不是通过理性去了解上帝。婴儿并不知道谁抱着他给他以温暖；也不知道谁哺育他，但是能感知到有人在这样做。他甚至感知到那个人的力量，并且深爱着她。人们对上帝的感觉也是如此。

2

想要了解一个事物就必须靠近这个事物；同样，想要了解上帝，就要接近上帝。而要接近上帝就必须行善积德。一个人越能享受有道德的生活，就越能更加深入地了解上帝。对上帝了解越多，他就会更加关爱自己的同胞。事物总是这样进入良性循环。

3

我们无法真正认识上帝，就像《新约》里说的那样，我们只能通过上帝制定的法则和他的意旨加深对他的了解。理解了上帝的法则，我们就可以得出结论：制定法规者是存在的，不过我们无法了解他。我们能确定的是，在生活中我们必须履行上帝制定的法规，而且履行得越好，生活就会越美好。

4

我以前竟然没发现这个简单的真理，真是难以置信。这个真理就是：在这个世界的背后，在我们生命的背后，还存在着某种事物，存在着某种生命。那种生命知道这个世界为何存在，知道我们为何生存在这个世界上，就像开水中的气泡升腾到表面，破裂然后消失。

毫无疑问，某种事物出现在这个世界，它与所有的生物融为一体，与我和我的生命融为一体。若不是这样，太阳如何会升起？一年四季如何会更替？生老病死、恩惠善行、滔天罪恶如何出现？这些对我毫无意义可言的个体生命如何出现？这些个体又怎会竭尽全力保卫它们的生命？它们的生命和激情已经牢牢植入自身。这些生物的生命让我相信，所有这些事物都是为了实现某种目标而必不可少的，这种目标合情合理，对我来说却是不可理解的。

5

如果一个人作恶，那么他是感受不到上帝的，他会质疑上帝。救赎的方法只有一种，也是十分有效的，那就是：别再思考上帝的存在，只需要考虑上帝制定的法则，履行这些法则，关爱他人。这样对上帝的疑虑就会消失了，他就会重新发现上帝的存在。

6

人们无时无刻都能感受到自己身上有一种生命体，自己的生活就是由它构建的，而自己不过是一件工具。而如果一个人是工具的话，那么肯定有其他生命体在使用工具。那个生命体就是上帝，人就是上帝的工具。

7

我灵魂中的"自我"并不是我肉体的同族，因此，它进入我的肉体内并非靠自身的意志，而是靠着更高级的意志。这种更高级的意志为我们所理解，我们称其为上帝。

8

我们既不需要膜拜上帝，也不需要赞美上帝。我们只需要默默无闻地侍奉上帝。

——安杰勒斯

9

凡是在人前高声颂扬："上帝啊，主啊！"并反反复复歌颂上帝的人，都不是真正寻找到上帝的人。凡是真正寻找到上帝的人，都是沉默不语的人。

——罗摩克里希那

10

一个人对上帝的意旨完成得越好，他就对上帝了解得越多。如果一个人无法完成上帝的意旨，尽管他一再申明自己了解上帝，向上帝祈祷，他还是无法了解上帝。

四、不可依照理性去了解上帝

1

为什么我会从其他事物中分离出来？为什么我虽然明知我从中分离出来的事物是存在的，却无法理解这个事物究竟为何物？为何我内心的"自我"总是在不断发生变化，而我却对此毫不理解？我必须思考这其中的原因，也必须思考存在这样的事物对有的人来说一清二楚，他会知道一切为何发生。

2

上帝对摩西说:"为何你要询问我的名字?如果你能看到运行的事物背后那些曾经一直发生、正在发生、将来还会发生的事情,你就会了解我。我的名字正如我的存在一样。我就是存在,存在着的就是我。知道我名字的人,并不真正了解我。"

——斯科沃洛达

3

对我来说,上帝正是我努力追寻的,我的一生都在苦苦追寻;正因为如此,对我来说,上帝是存在的,而且是以一种"未知"的方式存在的,我既无法理解,也无法呼唤。如果我可以理解上帝,那么我就能接近他,而追寻就不复存在,生活也将失去意义。所以,我无法理解上帝,也无法呼唤他。但是我却知道他的存在,知道如何追寻他,在我所掌握的全部知识中,这个知识我最有把握。

而我却不能理解上帝,这令人百思不得其解,而且我总是担心失去上帝,只有感觉与上帝在一起,我的恐惧才会消除。同样令人不解的是,今世中我已经对上帝有所知晓,所以并不需要对他更加深入了解。我可以接近他,我也一直渴望如此,我生活的意义也在于此。但是接近他并没有、也不可能会让我加深对他的理解。每当我试图借助想象力去理解上帝时(例如:把上帝想象成创世主、仁慈之主或者类似的人),我却离他更远,反而无法接近他。甚至用人称代词"他"来形容上帝,在我看来都是对上帝的一种诋毁。

4

每个人都能感受到上帝的存在,但是并不是每个人都理解上帝。正因为如此,不要试图去理解上帝,只需要完成上帝的意旨,你就会感受到他在你心中越来越生动。

5

被我们所理解的上帝就已经不再是真正的上帝了。被理解了的上帝逐渐变成像我们一样有限的生命体。上帝是无法被人理解的。

——斯瓦米·维伟卡南达

6

假如太阳的光芒刺瞎了你的双眼,你就不会说太阳是不存在的。同样,你也不会因为在极力想搞清楚万事万物的起源与终结时失去了理性、感到了困惑,便认为上帝是不存在的。

——安杰勒斯

7

道可道,非常道,名可名,非常名。

——老子

8

任何能够用来称呼上帝的名字,都不像上帝。上帝只可意会,不可言传。

——安杰勒斯

9

在心中感受到上帝的存在是可能的,也不难做到;但是真正理解上帝却是不可能的,也没必要。

10

凭着理性无法辨别人心中存在着上帝、存在着灵魂。同样,凭着理性也无法理解人的心中怎么会不存在上帝,不存在灵魂。

——帕斯卡

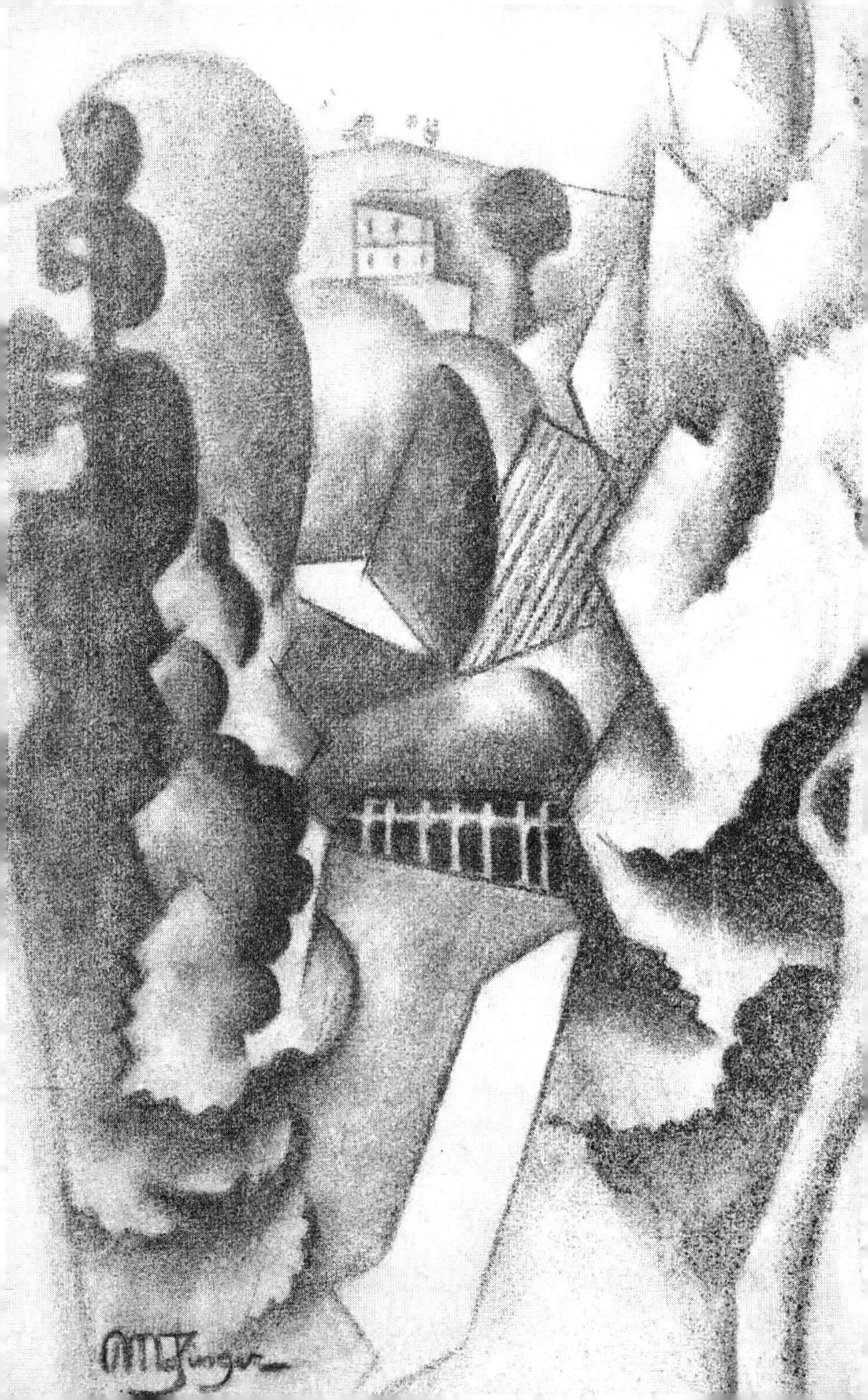

五、不信仰上帝

1

理性的人能够在自身中寻找到有关自己灵魂及上帝——这个万物之魂的理解,也能意识到他无法将这种理解完善到极致,达到完全觉悟的境界。因此,他只能在这样的理解面前谦逊地低下头,不敢去触碰那未知的面纱。

但是,无论是过去还是现在,总有一些智者和博学之士寻求用语言来阐释对上帝的理解。我并不想去评判这些人,但当他们宣称上帝不存在时,我会指出他们的错误。

我承认,有些人会利用狡诈的手段让人相信上帝是不存在的,这种情况确有发生。不过,这种论调只能蒙蔽大众一时,却不能蒙蔽一世。人们总会需要上帝。我敢说,即使上帝以比现在更清晰的形象出现在我们面前,那些不信仰上帝的人还是会创造出新的论调否定上帝的存在。理性总是会向心灵的需求屈从。

——卢梭

2

如果认为上帝不存在,那么根据老子的教诲,就等于相信下面这种谬论:人拉动风箱,风就从风箱中吹出,而不是从空气中来;即使没有空气,风箱依旧可以吹出风。

3

如果你被灌输了这样一种思想——你所有有关上帝的信仰都是错误的,上帝根本就不存在,那么千万不要为此感到苦恼,因为你应该明白,这种情况可能在任何人身上发生。但是不要认为你放弃了一度信奉的上帝是因为上帝根本不存在。你放弃了曾经信奉过的上帝,是因为你的信仰出了问题。如果野蛮人不再对他们用木头做成的上帝顶礼膜拜,不是因为上帝不存在,而只是因为上帝根本不会化身为木头。我们不能理解上帝,但我们可以做到越来越感悟到上帝的存在。所以，如果我们能摒弃那种关于上帝的简单想法，我们就会受益匪浅，我们认识上帝的觉悟将会提升到一个更高的境界。

4

证明上帝是否存在？没有比这再荒唐可笑的想法了！证明上帝存在的想法就像要证明你还活着的想法一样荒唐。怎么证明？要向谁证明？为了什么目的而证明？如果没有上帝，一切都将不存在。我们如何证明上帝的存在？

5

上帝永在。这根本不用证明。证明上帝的存在就是对上帝的亵渎。否定上帝的存在就是癫狂。上帝存在于我们的良知中，存在于人类的意识中，存在于整个宇宙中。唯有那可怜虫或堕落之人，才会否定上帝的存在；他们甚至在繁星点点的苍穹之下，在我们挚爱亲人的墓前，在满怀荣誉、慷慨赴死的烈士面前，还要否定上帝的存在。

——马志尼

六、热爱上帝

"我无法理解什么是热爱上帝。可能是热爱某种未知的、难以理解的东西？关爱他人很容易让人理解，人们也会欣然去做。但是热爱上帝只是一句空话。"许多人会这样想，也会这样说。但是有这种想法的人，有这种说法的人，完全错了。他们并没有真正理解什么才是关爱他人。关爱他人并非只是关爱那些讨人喜欢的人或对我们有用的人，而是关爱所有人，也包括那些不太友善的人，甚至充满敌意的人。只有热爱上帝，热爱那个所有人共同的上帝的人，才会具有关爱他人的大爱博爱之心。所以，并非"热爱上帝"这种说法令人难以理解，而是"不热爱上帝的人却能关爱同胞"这种说法令人费解。

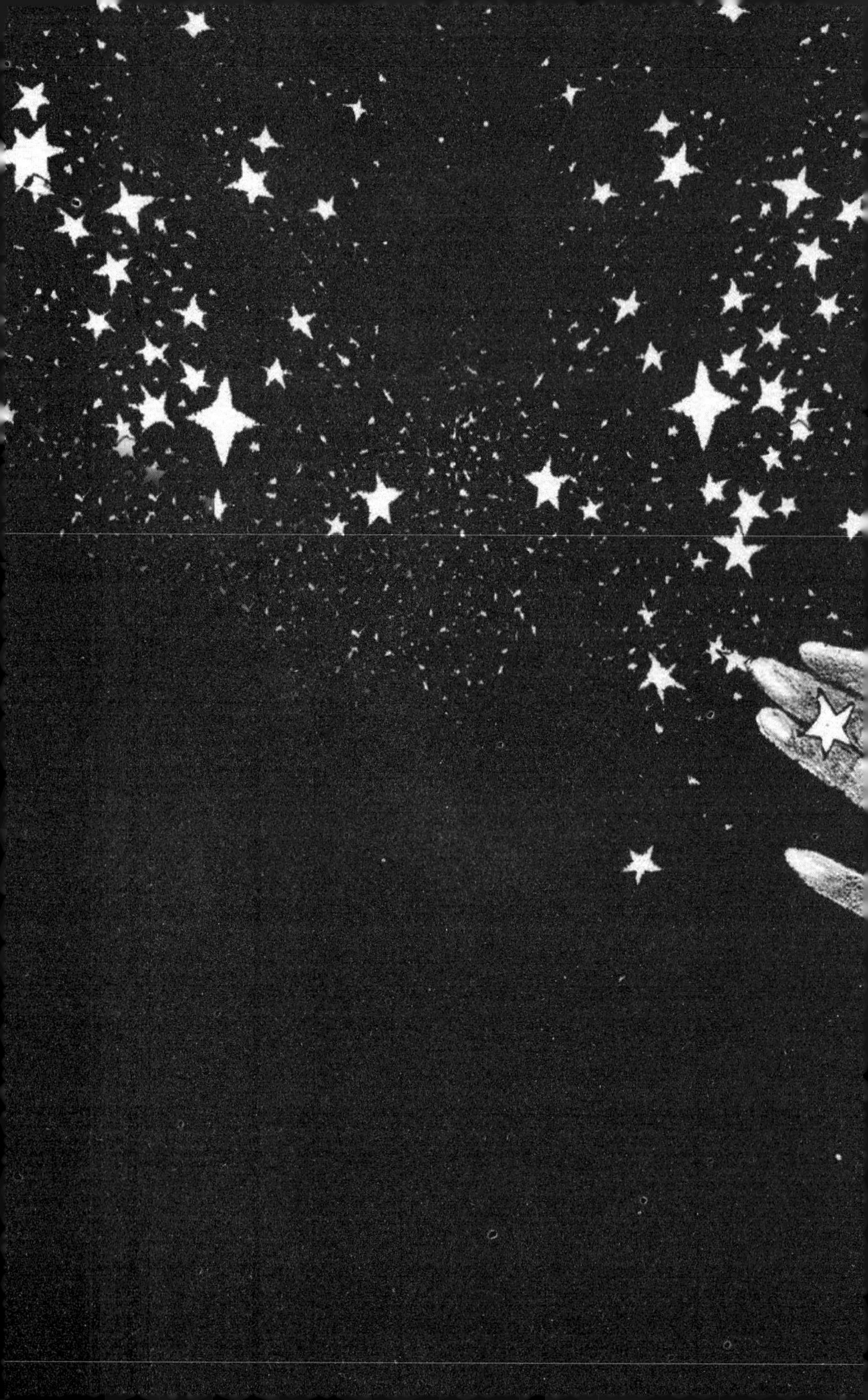

第二章　灵魂

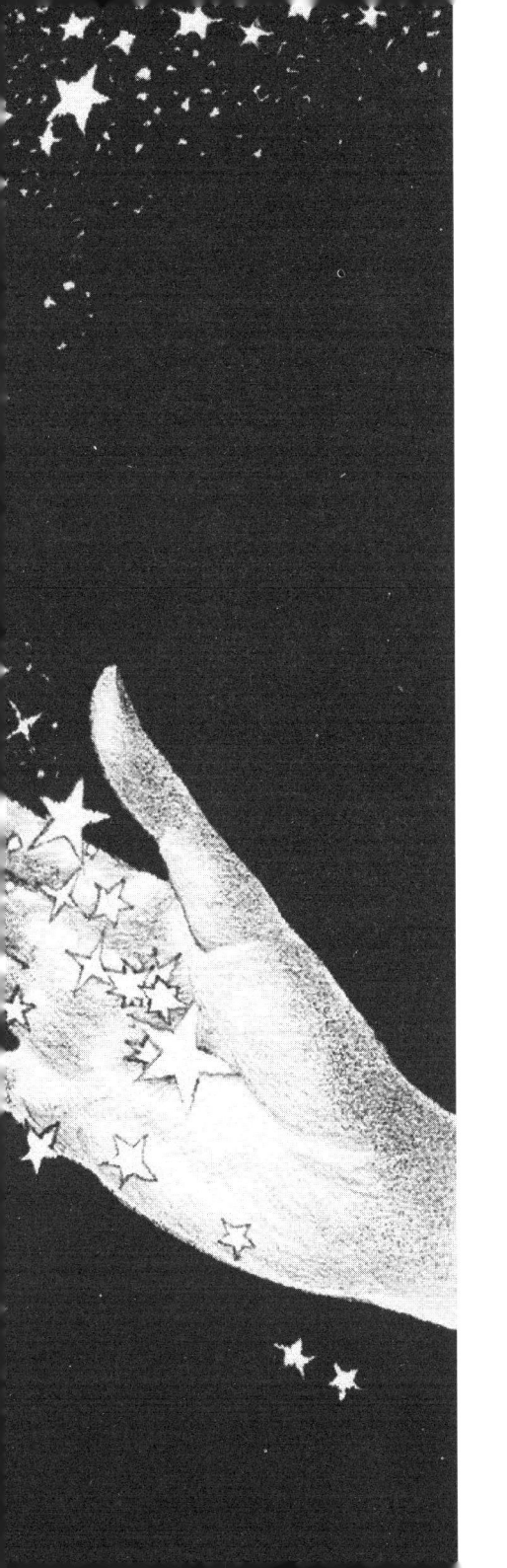

我们把本质上难以捉摸、无影无形，能带给万物生灵以生命的事物敬称为上帝。一种同样难以捉摸、无影无形的事物，肉体将其与万物分开，我们自己也可以意识到，这种事物被称为灵魂。

一、灵魂是什么？

1

一位步入老年期的人经历了岁月变迁，从婴儿时期到少年时代，再步入成年，最后步入老年。但不管经历过多少岁月的变迁，总会称自己为"我"。这个"我"是不会改变的。这个"我"从婴儿时期，到长大成人，直至垂垂老去，始终没变。这个从未改变的"我"就被称为灵魂。

2

如果一个人认为，他所看到的周围的一切，那无限的宇宙，就是他看到的样子，那么他就大错特错了。人只能通过个体的视觉、听觉和触觉来感知所有物体。他的感觉不同，那么整个世界所呈现的面貌也就不同。因此我们不知道、也不可能知道这个物质的世界究竟是什么模样。

只有一件事我们可以完全了解——那就是我们的灵魂。

二、"我"是灵魂

1

当我们说"我"时，并不是指我们的肉体，而是指存在于我们肉体之中的事物。那么"我"究竟是什么呢？我们无法用语言描述其为何物，但是我们对这个"我"的了解胜过对其他一切事物的了解。我们知道若不是这个"我"的存在，我们将一无所知，我们的世界也将荡然无存，甚至连我们自己都无法存在。

2

当我动脑筋想问题时,理解肉体比理解灵魂更难。因为无论肉体与我多么亲近,总像是他人之物。灵魂才真正属于我自己。

3

一个人感觉不到自己体内的灵魂,并不代表他没有灵魂,只是说明他还没有意识到体内存在灵魂。

4

如果我们认识不到体内存在着什么,了解身外之物又有何用呢?那么有没有这种可能:不需要先了解我们自己就能了解世界呢?难道一个人在家时双目失明,出门在外就能重见光明了吗?

——斯科沃洛达

5

生活不如意的人认为上帝是不存在的,这情有可原——因为上帝只眷顾那些朝着他的方向迈进的人,并接近这样的人。对于那些背离上帝、远离上帝的人来说,上帝是不存在的,上帝也不会为这样的人而存在。

6

世界上有两种人可能会了解上帝:一种是无论聪明或是无知而心怀谦卑的人;另一种是真正的智者。只有那些不可一世智力却又一般的人才不懂得上帝。

——帕斯卡

7

不用提及上帝的名号,或者不用"上帝"这种称呼,是可以做到的。但是不承认上帝的存在却是不可能的。如果上帝不存在,那么一切皆不存在。

8

不去追寻上帝的人感知不到上帝的存在。追寻上帝,上帝才会为你现身。

9

摩西大声对上帝说："我的主啊，要去哪里才能找寻到你呢？"上帝回答说："只要你去寻找我，就说明你已经找到我了。"

10

正如没有火就无法点燃蜡烛，没有灵魂的生活人便不能生存。灵魂驻留在所有人心中，但并不是所有人都能感受到它的存在。感受到它的人，生活幸福美满；感受不到它的人，生活无趣凄惨。

——婆罗门教慧语

三、灵魂与物质世界

1

我们曾经测量过地球，测量过太阳，测量过星辰，也测量过深海；还曾深入地下寻找金子。我们探索过河流，探索过月球上的山峰。我们曾发现无数新星，了解到它们的大小。我们曾填平沟壑，也曾建造出巧夺天工的机器：不消几日，新的发明便又会层出不穷。还有我们能力所不及的吗？但是，我们好像还缺少点什么，一种最重要的东西。我们自己并不知道那最重要的东西是什么。我们就像婴儿——婴儿能感觉到不对劲的地方。但是到底是什么地方不对劲，又为什么不对劲，他却不知道。

我们感觉到不对劲，是因为我们掌握了太多的无用之物，却不知道最需要的是什么：那就是我们自身。我们不了解在我们肉体之内驻留蕴藏的是什么。如果我们清楚并且能记起蕴藏在我们肉体之内的事物，那么我们的生活将大不一样。

——斯科沃洛达

2

无论从哪个方向看,世界都没有极限,也不可能有极限。无论一个地方距离有多远,总会有更遥远的地方。时间也是无休无止:在数千年前,还会有千百万年逝去的时光。显而易见,没人能理解物质世界的过去、现在和未来的样子。那么人能理解什么呢?只有一种事物会有更遥远的地方。时间也是无休无止:在数千年前,还会有千百万年逝去的时光。显而易见,没人能理解物质世界的过去、现在和未来的样子。那么人能理解什么呢?只有一种事物——它既不需要空间,也不需要时间,这就是一个人的灵魂。

3

这个世界上所有的物质的东西,我们无法了解其本质。只有驻留在我们心中的灵魂对我们来说才是熟知的。也就是说,我们能够感知到灵魂的存在,它不依靠我们的感觉或思想而存在。

4

人们常常认为只有触手可及的事物才是真实存在的。其实,恰恰相反,真正存在的是我们的灵魂——那个看不见、摸不着、听不到的"本我"。

5

铁比石头更加坚硬,石头比木头更加坚硬,木头比水更加坚硬,水比空气更加坚硬。然而还有一样东西虽然看不到、听不见、摸不着,却比万事万物都要更加坚硬。它存在于过去、现在、未来,并且永不消失。这种东西是什么呢?它就是每个人身上都存在着的灵魂。

6

孔子说,天空和大地都很伟大,但是它们都有颜色、形状和大小。不过,一个人体内有种东西没有颜色、形状或大小,却能思考一切。因此假如整个世界都消亡了,只有人体内的灵魂能带给世界新的生机。

7

一个人能思考他体内蕴含着什么乃是幸事。与跳蚤相比，人的肉体巨大；与地球相比，人的肉体则不值一提。同样，人能考虑星球变化也是好事。与太阳相比，地球不过一粒尘沙；与天狼星相比，太阳又是一颗尘埃；而与其他星辰相比，天狼星却又微不足道。这样的比较无休无止。

显而易见，人的肉体是不能与太阳和星辰相提并论的。想来我们就如过眼烟云，转瞬即逝，一百年前、一千年前、几千年前，无人问津。但是更多像我们一样的人依然前赴后继，经历生老病死；千百万像我们一样的人身后尸骨无存，而千百万像我们一样的人又将继续出现。冢上蒿草萋萋，羊食之以生，人亦食羊以生。我身后尘埃散尽，一无所存，不会留下一丝记忆的痕迹！显然，我不过是虚无！

确实如此。不过，这种虚无却可以对自身及其在宇宙中所处的位置了如指掌。如果这种虚无可以对自身有这样的理解，那么虚无就比宇宙还要重要！因为我以及其他生物如果没有这种虚无，我所称之为的无限的宇宙将不复存在。

四、人类的物质和精神准则

1

你是什么？你是一个人。一个什么样的人？你与其他人有何不同？我是某人的儿子或女儿；我是一位老人，我是一位年轻人；我很富有，我很贫穷。我们每个人都是特定的个体，不同于其他所有的人——男人、女人、大人、男孩或女孩；在我们这些特定的个体中，都驻留着一个灵魂。因此，我们同时既可能是张三，也可能是李四，而我们心中驻留的灵魂也是一样的。假如我们说"我会的"，有时这意味着可能是张三或李四的想法；有时它也可能意味着这是在我们所有人中驻留的灵魂的想法。因此张三和李四可能会有同样的渴

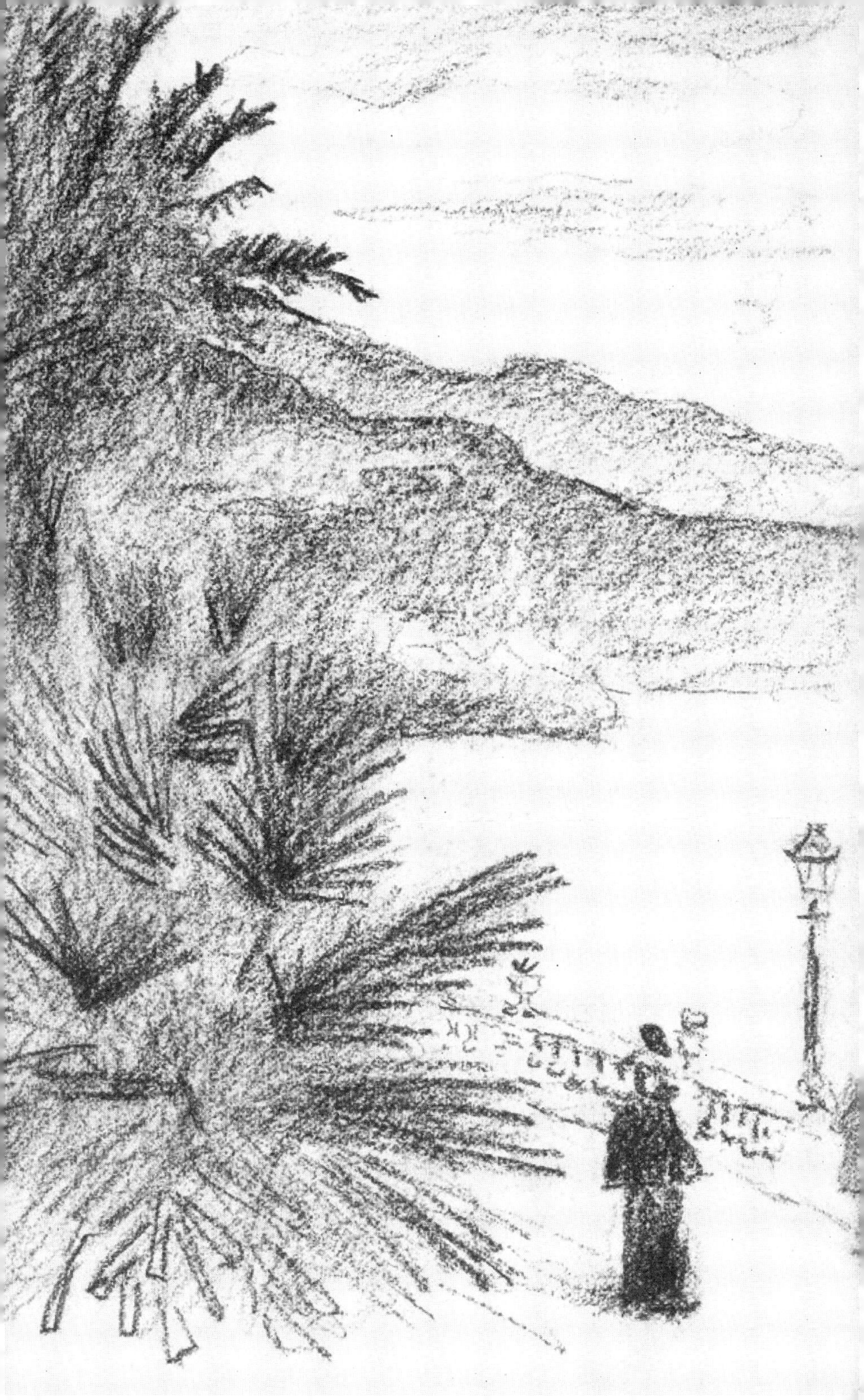

望,而驻留在他们身上的灵魂体并不一定有这样的渴望,甚至可能会有完全不同的渴望。

2

听到有人敲门,我问:"谁啊?"对方回答说:"是我。""我是谁?"我继续问。"是我啊!"我开了门,一个农民家的小男孩走了进来。被问到"我"是谁,这个小男孩感到很奇怪,因为在他心中驻留的那个灵魂,也就是驻留在我们每个人心中的灵魂,很想知道我为何会问这样一个人人皆知的问题。他刚才的回答指的是那个灵魂的"我",但是我想问的是那个心灵的小窗,那个能探寻到"我"的世界奥秘的心灵之窗。

3

有人认为,我们所称谓的自我不过是肉体。我的理性,我的灵魂,我的爱,所有这一切都源于肉体。那么,我们可能会这样断言:我们只是把滋养我们肉体的食物称作了肉体。也就是说,我的肉体只不过是被肉体转化成的食物,没有食物,肉体也就不存在了,但是我的肉体不是食物。食物是肉体赖以生存的保障,但并不是肉体本身。

对灵魂的理解也是如此。毋庸置疑,没有肉体,灵魂也就不复存在;但我的灵魂并不是肉体。肉体只是灵魂赖以生存的基础,但肉体并不是灵魂。如果没有灵魂,我根本不会了解我的肉体。

生命的准则不存在于肉体,而存在于灵魂。

4

我们在表达"这曾经存在过、那将会有,或者那可能会有"的意思时,其实说的是肉体的生命。但是,除了曾经有过、未来还将会有的肉体的生命,我们还有灵魂的生命。灵魂的生命不会是曾经有过或未来还将会有的事物,它只存在于现在。这才是真正的生命。

幸福之人是指生活在现在灵魂中的人,而不是生活在肉体生命中的人。

5

基督教教义认为，人们的肉体之内存在某种事物，可以将人们提升到一种高度，使人超越浮华、恐惧和激情。接受基督教的人会得到这样一种体验：他就像一只鸟，从未注意过自己的翅膀。一旦意识到自己有翅膀，便扶摇直上，展翅翱翔，从此无所畏惧。

五、良知是灵魂的声音

1

在每个人心中驻留着两种生灵：一种闭目塞听，渴望世俗肉欲；一种洞穿一切，渴求精神至上。前者像上满发条的钟表，整日为生计疲于奔命；后者明目达聪，渴求精神至上，他稳如泰山，只是对前者世俗之人的行为或点头称赞，或不以为然。

我们把人们心中这种明目达聪、追求精神生活的部分称之为良知。

良知如同指南针上的指针。只有当携带指南针行走之人偏离路线时，指针才会移动改变。良知也是如此：人们行事循规蹈矩，良知会沉默不语。而一旦有人行事偏离正轨，良知就告诉他究竟偏离了什么方向，偏离了多远。

2

良知是驻留在所有人体内的灵魂的意识。只有这样的良知才能真正指导人的生命，否则人们所说的良知不是灵魂的体现，只是我们生活在其中的人区分善与恶的标尺。

3

激情的声音也许比良知的声音要大。但是激情的声音与良知冷静的声音大相径庭。而且不管激情的声音如何咆哮，它们总会在良知坚持不懈、镇定平静的理性声音面前黯然消退。

因为良知的声音是永恒、神圣的,它会一直驻留在人们内心。

——钱宁①

4

得知有人作恶时,我们通常会说这个人毫无良心。那么,良心究竟是什么呢?良心就是我们每个人心中存在着的灵魂发出的声音。

5

哲学家康德曾经说过,万事万物中有两种事物让他惊诧不已:一是天上的星星,二是人的灵魂中善的法则。

6

真正的善在每个人身上,在每个人的灵魂之中。若不在自身寻找善,就如同牧羊人去羊圈里寻找羊羔,其实那羊羔就在他怀里抱着。

六、灵魂的神圣

1

人们心中首先觉醒的意识是对自身与其他物体截然不同的那部分的认知,或者说是对肉体的认知。其次是对与其肉体不同的那个事物的认知,或者说是对其灵魂的认知。最后,是对将灵魂生存的基础分割开来的那个事物的认知,也就是对上帝的认知。那个能意识到自己与全能的上帝不同的事物就是驻留在人们肉体之内的灵魂体。

2

我实实在在地告诉你们,请听我箴言,相信我的话,也相信差我来者,将会得到永生,免罪责;他超越了死亡。我实实在在地告诉你们,那个时刻就要到来了!那死去的人可以听到上帝之子发出的声音:他们必定可以重生。

---

① 威廉·埃勒里·钱宁(1780—1842),美国历史上有名的牧师、作家、宗教思想家。

因为父乃生命之源,所以他赋予子成为生命之源。

——《约翰福音》①

3

一个人能讲出真理,并不意味着真理就出自那人。所有的真理都出自上帝。它只是通过人来传达。如果真理只通过这个人传达,而没通过另一人,说明那传达真理之人通体透彻,真理能够通过其身传达。

——帕斯卡

4

肉体是灵魂的食粮,它就像支架用于架设真正的生活。一个人能够理解的最大快乐,是认识到他肉体内存在自由、理性、爱等这些愉悦的人生应当获得的快乐。换句话说,就是认识到上帝存在其肉体内的快乐。

5

人好像总是能听到身后传来的声音,却无力转头去看那发出声音之人。这种声音通过所有的语言传出,指引所有的人。但是,从未有人能发现那发声之人是谁。只要能认真听从声音,不假思索地接受声音的指引,人就能与声音完美契合为一体。人们越是能把这声音当成自己的一部分,声音就会更好地融入他的生命。这个声音会为他开启幸福生活之门。因为这个声音就是在他肉体之内的上帝发出的声音。

——爱默生

6

只要能认识到你不是与肉体共存,而是与灵魂共存,你就可以摆脱极其困难的处境。请记住,在你肉体之内蕴藏着世界上最强大的力量。

---

① 《约翰福音》是新约《圣经》正典的第四部福音;学者同意该卷书是四福音书中最迟写成的。一如其余三部福音书,《约翰福音》记载耶稣生平。

7

人们无时无刻不在自问："我是什么？我在做什么？此时此刻我在想什么？"而且他们会很快回答说："我正在工作着，正在思考着，正在感受着这样那样。"但是，如果一个人问自己："在我自身能意识到我所做所思所感的那个事物是什么？"他得到的回答只能是："那个事物就是自身的觉悟。我们称这种自身的觉悟为灵魂。"

8

鱼在水中游，听到岸上的人们说，鱼似乎只能在水中存活。鱼感到很诧异，开始互相打听："水是什么东西？"其中一条聪明的鱼回答说："听说海中有位年长的智慧之鱼，我们游去找他问问。"于是，鱼群就游到了大海，在海中找到了那位年长的智慧之鱼，问他："水是什么东西？"智慧之鱼回答说："水就是我们所处之地，赖以生存之所。你们之所以不知道水为何物，只缘身在水中啊！"同样，人们经常不识上帝真面目，只缘身在上帝中。

——苏非主义[①]

9

感知到自己是独立的个体，就会感知到将你与其他事物区分开来的事物，也会感知到上帝的存在。

10

水滴流入大海，即成为大海。灵魂与上帝结合，即成为上帝。

——安杰勒斯

11

上帝说："我是未知的宝藏。我渴望得到众人的了解。所以，我创造出

[①] 苏非派是对伊斯兰教内信仰隐秘奥义、奉行苦行禁欲功修方式的诸多教团的统称。1821年，法国东方学者托洛克用"苏非主义"(Sufism)称呼该派。苏非主义不仅指苏非功修者所结成的团体，而且也指历代著名苏非所提出的各种思想的综合，即伊斯兰教中苦行主义与神秘主义相结合形成的苏非思想。

了人类。"

——穆罕默德

12

人无法借助理性了解上帝。众所周知,上帝之所以存在,是因为我们能感知到他的存在,而不是通过思想知道他的存在。要成为真正意义上的人,就必须意识到上帝在其心中的存在。问上帝是否存在,就像是问自己是否存在。上帝在,故我在。

13

不了解自己的人,也不会了解上帝,建议他去了解上帝如同对牛弹琴。这样的建议只对了解自己的人有效。因此,一个人要想了解上帝,就必须先了解自己。

14

假如我融化在上帝的熔炉里,上帝会将他的模样烙在我身上。

——安杰勒斯

15

灵魂就是镜子,上帝是那穿透镜子的光束。

16

不要认为活着的是肉体。活着的不是肉体,而是存在于肉体中的灵魂。肉体只是灵魂的外在体现。

17

只有肉体和灵魂共存的世界才是真实的世界。否则,世界将不复存在。

——安杰勒斯

18

如果我通过道听途说而知道上帝,那么我根本不了解上帝。只有我意识到上帝的存在,就像意识到自己灵魂的存在,才能真正了解上帝。

19

对上帝来说，我是另一个他。他在所有人的身上都能找到他的影子。

20

上帝祝愿所有人幸福。因此，如果你也祝愿所有人幸福，也就是说，你愿为所有人奉献你的爱，那么上帝就会永驻你心中。

21

人不要只为肉体而生。成为上帝，只有这样人才会真正学会担当。

——安杰勒斯

22

有人问："你忘记上帝了吗？"这个问题问得好。忘记上帝就意味着忘记你赖以为生的在你心中存在的神。

23

我需要上帝，上帝也需要我。

——安杰勒斯

24

如果你的身体日渐衰弱，你为此痛苦不堪，那么请记住：你还有灵魂，你还可以以灵魂为生。但是我们通常会幻想着其他像我们一样衰弱的人能扶持我们。

——爱默生

25

与上帝合二为一的人，不会畏惧上帝，因为他知道上帝不会自我伤害。

26

有人说，拯救你的灵魂。需要拯救的都会消亡，而灵魂永生，不会消亡，因此灵魂不需要拯救。我们只需要净化玷污灵魂的不洁之物，照亮被遮蔽的灵魂，这样上帝才能更自由地从灵魂中穿行。

七、人的生命不在其肉体之内，而在其灵魂之中；也不会同时在肉体和灵魂中存在，而是只在灵魂中存在

差我来的人是真实存在的；我将在"他"那里听闻的传授给世人。那些人不明白，"他"指的是天父说的。所以耶稣说，你们举起人子以后，必知道我是基督，并且知道我没有一件事，是凭着自己做的。我说这话，乃是照着父所教训我的。

——《约翰福音》

"举起人子"是指认识到我们自身内的灵魂并将其举起以超越肉体。

1

人们认为灵魂与肉体都存在于自身之内，需要得到永世的关爱。但是，你要知道真正的自我并非肉体，而是灵魂。请记住，要让你的灵魂超越所有肉体，要让灵魂远离世俗的龌龊，不要让肉体控制灵魂。这样你才能获得幸福生活。

——马可·奥勒留[①]

2

再强壮的身体，也会生病。万贯家财也有尽时。再强大的权力，也有终止之时。这所有的一切都不稳固。如果一个人穷其一生来让自己变得强壮、富有、有影响力，即使最后得到了为之奋斗的一切，他仍然会忧患重重、恐惧不安、怅然若失，因为他会看到所有得到的一切迟早会烟消云散。他会看到自己渐渐衰老，濒临死亡。那么要想避免恐惧和焦虑，该做些什么？唯一的灵丹妙药便是：不要将生活建立在转瞬即逝的事物上，而应该将其建立在不朽的事物之上，建立在灵魂之上。

---

① 马可·奥勒留（121—138），罗马帝国的第十六任统治者。

3

世俗变幻莫测，你永远无法确定所作所为对还是错，是否应该隐忍；也永远无法确定所得结果是否符合心意。可是如果你遵从灵魂而生活，结果就大不一样。你会明确志向，也就是遵从灵魂的需求；你会明白你的所作所为会带来美好的结局。

4

有人说，人不该爱自己。然而，不爱自己，就没有人生。问题不是爱不爱自己，而是爱自己什么：是爱自己的肉体？还是爱自己的灵魂？

5

如果听从肉体的召唤，追求荣耀、地位和财富，那么你将过着地狱般的生活。如果听从灵魂的召唤，追求内在需求——谦卑、仁慈和爱，那么你不需要刻意向往天堂般的生活，因为天堂就在你灵魂中。

6

每个人既要对他人负责，也要对自己负责，对自己的灵魂负责。人们肩负着不断培养灵魂的责任，而不是去毁灭灵魂，玷污灵魂，压制灵魂。

7

我们所有的麻烦和问题的产生，都是由于我们忘记了存在于自身的灵魂的需求。为了满足眼前肉体的享受，我们竟然出卖了自己的灵魂！

8

要想看到光明的样子，你必须成为光明。

——安杰勒斯

9

当你感觉到激情、冲动、恐惧或是怨恨时，请记住保持本色，记住你不仅拥有肉体，还拥有灵魂，那么，令你感到不安的情绪马上就会消散。

八、真正的幸福来自灵魂的幸福

1

人需要依靠灵魂生活，而不是肉体。如果一个人懂得了这个道理，依照灵魂的需求而不是肉体的需求来规划生活，即使有人用锁链束缚他，用铁条禁锢他，他依然是自由之身。

2

众所周知，每个人身上有两种生命：肉体生命和灵魂生命。肉体生命，在其刚臻于完美之时，便开始走向衰弱。随后肉体生命会越来越弱，直至消亡。而灵魂生命却从诞生之日起直至消亡一直在积聚力量，不断旺盛。如果一个人只依赖肉体而生，那么他的整个生命就等于被判了死刑。而如果一个人为了灵魂而生，那么他的幸福生活所依赖的东西就会每天为他的生命注入活力，他在死亡面前将无所畏惧。

人要想获得美满的生活，就很有必要了解自己从哪里来，未来世界将会变成何种模样。只需遵从灵魂所求，不必在意肉体之需，你就无须知道人从何处来或死后去往何方这样的问题。你不会再受这些问题的困扰，因为你将体验完美人生，而在完美人生中这些过去与未来的问题将不复存在。

3

天地初开时，理性成为了天地之母。认识到灵魂乃是自己生命之源的人，才会明白如何置身于万险之外。只有在生命的尽头三缄其口、闭塞欲念的门户，人才会消除焦虑不安。

——老子

4

不朽的灵魂需要与之相匹配的不朽事业。这不朽的事业就是：永远追求自我的完善，追求世界的完善。

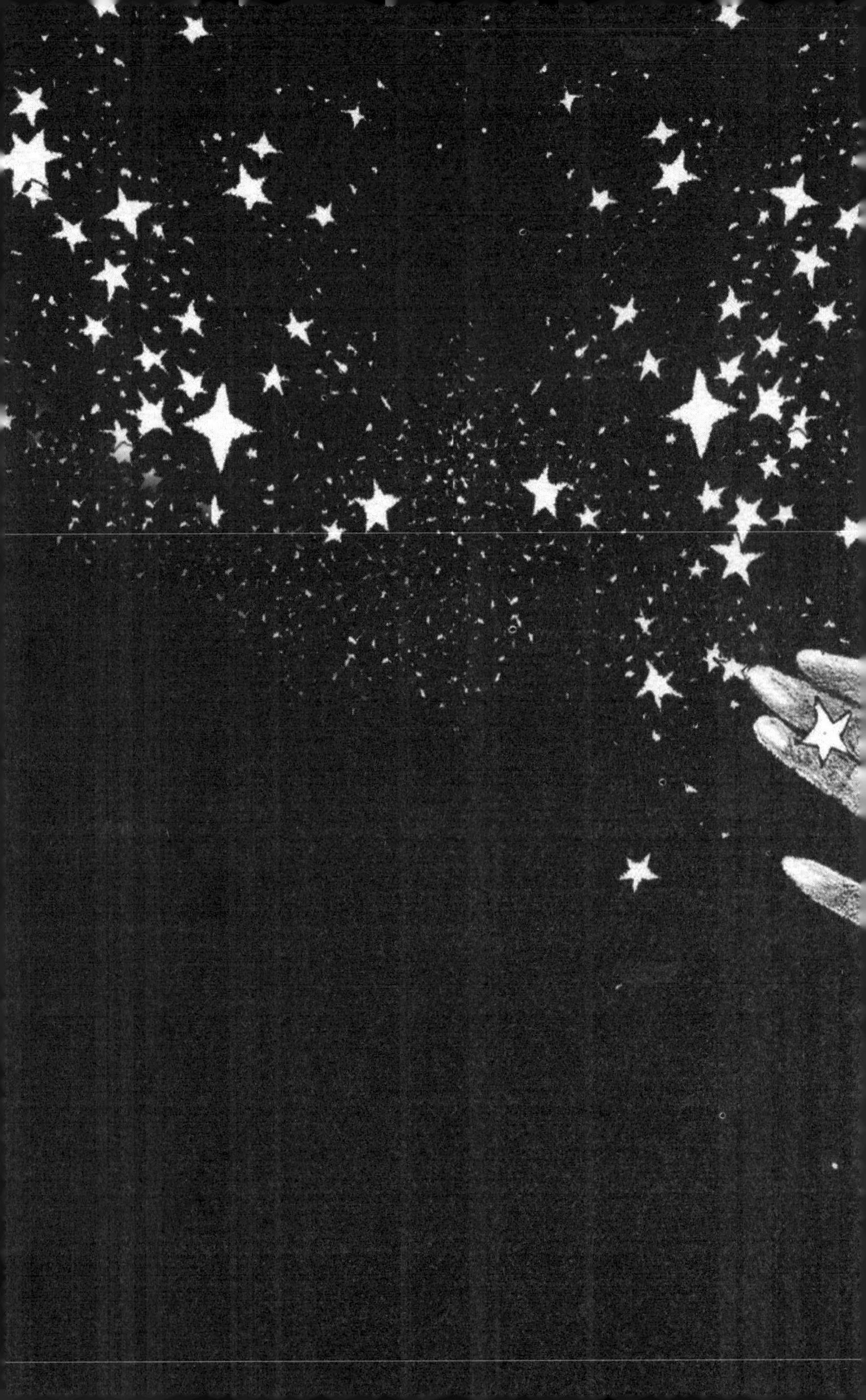

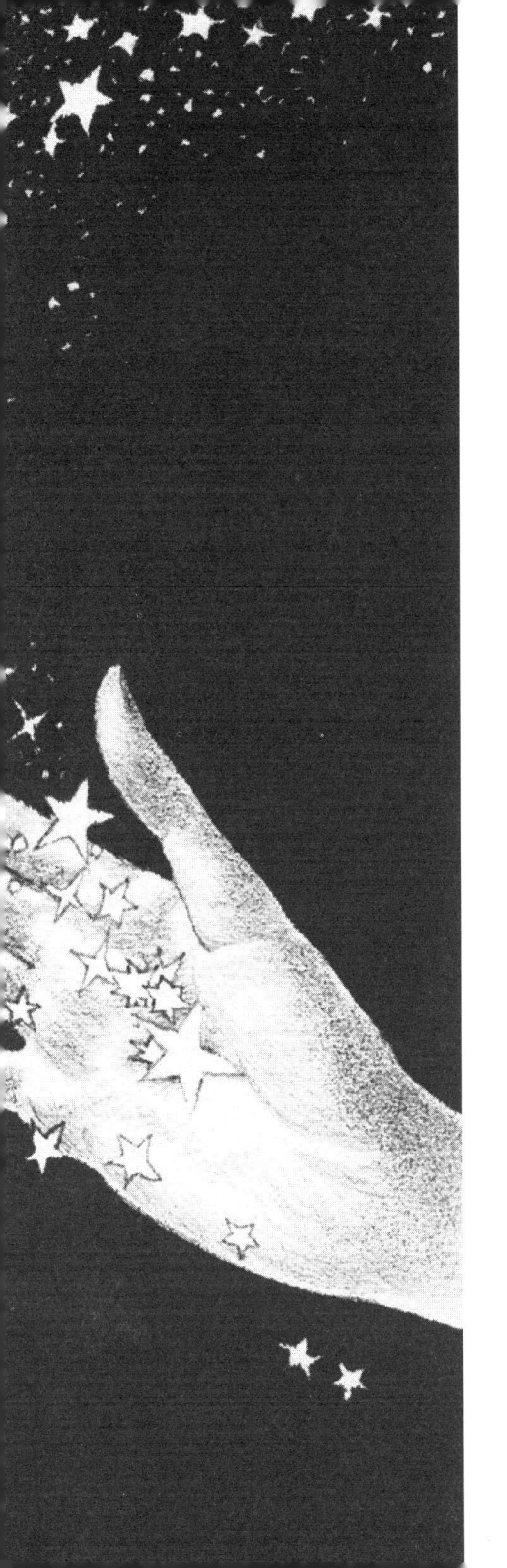

第四章 人人皆有一种灵魂

所有生灵都是根据自身不同的肉体来互相区分的。不过，赋予它们生命的只有一个，所有生灵都是这样的。

一、对灵魂神圣灵性的觉悟将所有人联合在一起

1

只是说像你我一样的所有人都有同样的灵魂还不足以诠释灵魂：可以说，同样的灵魂驻留在像你我一样的所有人身上。全人类都是通过各自不同的肉体来区分彼此的，但是他们通过赋予他们生命的那个共同的精神准则联系在一起。

2

人们彼此联合，实为最大幸福。但是，怎样才能将人们彼此联系在一起呢？我可以与自家的亲戚联合，那其他人怎么联合呢？我还可以与我所有的朋友、所有的俄罗斯人以及所有同宗教派的人联合，可是那些我不熟悉的、不同国籍、不同宗教的人怎么联合呢？形形色色的人差异很大，我该做些什么呢？

请记住这个良方：忘记那些人，不去考虑如何与他们联合，努力争取与在自己及所有人体内存在的灵魂合二为一。

3

想到千百万人与我过着同样的日子，彼此相隔千万里，那些我从未谋面的人，对我也一无所知，我便不由自主地问自己：难道我与芸芸众生之间真就没有一种纽带，能将我们联在一起？难道我们至死都无法彼此相见？情况不该是这样的。的确，不该是这样的。虽然听起来有些奇怪，可我觉得我知道我与世上的芸芸众生之间，生者与死者之间，存在着一条纽带。这条纽带是什么，我既不理解，也无法解释。不过我知道这条纽带确实存在。

4

记得有人告诉过我，每一个人身上，都有大善的品质，也有大恶的劣

性。按照这种说法，一个人可以善恶兼备。这种说法完全正确。苦难的景象能唤起人们的同情心，有时却让另一些人感到厌烦。有时即使同一个人看到饱受苦难的景象，也会时而表现得悲天悯人，时而表现得幸灾乐祸。

我注意过自己看到苦难景象时的反应：有时我会对他们的遭遇深表同情，有时却冷漠无情，有时还会对他们产生憎恶之情，甚至萌生邪恶的念头。

显然，这说明在我们身上存在着截然不同、相互矛盾的世界观。第一种是，我们把自己看作是与其他生命不同的个体；因此，那些不同于我们的生物看起来都丑陋怪异，非我同类。我们对这些异类毫无怜悯之情，把冷漠、嫉妒、憎恨、邪恶等情绪表现得淋漓尽致。另一种世界观是天下大同的和谐观。这种世界观让我们把所有生灵都看成是自己同类，所有的生命都像是我们认为的"我"。因此，他们饱受痛苦时就会引发我们的怜悯之心。

第一种世界观在我们与其他人之间竖起了一面难以逾越的围墙，而第二种世界观则消除隔阂，让我们与他们融为一体。第一种世界观教唆我们其他生灵都是异类；第二种世界观则教育我们所有生灵都是我们在自身感受到的相同的"我"。

——叔本华

5

河流与水塘不同，水塘与水桶不同，水桶与水杯不同。但是，在河流、水塘、水杯中的水是相同的。同样，芸芸众生虽各异，但是驻留在他们身上的灵魂是相同的。

6

每一个人身上都存在着灵魂，这个灵魂无与伦比。因此不管是什么人——政治家也好，罪犯也罢，高级教士或乞丐，他们都一律平等。因为在他们身上存在着同一种灵魂，它在人世间至高无上。若是敬重贵族而蔑视乞丐，就像是看重一枚金币因为它用白纸包裹，而轻视另一枚金币因为它是用黑纸包裹。永远不要忘记，驻留在别人和你自己身上的灵魂都是一样的，因此对待所有人都要一视同仁，谨慎而恭敬。

7

基督教教义中最重要的一项内容就是教诲人们四海之内皆兄弟。基督教把每个人都视为兄弟，无论是谁，做过什么，他都会同样关爱有加。基督教看重的是内在，而非外在。不过，他并不看重肉体，而是透过富人的锦衣玉衫或穷人的破衣烂衫洞穿他们不朽的灵魂。在那些堕落者的身上，他也能看到有人会将堕落者转化成最伟大的圣人，就像基督自己一样伟大。

——钱宁

8

如果一个人看不到其他人身上也存在着相同的灵魂——那个能把他与他人连接在一起的灵魂，那么他只是生活在梦中。只有在每个人身上都能看到上帝和他自己的人，才会生活在现实中。

9

基督的学说向人们揭示了存在于人们心中的唯一精神原则，即四海之内皆兄弟，共同的精神将他们紧密团结在一起，共享幸福的大家庭生活。

——拉门奈

10

越是为灵魂而生的人，就会越发意识到他与万物能够结合在一起。人若为肉体而生，就会发现周围都是陌生人；而为灵魂而生，他就会发现世界一家亲。

11

只有在每个人内心中看到自己的存在，人才会理解生活的意义。

12

与任何一个人交谈时，如果你仔细观察他的眼神，你就会感到你与他很相似，你们似曾相识。为什么会出现这种现象呢？这是因为你们身上存在共同的赖以为生的事物。

13

孩子有时比大人聪明。孩子没有任何社会地位高低贵贱之分，他能感觉到他与其他人的心中存在着相同的灵魂。

二、同一种灵魂法则不仅存在于所有人身上，也存在于所有生灵身上

1

我们在内心感受到那个我们赖以生存的灵魂，就是我们称之为"本我"的灵魂，不仅存在于每个人身上，也同样存在于各种飞禽走兽身上，甚至存在于植物身上。

2

如果我们认为鸟、马匹、狗和猴子对我们来说完全都是异类，那或许我们也该这样认为：所有的野蛮人、黑人和黄种人的人也都是异类。如果我们把他们当成异类，那么其他肤色的人也会把我们当成异类。如此一来，谁还会是我们周围的人？这个问题只有一个答案：不要去问谁是你周围的人，只需要去为所有生灵做一切你想让别人为你做的事情。

3

一切生灵皆厌痛苦，一切生灵皆厌死亡：不要只从人的角度去认识自己，还要从一切生灵的角度去认识。莫杀戮，莫去引发痛苦或死亡。所有生灵与你一样，都渴望一件事情：从一切生灵的角度去认识自己。

——佛教慧语

4

人类比动物高级，并不是因为人类可以随意折磨动物，而是因为人类怜悯它们；之所以会怜悯它们，是因为人类能感觉到在动物和人类身上共有同一

种灵魂。

5

怜悯之心是人类高于动物的最基本的品质。富有同情心的人不会受到伤害，也不会遭到冒犯，会得到谅解。善良的人不能没有同情心。一个没有正义感、尖酸刻薄的人肯定缺乏同情心。不能善待所有生灵，就不可能有美德。

——叔本华

6

人类的本性决定了他们会逐渐失去对生灵的怜悯之心。人类的狩猎行为尤其体现了这点。原本善良之人一旦习惯了追捕狩猎活动，就会对动物大肆虐杀，完全忽略了他们的残忍行为。

7

"汝不可杀戮。" 这句话并不只是针对人类，而是针对所有生物。这条戒律刻在戒碑上之前，首先应该铭刻在人们心上。

8

人们认为吃动物的肉很正常，因为有人误导他们相信上帝准许这样做。其实不然。也许哪本书里记载过屠宰动物吃肉不是什么罪过，但是人们要对动物怀有怜悯之心，就像不能屠杀人类一样，人类也不能宰杀动物。写在人们心里的这句话，要比写在任何书上都更清楚。良知尚未泯灭的人都应该懂得这一点。

9

我们感到很震惊：过去竟然有人类宰杀同类并食其肉的情况，现在这种情况仍有发生。我们的子孙后代会感到震惊，他们的父辈竟然为了吃肉每天都宰杀几百万只动物，而父辈们原本可以不用屠杀动物，以土地上生长的果实充饥便可以享受美味和健康的。

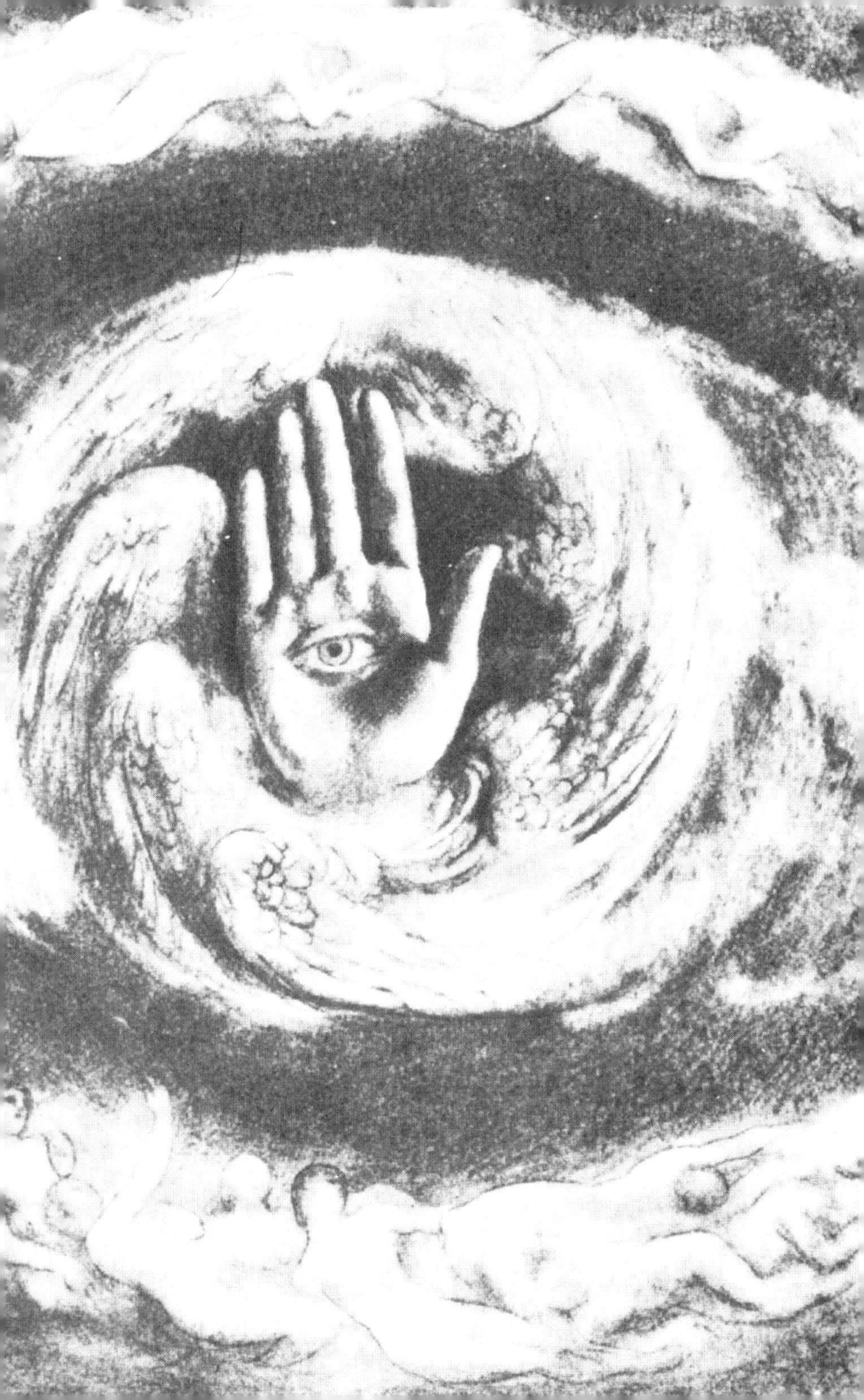

10

我们对存在于自身的事物感受强烈,但是对这种事物同样也存在于动物身上的感受却不那么强烈。但是假如我们能稍微考虑一下这些小生灵的生命,就会强烈感受到其实在这些动物身上也存在着与人类一样的事物。

11

"不过打死苍蝇或跳蚤确实不是罪过吧?""我们日常生活中的一举一动都会在不知不觉中就杀死了那些小生物。" 这些说法都是为人类残杀动物的行为找借口。说这些话的人忘记了"人无完人"这个道理。对待动物也要有同情心,便是同样的道理。我们在生活中总会误伤一些动物,尽管不能完全避免,但是我们可以对动物多一些怜悯之情。越善待动物,我们的灵魂就会更加完善。

12

要是以肉食为生的人们不得已亲自去宰杀动物的话,估计一大半人会放弃食肉的习惯。

13

人有可能会失去对同类的怜悯之情,不过也可能对昆虫会产生怜悯之情。人们心中的同情越多,灵魂就会变得越来越好。

三、生活越幸福,人类就会更清楚地认识到神圣法则的和谐性

1

人感觉彼此各不相同。但是如果每个人都离群索居,人类则无法继续繁衍生息。正是因为存在着共同的上帝的灵魂,而且人们都能意识到这一点,人类生命才得以延续。

2

有些人认为他们就是一切,他们的生命至高无上,其他人的生命都毫无

价值。持这种想法的人不在少数。不过也有一些善良之人认识到其他人的生命，包括动物的生命，同样不可忽视。这些善良的人没有只活在小"我"中，而是与其他人以及动物和谐共处。这些善良的人活得惬意，死得洒脱。他们死后，死去的只是他们的肉体；而那些与其他人共同拥有的灵魂却永生。而那些只活在自我中的人，则活得十分狭隘，死得也很痛苦。因为他们在临死前会认为他们的生命完全结束了。

——叔本华

3

为什么我们付出了爱之后会感觉灵魂得到了佑护呢？因为付出了爱之后，我们会感觉真正的自我已经不仅存在于自身，还存在于所有生灵。如果你只为自己活着，那么只是你自己那小部分在生活。如果你为别人活着，那么你会感觉那个"本我"的范畴得到了扩大。只为自己活着，你会发现自己树敌众多，觉得别人的幸福阻碍了你的幸福。为别人活着，你就会感受到友谊，感受到每个人的幸福都会成为你的幸福。

——叔本华

4

如果一个人能一心为他人之需考虑而忘我，这就是大爱。这样的行为如果在有些人看来都不太自然也不习惯的话，就太令人费解了。为什么有人会为毫不相识的陌生人殚精竭虑、奋不顾身？而这样的人绝不在少数。这只有一种解释：为他人考虑的人知道他为之忘我的人不是与自己毫不相干的人，而是一个与自身生命相同、只不过是以另一种形式出现的生命。

——叔本华

5

众所周知，我们理解事物的方式有两种，第一种是通过五官来理解，即通过视觉、听觉、嗅觉、味觉和触觉来感知；第二种是通过沟通的方式来理解,即进入别人的生命中去体验。如果只通过五官去感知事物,那么世界会变得难以捉摸。我们之所以对已知的世界有所了解,是因为我们可以借助爱进入别人的生命中去体验他们的生活。因肉体不同而各异的人彼此之间并不能互相理解。但是爱却将所有人联合在一起。最大的幸福莫过于此。

6

对人们崇拜的那些神不敬,会被视为罪孽深重,而侮辱他人人格,却不被视为罪过。其实,在最颓废堕落的人身上存在着高级物体,这种物体超越了人工制造的崇拜之物。

7

承受疾病、火灾、水灾或地震等天灾带来的痛苦很容易，承受人为造成的例如亲人兄弟造成的痛苦就很难。我们觉得应该得到人们的关爱，得到的却是他们的折磨。我们常常这样想："都是同类，他们为何带给我痛苦？"正因为如此，比起人为造成的痛苦，我们更容易承受那些天灾或疾病带来的痛苦。

8

请记住：因为每个人心中的灵魂与你心中的灵魂相同，所以不仅要尊重自己的灵魂，也要尊重每一个灵魂。

9

只有在为他人奉献的过程中人才会感受到幸福。之所以如此，是因为只有在为他人奉献的过程中，他才可以将存在于自身的灵魂与存在于他人身上的上帝之魂结合在一起。

10

我们只有为他人付出爱，才能真真切切地理解我们赖以为生的神圣之魂。

11

一位印度哲学家说过，在你、我以及所有人身上都存在着相同的灵魂生命，你却对我发怒，不爱我。要记住：你我本一体。不管你是谁，你我是相同的。

12

无论一个人多么邪恶，待人多么不公，多么愚蠢或者多么令人讨厌，请记住：不尊重他，就等于不仅切断了与他的联系，而且切断了与整个灵魂世界的联系。

13

如果你以灵魂为生,那么所有孤立于众人以外的行为都会令你的灵魂感到痛楚。那么这种痛楚从何而来呢?就像肉体上的疼痛表示肉体遭遇到了某种危险一样,灵魂的痛楚也表明灵魂遭遇到了某种危险。

四、灵魂同一性认识所产生的影响

1

我们可以体会到灵魂之间的兄弟情谊吗?我们理解与所有人共有的灵魂的同一性准则了吗?没有。我们根本没有理解。而只有这种同一性准则才能带给我们真正的自由和幸福。不理解这种最基本的基督教真理,就无法获得自由和幸福。如果我们能认识基督教这个最基本的真理,即灵魂同一性准则,我们整个人生都会改变。我们与他人之间也才能建立起一种我们目前想象不到的关系。我们强加在同胞身上的伤害、虐待、压迫,远比现在的滔天罪行更容易激起我们的愤慨。是的,我们需要新的启示,这种启示不是来自天堂或地狱,而是来自我们的灵魂。

——钱宁

2

如果一个人想通过获得财富、荣誉或者地位来显示自己与众不同,他一定会很失望。无论如何炫耀,他也不会得到安宁与快乐。但是如果他能理解自身与他人共同的灵魂的同一性准则,那么无论身处何种境遇,他都会立刻享受到平静与幸福。因为他能理解到在自己身上存在着一种世间至高无上的东西。

3

当你遇到一个人,不管他多么令人反感,都应该记住,你有机会通过他与存在于他身上、你身上以及世界万物身上的灵魂本体进行交流。不要把这种交流当成负担,应当心存感激,把它当作上天的赐福。

4

树枝被砍断,脱离了树干,也就与整棵树分离了。一个人与另一个人有矛盾,他也就与整个人类产生了隔阂。不过树枝是被人用手砍下来的,而因为憎恨与他人产生矛盾却是自断手足的行为。他没有意识到自此他便脱离了整个人类社会。

——马可·奥勒留

5

恶行不会因为作恶者受惩而销声匿迹。靠逃避的方式来防止内心的邪恶伤及他人不可取。我们的所作所为,无论善恶,就像是我们自己的孩子。它们率性而为,不会按照我们的意愿去生活。

——乔治·艾略特

6

不懂得自己的灵魂与所有人的灵魂具有同一性,人就会活得辛苦。人类间的互相仇恨、贫富不均、地位悬殊、猜忌怨恨等现象也皆源于此。人类所有的痛苦都是因为不懂得灵魂同一性准则而造成的。

7

人的肉体仅为一己私利而存在,人们通常会陷入诱惑之中不能自拔。一旦只为自己活着,一个人就会与别人产生隔阂,与上帝分离,也就无法得到苦苦追寻的幸福。

8

随着寿命的增长,人会意识到:只有认识到在自己及所有人身上存在着同一个灵魂,他们的生活才会更加幸福美满。

9

爱会激发更多的爱,这是因为在你心中被唤醒的上帝,又唤醒了其他人心中的上帝。

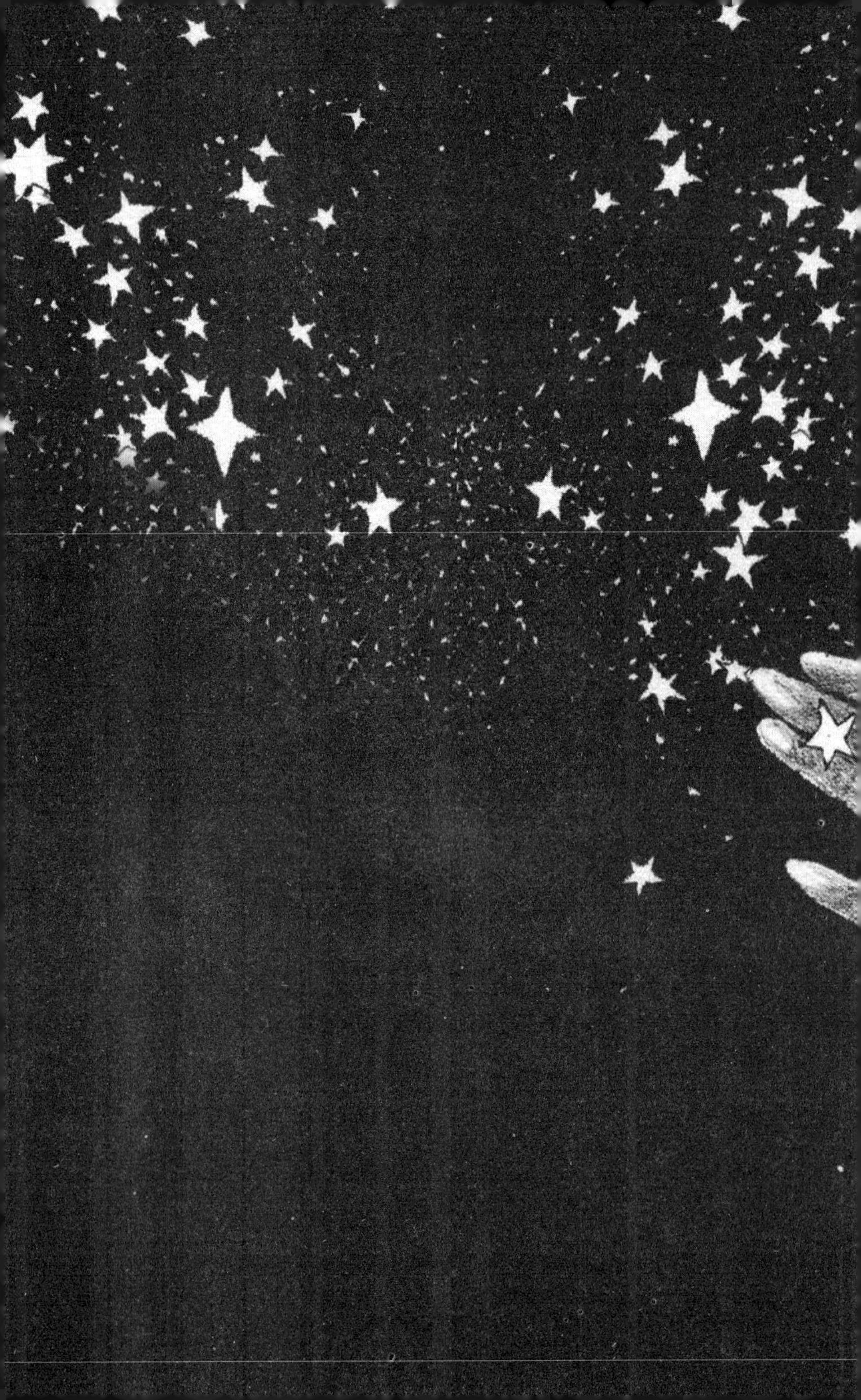

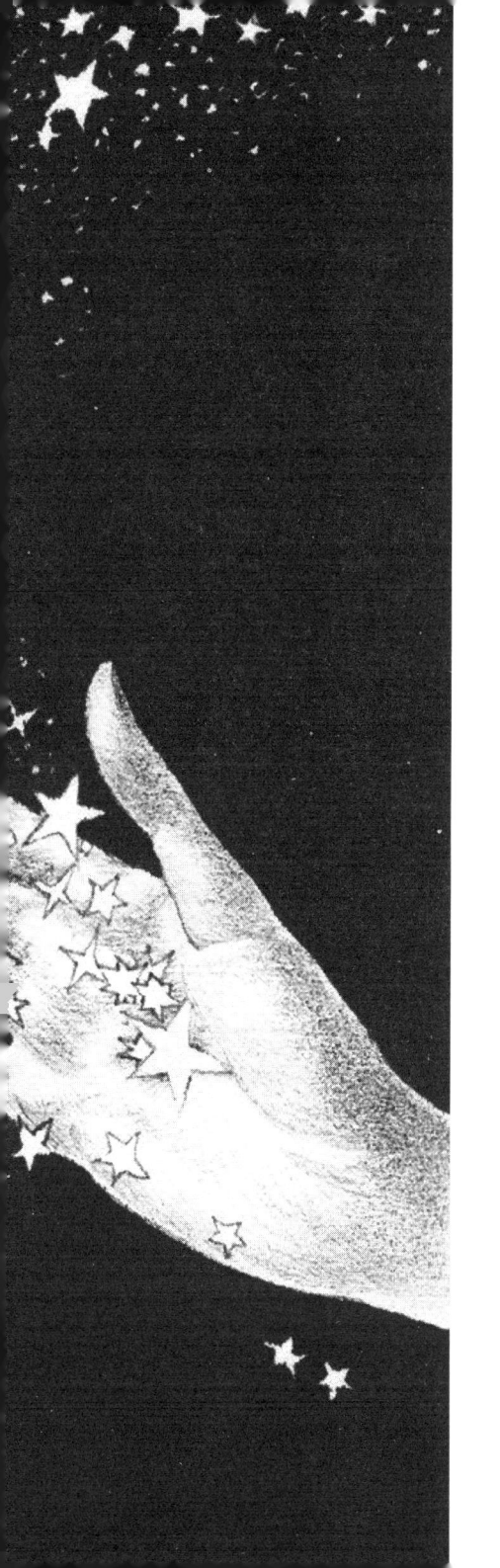

第五章　爱

人的肉体将人的灵魂与上帝隔开，也与其他生灵的灵魂隔开。灵魂便极力与上帝以及其他生灵的灵魂结合。灵魂通过不断发展的对上帝的意识来与上帝结合；而灵魂与其他生灵的灵魂相结合的方式则是通过不断增强的爱的体现得以实现的。

一、爱将人类与上帝、其他生物结合在一起

1

律师对上帝说："你要用你的灵魂全心全意地去爱上帝。这是第一个最重要的戒条。"第二个戒条是："你要爱你周围的人如爱己。"上帝回答道："你回答得很好。去完成这件事吧（这件事指爱上帝、爱周围的人），那样你就能生活得很快乐。"

2

凡间的人们，你们灾难深重！你们从头到脚都充满悲伤。你们不了解你们自己。如果你们不像孩子那样充满爱心和快乐，这种困惑将永远伴随着你们。那时你们就会认识我，认识了我你们才会认识自己，只有认识了自己，你们才会管理自己。那时，你们就会通过灵魂观察外面的世界，你们就会从心底里感到幸福。

——佛教慧语

3

上帝就是爱的化身。身处爱中就是身处上帝之中，上帝也会停留在他身上。没人见过上帝的真容，但是如果我们互相关爱，上帝就会出现在你我之中，上帝的爱也会在你我心中完美呈现！假如有人说："我爱上帝，却恨我的兄弟！"那么他在撒谎！连朝昔相处的弟兄都不爱的人，怎么可能爱从未谋面的上帝呢。我的弟兄啊，让我们互相关爱吧，因为爱来自上帝，每个充满爱心

的人都是上帝的孩子，也都了解上帝，因为上帝就是爱。

——《约翰福音》

4

只有在上帝的庇护下，人类才能联合在一起。想要联合，人们并不需要彼此见面，只要按照上帝指引的方向信奉上帝就行。假如有一座巨大的殿堂，里面只有一束光从顶部照射到殿堂中央，人们要想在殿堂相聚，必须聚集到光束所照射的中央。现实中人们要相聚也是这样。所有的人啊，请你们按上帝的指引，最后你们终将欢聚一堂。

5

"弟兄们啊，让我们相互关爱；爱源自上帝，那爱上帝之人乃上帝之子，必将了解上帝。不爱上帝之人，不会了解上帝。因为上帝就是爱。" 使徒约翰如是说。

6

爱眷顾完美。因此，要想去爱，必须在下面的两件事中选择一件去完成：要么认为完美尚未达到，要么就去爱完美，即爱上帝。假如我们认为尚未达到完美，那么迟早会发现这是个错误的认识，而爱就会因此停止。但是对上帝的爱就是完美，也永远不会停止。

7

爱所有的人并非易事。但是万事开头难，当你学会了如何做事，一切就不那么难。人可以学习任何事情：缝纫、编织、耕种土地、收割、打铁、读书与写字等；他们也应该学会如何去爱所有的人。

学会如何做到这一点并不困难，因为彼此相爱已经在我们的心中根深蒂固。

"没人得见天主圣容，但是如果我们彼此关爱，天主就会永驻我们心中。" 假如上帝就是爱，在我们心中，学会彼此关爱就不是难事。我们应该尽力摆脱那阻挡爱的邪恶力量，摆脱那阻挠爱展现其魅力的邪恶力量。只要开始学习，你会很快学会人类不可或缺的科学知识——如何关爱他人。

8

得知被人关爱是此生最令人欢喜雀跃的事情了。但是要得到他人的关爱，并不需要主动去取悦别人，只需要接近上帝。这是多么奇妙的事情啊！接近上帝，为他人赴汤蹈火，自然会得到他人的关爱。

9

有人说我们必须敬畏上帝。事实绝非如此。我们应该爱上帝，而不是惧怕上帝。你不可能去爱令你恐惧的事物。而且，你不必害怕上帝，因为上帝就是爱。我们怎么会害怕爱呢？不惧怕上帝，而是认识到他就在自己心中。你若是能感觉到上帝在心中，便会无所畏惧。

10

有人说，世界末日就是审判日，善良之主将化身为愤怒之主，但是从仁慈的上帝那里只会产生善良。

信仰千千万，但真正的信仰只有一种，即上帝就是爱。从爱中涌出的只有善意。今生来世都不要惧怕，爱带给我们的只有善良。

——波斯名言

11

想要追求敬虔的生活，就要做像上帝那样的人。要做像上帝那样的人，就要无所畏惧、无欲无求，只需要沐浴着爱。

有人说，审视自己，你就会得到安宁。这不是全部的真理。还有人说，走出自我，努力忘记自我，在享乐中寻求幸福。这也不正确。因为享乐并不能消除疾患。安宁与幸福既不在我们身上，也不在我们身外，而是在上帝那里。上帝既在我们心中，也在我们身外。去爱上帝吧，在上帝那里你会找到你追求的理想。

12

不要请求上帝与你联合。他已经将自己的灵魂放入你的心中。你只需要将那些分裂你的事物抛弃，便会与上帝合二为一。

13

人们觉得是为了自身的利益而祈祷。这其实是一种假象。人们为了心中存在着的上帝而祈祷，而上帝为所有人的福祉祈祷。

14

那自称爱上帝却不爱其他人的，是在欺骗他人。那自称爱他人却不爱上帝的，是在欺骗自己。

二、人类的肉体需要食物滋养，肉体没有食物就会痛苦；人类的灵魂同样需要爱的滋养，灵魂缺少爱也会痛苦

1

大地吸引万物，万物之间也相互吸引。同样，上帝吸引所有灵魂，灵魂之间也相互吸引。因此，应该追求"我为人人"的思想，而不是"人人为我"的思想。上帝只是向人们揭示了所有人共同的需求，而不是孤立的个人需求。为了让人们能够懂得相互需要这个道理，上帝进入他们的灵魂，化身为爱。

2

人生所有的痛苦并非诸如饥荒、火灾或作恶者等因素所导致，而是因为人类离群索居。人们之所以不合群，是因为他们不信任驻留在他们身上并将他们团结在一起的爱的召唤。

3

如果一个人还过着动物般的生活，在他看来，他是离群索居之人，并没有什么不妥。不过只要开始有灵魂的生活，他就会震惊地发现原来离群索居的生活竟然那么可悲甚至痛苦。于是他就会努力融入人群。只有爱才能将人们聚

合在一起。

4

人们需要群居生活而非离群索居的生活，这是尽人皆知的事情。人们明白这一点，不是因为有人命令他们必须了解，而是因为人们聚居在一起的日子越长，生活就越好。相反，离群索居的日子越长，生活就越糟。

5

人们的生活目标是日日月月、岁岁年年越过越好。一个人发展得越快，他与周围的人就共处得越紧密；而越是适应与人共处的生活，他的生活也会越来越好。

6

越是爱一个人，我就会感觉离他越来越近。就好像他中有我，我中有他。

7

假如我们能够坚定信仰，与人和谐相处，求同存异，那么我们就比那些伪基督教徒更接近上帝。那些伪教徒们远离异教，党同伐异，还让别人接受他们所谓的真理。

8

通往联合之途非常清晰，就像水洼之上铺的木板桥。从背离正确路途的那一刻起，你便会发现自己陷入了世俗虚荣浮华、争吵不休和恩怨仇恨的泥潭中。

9

爱你的敌人，这样你就没有敌人。

三、对所有人付出的爱才是真爱

1

上帝想让我们快乐，为此，他赐予我们对幸福的渴望。但上帝认为，独乐乐不如众乐乐，为此他赋予了我们对爱的渴望。所以，只有彼此相爱，人才能快乐。

2

罗马哲学家塞涅卡断言，所有的生灵，我们看到的有关我们的一切，都是一个统一的躯体：我们就像自己的手、脚、胃和骨头一样，是统一体中的一部分。我们同样来到这世上，同样去寻求自己的幸福，都懂得互相伤害不如互相帮助。共同的爱已深入人心。我们相互联合，坚如磐石，只有互相支持才不会崩溃。

3

每个人都在努力完善自我，积德行善；而世界上最大的行善就是与所有人和谐相处。如果我们的爱有偏向，又如何能做到仁厚宽容呢？我们要学会博爱宽容。人能学习完成各种困难任务：人能学会读书、写字，学会科学知识，学会掌握技能。如果人能以学习各种技能和科学知识的不懈精神去学习博爱，那么他很快就能学会去爱所有的人，甚至学会去爱那些令他讨厌的人。

4

如果你能意识到爱乃生命中之头等大事，当你遇见某人时，你就不会先考虑他对你是否有利用价值，而是考虑你对他是否有所帮助。遵循这一规则，你就总能立于不败之地，这会比自私自利的生活更能获得成功。

5

如果我们只关爱那些吸引我们、赞美我们、对我们有好处的人，那么这只是爱自己、自我完善的表现。真正的大爱绝不是付出就要得到回报的那种爱，绝不是只为自己寻求利益的那种爱，真正的大爱就是：我们为别人付出爱，是因为看到了在所有人身上都存在的灵魂。只有以这种方式去爱，我们才能像基督教教诲我们的那样：去爱仇恨我们的人，去爱我们的敌人。

6

我们应当尊重每个人，不管他贫穷或是愚蠢。我们必须记住：每个人身上都存在着与我们同样的灵魂。即使一个人躯体与灵魂都令人厌恶，我们也应该这样想：世上必定有古怪之人，我们应当学会容忍他们。如果对这些人表现出厌恶之情，我们首先有失公允，其次也会更加激起他们的敌意。

如此一来，这样的人就很难改变自己。试想：如果我们充满敌意，他们除了与我们为敌，争个你死我活，还能怎样呢？所以，假如一个人有所改变，我们还是愿意友善待之的。不过，一个人很难改变其固有的样子。因此，我们应该善待每个人，不该苛求他人做到其无法做到的事情，换句话说，我们不该苛求别人改变他自己。

——叔本华

7

为何与别人意见不合会感到痛苦？痛恨别人更痛苦不堪？因为我们都能感觉到在我们身上那个共有的准则，这个准则把我们塑造成人。憎恨别人时，我们就会与这个人人共有的准则背道而驰，就会背离自我。

8

努力去爱你曾经不爱的人，或者你曾经诅咒过的人，甚至是曾经伤害过你的人。如果你能这样做，便会获得全新的享受。当你从憎恨的阴霾中挣脱出来，你的心灵就会沐浴在欢畅、愉快的爱的光芒中。

9

最善良的人会为所有人付出自己的爱，无论对方是善还是恶。

10

"我很疲惫，我很苦恼，我很孤独。"可是你想过没有，是谁让你从人群中孤立出来，将自己毫无意义地囚禁在孤独寂寞的牢笼中呢？

11

你要理直气壮地对每个人说："照我的样子做。"

——康德

12

除非我亲眼看到基督的主要学说——爱你的敌人,得以奉行,否则我不会相信那些号称基督徒的人是真正的基督教信奉者。

——莱辛

四、只有灵魂才能真正接受爱

1

人人都爱自己。但是如果一个人只是爱自己的肉体,那就错了。这种爱只能给他带来痛苦。人只有热爱灵魂,对自己的爱才是正确的,而每个人的灵魂都是相同的。因此,如果一个人热爱自己的灵魂,他也会热爱其他人的灵魂。

2

所有的人都追求一个共同的目标并为之奋斗不息,那就是幸福生活。因此,早期的圣徒和先贤们就教导人们如何过上幸福生活而不是堕落的生活。所有的先贤和圣徒在不同地方、不同时期用相同的教义去教导人们。

这种教义简洁朴实,它告诉我们所有人都以相同的灵魂为生;所有的人都完全一样,但在此生被他们的肉体隔开。如果他们能认识到他们以相同的灵魂为生,就应该以爱的名义结合。如果人们认识不到这一点,仅仅依赖肉体而存活,那么他们就会互相仇视,过着凄惨的生活。

所以,整个教义的主要内容在于,要团结不要分裂。这种教义很容易令人信服,因为它深入人心。

3

用肉体寻求自己的幸福,就会给灵魂带来伤害。用灵魂寻求自己的幸福,也会给肉体带来伤害。这种矛盾不会停止,除非每个人都能认识到他的生活并非肉体的生活,而是灵魂的生活;肉体只是供灵魂改造的物质。

4

两个人从莫斯科启程前往基辅,无论两人距离有多远,即使其中一位已快到达,而另一位才刚刚从莫斯科出发,两人最终还是会在基辅相会。不过,如果其中一位从莫斯科出发去基辅,而另一位从基辅出发去莫斯科,则无论两人启程时距离有多近,终究要分离。人生亦如此。为其灵魂而生存的圣人与同样为其灵魂而生的最孱弱的罪人终究会相遇。但是如果两个人虽然在一处栖身,其中一人为肉体而生,另一人为灵魂而生,那么这两个人的距离迟早会越来越远。

5

不知为何而生的人的生活就会艰辛。不过有些人自信地认为根本不可能了解为何而生的问题,他们甚至以无知为荣。其实我们完全可以知道为何而生,而且了解这一问题非常有必要。生活的意义在于让灵魂越来越独立于肉体,并将自身的灵魂与其他人的灵魂结合在一起,与上帝全部的准则结合在一起。有些人认为不可能懂得为何而生,他们之所以心里这样想,嘴上这样说,是因为他们并没有依照世界上那些圣贤的教导生活,甚至也没有按照自己的意旨和良知去生活。

6

如果一个人只为其肉体而活着,他便会将自己囚禁起来。而为了灵魂而活着,这间囚禁他的牢房就会开启,他也将奔向幸福自由的生活,并与所有人共享。

五、爱乃人之自然特征

1

依照自然法则,蜜蜂要懂得飞行,蛇要懂得爬行,鱼要懂得游行,而人必须懂得爱才行。因此,如果一个人不是为他人付出爱,而是伤害他人,那他的行为无异于鸟儿在水中游，鱼儿在天上飞，这些都是违反自然规律的行为。

2

马靠着提高脚力速度摆脱威胁，寻求安全。它不会像鸟儿那样鸣叫，因为这无关紧要；假如失去了奔跑速度，那才是不幸。

狗最宝贵的功能是它的嗅觉。它不会飞行，但无关紧要；假如失去了嗅觉，那才是不幸。

人类也是如此。人类没有掌握降龙伏虎或制服邪恶对手的本领，无关紧要；而失去了爱的能力——这个最宝贵的天赋，这个灵性，才是不幸。一个人若失去财富或生命，失去家园或土地，不要感到遗憾，这些都是身外之物；若是失去了真正的财富、至高无上的幸福，即爱的能力，那才是最大的悲哀。

——爱比克泰德[①]

3

一位失明、失聪、失语的姑娘通过触摸学习阅读和写作，她的老师尝试向她解释爱的含义，小姑娘回答说："我理解了，爱就是人们彼此感受到的东西。"

4

世界上所有生物只有一种指导准则。这种准则指引着每个生命正确的方向，它就是万物之魂。树木依靠它向着太阳生长；花草依靠它播下种子；种子依靠它在泥土中生根发芽。人类依靠它通过爱与其他生灵结合在一起。

5

一位印度哲人说过："母亲会守护她唯一的孩子，呵护它，珍惜它，教育它；所以你，凡间之人，也要像母亲呵护孩子那样呵护、珍惜、发展在你

[①] 爱比克泰德（约55—约135），古罗马著名的斯多葛学派哲学家。爱比克泰德对斯多葛派学说有极其重要的发展和突破，是继苏格拉底后对西方伦理道德学说的发展作出最大贡献的哲学家，是真正集希腊哲学思想之大成者。

身上的世界上最珍贵的东西——对他人和对芸芸众生的爱。"所有的信仰,诸如婆罗门教、犹太教、佛教、基督徒和伊斯兰教等教派的信仰都这样教导人们。因此世上不可或缺的事情就是要学会爱。

6

人有爱心,就如水往低处流一样,是天性使然。

——东方慧语

7

有人问一位中国哲人什么是科学,哲人回答说:"科学就是去了解他人的学问。"那人又问他什么是美德,他回答说:"美德就是去爱他人。"

8

如果人类能互相关爱,那么不再互相残杀、争斗,以及废除死刑的时刻就会到来。这一时刻必将到来,因为相互关爱而不是相互仇恨的同胞之情早已深深植入人们的灵魂之中。让我们为促进那个时刻的到来齐心协力,共同努力!

六、唯有爱能带来真正的幸福

1

基督教说:"只想保住自己性命的人必将失去生命;一心向善的人才能保住生命。一个得到全世界却失去自己灵魂的人,又有何益处呢?"罗马皇帝马可·奥勒留,这位异教徒,也曾说过:"噢,我的灵魂,你何时才能主宰肉体?你何时才能从世俗的欲望与哀伤中脱离出来,不再要求人们用生和死来为你服务?你何时才能意识到真正的善良始终都由你操控,它只存在于对所有人的爱之中?"

2

若有人说他在光明中,却恨着他的弟兄。他如今仍然在黑暗中。

那爱着弟兄的人，便是住在光明里了，他没有受到羁绊。

但是那恨着自己兄弟的人却是在黑暗中，不知自己该去往何方，因为黑暗遮蔽了他的双眼……不要只口口声声说爱，要实实在在去爱。那样我们才明白自己是拥有真理的，才能心安理得。

——《约翰一书》[1]

3

如果所有的人都结合成一体，那么我们与众不同的生活（即区别于他人的生活）就不复存在。因为我们的生活将会为了融合不断奋斗，为了使分离者不再分离。这种为了使分离者结合在一起的生活才是真正幸福的生活。

4

我们能发现一切奥秘，却无法找到自我。这多么奇怪啊。人活于世数十载，在自我感觉最佳时却无法发现自我。如果他能察觉到这一点，他就会清楚地理解什么才是真正的幸福。他才会完全明白只有在他的灵魂中充满对他人之爱，他才会感到幸福的所在。

显而易见，如果我们无法发现这一点，我们就不能独立深入思考。

我们令自己的大脑变得堕落，不再努力思考问题，而思考恰恰对我们不可或缺。

如果我们暂时忘却尘世的虚荣，驻足审视一下我们的内心，就会发现真正的幸福。

我们的肉体虚弱无力、肮脏不堪、终将消亡；但是在肉体中隐藏着一件珍宝，也就是不朽的上帝之魂。如果要认识到自己肉体内的灵魂，就应该去爱他人。如果我们能够为他人付出我们的爱，就能获得满足内心的渴望，就能幸福。

——斯科沃洛达

---

[1]《约翰一书》的作者是使徒约翰。约翰一、二、三书本身皆未指明作者与授书人，但教会历来认为这三卷书都是使徒约翰写的。

5

人类取得的现代化进步,如铁路、电报以及所有的机器,都有利于人类彼此的结合,因此也有利于促进人们进一步接近天国。但问题是,人们过于迷恋这些现代化,认为只要发明更多的机器,就能尽快接近天国。这就像一个人反复耕犁一块土地而不播种,是极其错误的。若想充分利用先进的技术,人类首先应该完善自身的灵魂,培养爱心。没有爱,电话、电报、飞行器等等现代化设备就无法将拉近人类彼此间的距离,反而会让人们距离越来越远。

6

一个骑驴找驴的人,既可怜又可笑。不知道爱就在心中,身在福中不知福的人同样既可怜又可笑。

不要去观察世界和其他人的言行,只审视自己的灵魂,你就会发现在不存在幸福的地方可以寻找到幸福,你也会找到爱。找到了爱,你就会发现伟大的幸福。谁拥有了这种幸福,谁就心满意足,别无他求。

——奎师那①

7

在灰心丧气、惧怕别人、生活糟糕时,请这样告诉自己:"不必担心糟糕的情况,让我去关爱那些接触到的人,其他的随风而去吧。"这样生活,你就会发现一切都会回到正轨。你就无所畏惧,别无他求了。

8

有人说:"如果有人以德报怨,那么行善积德还有什么意义呢?"但是,如果你向人行善,而且为那人付出爱,那么你就会从你付出的爱中获得收获。而如果你能用爱来回应他加给你的恶,那么你就会获得更大收获。

---

① 奎师那,印度宗教界传说中是五千余年前的大开悟者。按印度人传说,释迦牟尼是奎师那的十大化身之一。

9

人们经常认为如果他们为周围的人付出爱,他们就会从上帝那里得到奖赏。但是,恰恰相反,如果你为周围的人付出了爱,你并没有得到上帝的奖赏,而是得到了上帝给你的、你以前从未得到过的东西,那至高无上的幸福——爱。

10

时机要来临了。耶稣所渴望的那个时刻即将来临。那时,人们为之骄傲的不是靠武力压迫他人所强占的劳动成果;人们为之欣喜的不是激起了别人的恐惧和嫉妒等情绪。人们为之骄傲的是能为所有人付出爱;人们为之欣喜的是,尽管遭受他人的伤害,他们却能感受到帮助他人摆脱邪恶的爱的力量。

11

有一个关于爱的寓言故事:从前,有一个无私的人,总是考虑别人,照顾别人。这个人的生活充满传奇色彩,就连天使也为之惊叹,为之欣喜。

一个天使对另一个天使说:"这个人很神圣,他自己根本察觉不到。在这个世界上,这样的人不多。让我们问问他我们要如何侍奉他,他想让我们赐予他什么礼物。"另一个天使回答说:"好的,就这么办吧。"其中一个天使,隐匿行踪、悄无声息,然后直截了当地对圣人说:"我们看到了你圣洁的生活,我们很想知道你想让我们赐予你什么礼物。告诉我们你想要什么。满足你看到的、你所怜悯的所有人的需求?我们可以做到。或者你想让我们授予你把别人从痛苦和苦难中解救出来的力量?被解救的人因此不会早早衰亡?我们也有这个能力。或者你想让全世界的男人、女人和孩子都爱你?我们也照样能做到。只要告诉我们你真正想要什么。"

圣人答道:"我不追求这些东西。上帝会经常光临人间,帮助人们摆脱痛苦,摆脱苦难,摆脱死亡。我也害怕得到爱,我害怕人们的爱会诱惑我,可能会妨碍我一心一意为上帝付出的爱,妨碍我专心提升自身的爱。"天使们于是都说:"这个人是真正的圣洁之人,是真正爱上帝的人。"付出不求回报的爱才是真爱。

12

你在祈求获得善良吗?如果你祈求所有人都能得到善良,那么你也会得到你想要的善良。而唯有爱才会有这种能力。

13

我不清楚,其实,我也不可能搞清楚究竟是这个学说正确,还是那个学说有误。不过,我能做到的是为我心中增添更多的爱,对此我确信无疑,而且从未怀疑过。我之所以对此毫不怀疑,是因为我心中增添的爱会给我带来更大的幸福。

14

人只有体会到肉体的生活是多么不稳定、多么不幸，才会认识到爱带给他的全部幸福。

15

所有物欲的满足和享受都是靠掠夺他人得来的，而精神享受和爱所赋予的幸福却是靠为他人奉献爱换来的。

16

对朋友行善，朋友会更加爱你。对敌人行善，敌人会成为你的朋友。

——克雷奥沃

17

盛水的器皿有漏洞，水就会从漏洞中流光。同此理，如果一个人的灵魂中装着仇恨，哪怕只是针对某个人的仇恨，所有的爱与快乐也会慢慢流走。

18

出于某种目的行善，那所行之善将不再是善。真正的爱不需要理由，不需要动机。

19

我们因为爱着自己的弟兄，所以知道彼此已经出死入生了。凡是对自己的弟兄没有爱心的，不得永生。

——《约翰一书》

20

一仆难事二主。不是恨这个就是爱那个，不是重这个就是轻那个。你们不能既侍奉神，又侍奉玛门。

——《马太福音》

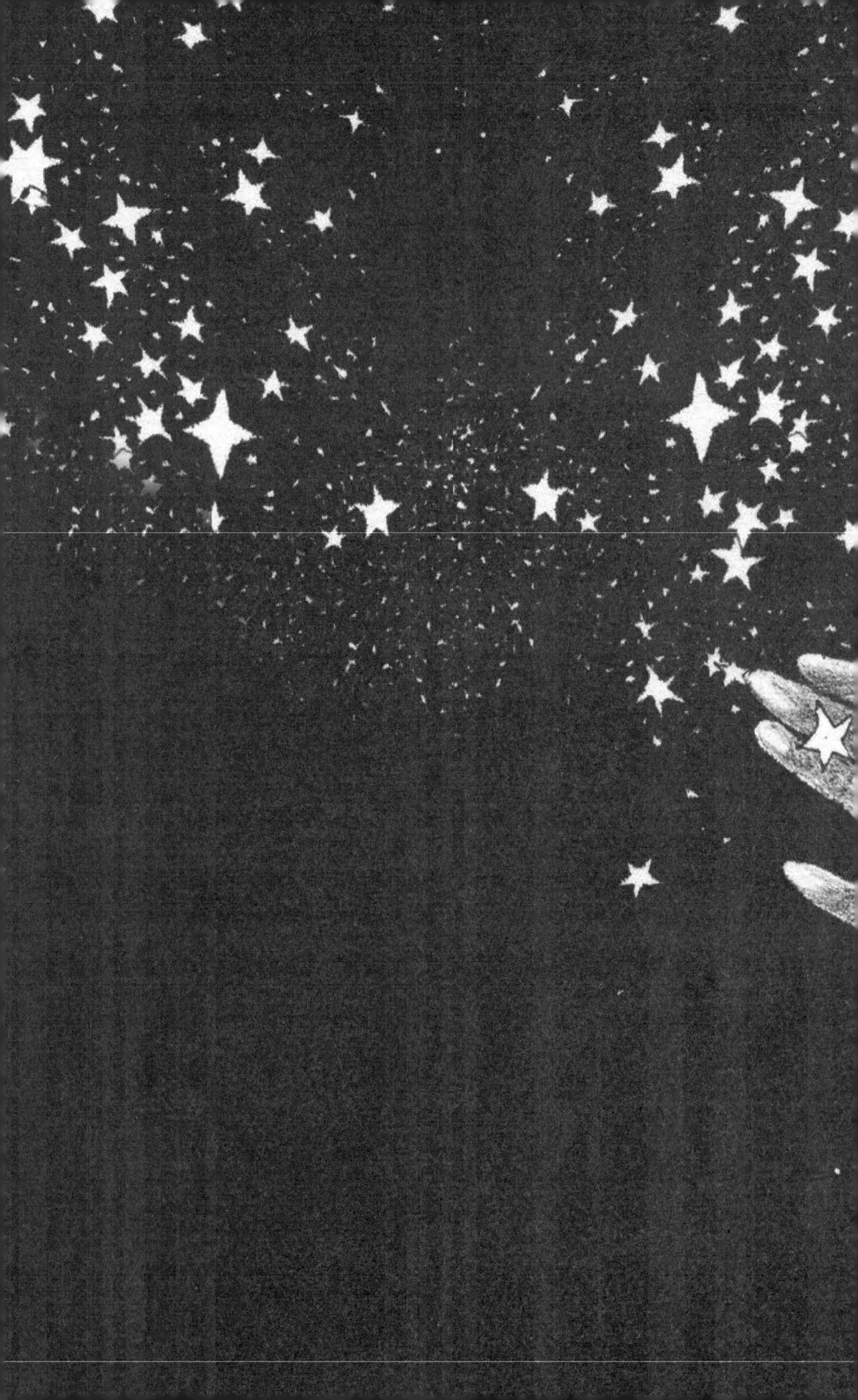

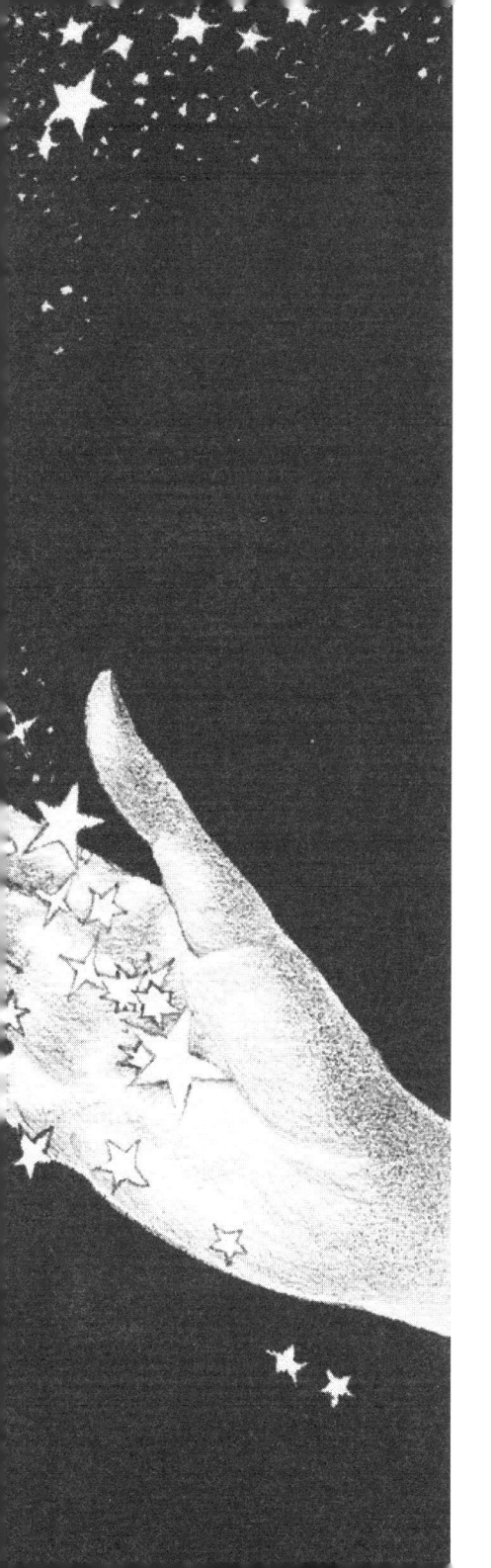

第六章　罪过、过错与迷信

人生原本可以非常幸福，但是迷信、谬误和罪过剥夺了人们享受幸福生活的能力。罪过是对肉体欲望的沉溺；过错是人们对世界与个人关系的错误理念；迷信则是错把伪信仰当成宗教的谬见。

一、真正的生命不在肉体，而在灵魂

1

耕地的农夫如果掌握不好技术，耕犁滑出了犁沟，翻不好地，俄国人就称其为"罪过"。生活也是如此。所谓罪过就是：一个人控制不好肉体，让它脱离了正轨，犯了错误。

2

人们在年轻时不懂得人生的真正意义在于通过爱完成统一，他们认为人生的目标就是满足肉体的欲望。如果这种谬见还只是停留在精神层面上，情况还不太糟糕。但是肉体的放纵往往会伤及灵魂，人们就会因此失去在爱中寻找幸福的能力。这就好像一个要寻找纯净水的人却弄脏了取水的杯子。

3

人总想尽量给肉体最大的享受，但是肉体能存活多久呢？为肉体寻找幸福就如同在冰上建房。这种毫无安全感可言的生活又有何乐趣呢？难道就不担心冰迟早要融化吗？难道就没意识到人迟早要离开终将消亡的肉体吗？把房子建在牢固的土地上，为了永不消亡的事物而努力；完善你的灵魂，把自己从罪过、过错和迷信中解放出来。

——斯科沃洛达

4

孩子意识不到自己灵魂的存在，无法体验成人的困境，他总能听到来自内心的两种声音，一种声音说："自己吃掉！"另一种声音说："让讨要的人吃掉！"一种声音说："复仇！"另一种声音说："宽恕！"一种声音说：

"相信别人的话！"另一种声音说："独立思考！"人年纪越大，就越能频繁听到这两种不一致的声音——一种来自肉体，一种来自灵魂。能够听到来自灵魂的声音而不是来自肉体的声音的人，才会得到幸福。

5

有些人活着是为了满足食欲；有些人活着是为了满足性欲；有些人活着为了攫取权力；有些人活着为了追名逐利。这些人把精力全部消耗在获取世俗上的成功，却忽略了一项最重要的事情，那就是滋养他们的灵魂。这才可以让他们获得真正的幸福。没人能够剥夺这种幸福。

6

你不能既关注灵魂又想获得世俗的幸福。如果你想获取世俗的幸福，就请放弃你的灵魂；如果你要拯救你的灵魂，就请放弃世俗的幸福。否则你只会在两者之间左右摇摆，哪一样都得不到。

7

人们通过保护肉体来获取自由，防止一切阻挠肉体表达意愿的企图。这是非常严重的错误。人们用来保护肉体享受自由不受阻碍的方式是财富、荣誉及辉煌成就，但是这些手段却无法赋予他们所追求的真正的自由。相反，这些手段只能带来更大的约束。为了获得更多的自由，人们用自己的罪过、过错与迷信为自己建起了一座监狱，将自己困于其中。

8

我们来到在这个世界有两个目的：第一，让我们的灵魂充分成长；第二，在地球上建立天国。这双重目的可以通过同样的手段实现，即让我们灵魂的精神大放异彩。

9

真正的道路笔直而通畅，漫步其中，你不会遭受羁绊。如果你感到脚陷入世俗之中无法自拔，那说明你已偏离正确的道路。

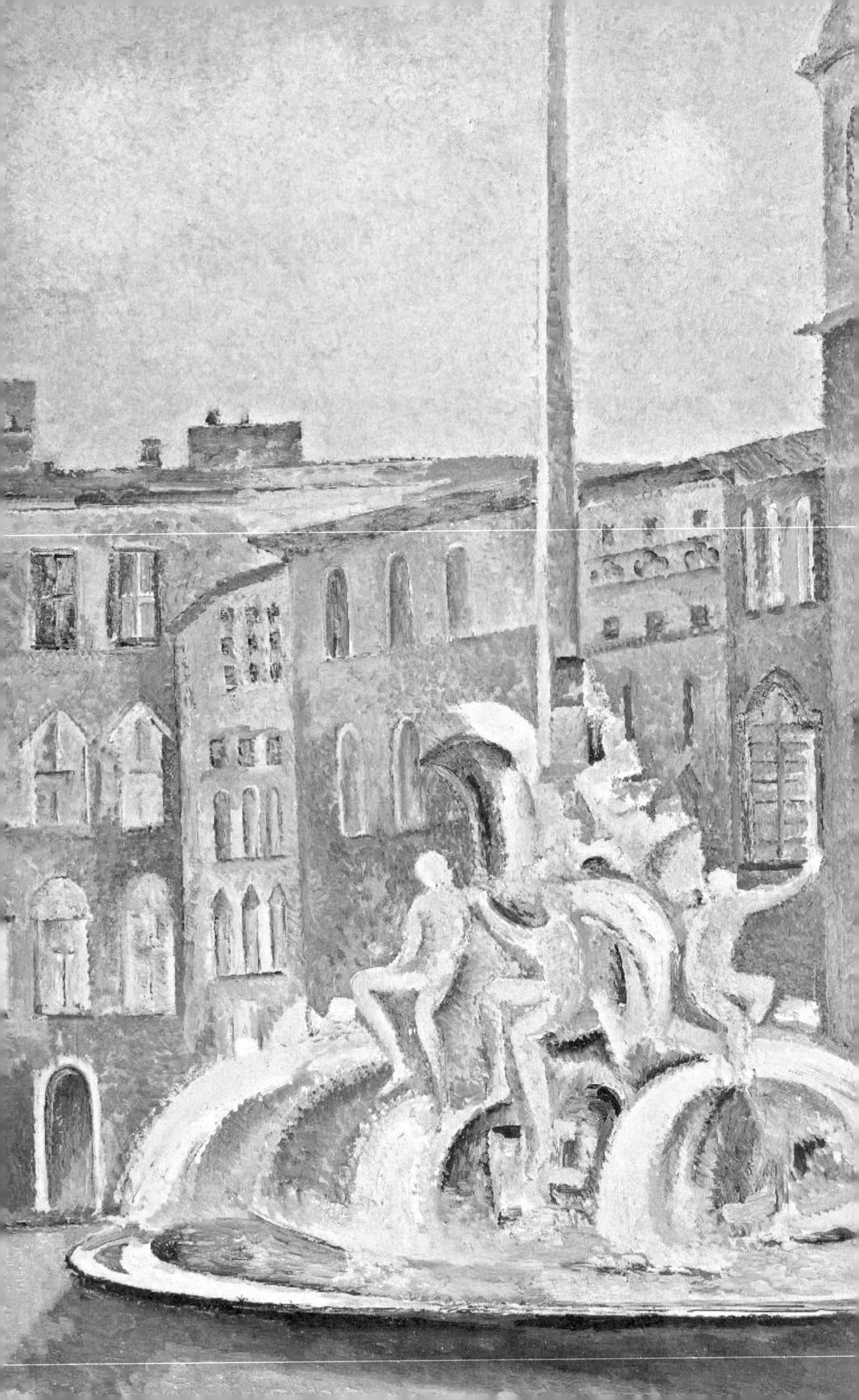

二、什么是罪过？

1

根据佛教经文的教诲，世界上有五种戒律：戒杀生、戒偷盗、戒淫欲、戒妄语、戒饮酒。因此，佛门弟子视下列行为为罪过：谋杀、偷盗、通奸、醉酒、说谎。

2

根据福音教义，爱有两种戒律。一位律师试探着问了上帝一个问题："主人，律法中最伟大的条款是什么？"

我主耶稣对他说："你要尽心、尽性、尽意爱你的主人。"这是戒律中第一条，也是最伟大的一条。第二条戒律意思是："你要爱他人如爱己。"（《马太福音》）

因此根据基督教教义，凡是与这两条戒律不符合的都属于罪过。

3

人们不会因为犯错而受到惩罚，而是以罪过进行自我惩戒。这才是最严苛的惩罚。

也许骗子或无赖能过得体面奢侈，在享乐中死去。但这并不意味着他能逃脱对其所犯罪过的惩戒。这种惩戒不是在无人知晓的地方发生，而就在此地。在此地接受惩戒的人，其新的罪孽早已让真正的幸福，也就是爱，离他越来越远；他得到的快乐也越来越少。一个酒鬼无论是否因为醉酒接受外部惩罚，最终都会因为醉酒而得到自我惩戒。因为除了饮酒带来的头疼和痛苦以外，他喝得越多，他的肉体和灵魂退化得也就越快。

4

如果人们认为此生他们可以逃离罪过，那就大错特错了。有的人罪过多些，有的人少些，但是无罪之人是不存在的。任何活在世上的人都有罪，因为其全部人生就是摆脱罪过的过程，而摆脱罪过的过程也包含着幸福之所在。

三、过错与迷信

1

人来到世上的任务就是完成上帝的意旨。上帝的意旨是让人们在他们的灵魂中将爱扩散,并将爱播撒人间。人们如何才能将自身的爱播撒人间呢?只需做到一点,即将阻挠播撒爱的一切因素消除。那么哪些因素会阻挠爱的播撒呢?罪过就是其中一个因素。因此,人们需要完成上帝的一个意旨,即清除罪过。

2

没有理性的人就像动物一样在生活,无论行善还是作恶,都是无可指责的。但是时机即将到来,届时人们会利用获得的判断力辨别自己所做的事正确与否。理性会帮助人们认识到他们所做的事情哪些是正确的,哪些是错误的。不过,人们一般不会这样去思考问题,他们往往会利用理性为自己的邪恶行为找借口,而且认为那些邪恶行为是习以为常的。这种想法会把人们引入歧途,也是罪过和迷信滋生的原因。而这些罪过和迷信也让世界陷入苦难的深渊。

3

有人认为自己毫无罪过也不需要自我改造,这种想法是极其错误的。也有人认为自己生来罪孽深重,死时也得不到赦免,因此自我改造毫无意义,这种想法也不正确。上述两种想法同样有害无益。

4

在人生的早期阶段,只有肉体在生长发展。那时,人会把肉体视为自我。即使后来他意识到身体内的灵魂开始觉醒,依旧继续满足肉体的欲望,并不顾及灵魂的渴望,因此他就会伤害自己,过错与罪过不断。人生越往前发展,他灵魂的声音就会越清晰响亮,灵魂的渴望与肉体的渴望之间的距离就会越来越大。当肉体逐渐衰弱,其欲望也越来越淡,但是灵魂里的那个"自我"却逐渐成长壮大。

随后，已经对侍奉肉体的生活习以为常的人们，为了继续保持这种习惯，便不断犯错、不断制造迷信，以维持他们的罪过。但是，不论人们多么努力试图保护他们的肉体不被灵魂的"自我"吞没，那个灵魂的"自我"在最后时刻总是能够以胜利者姿态成功征服肉体。

5

第一次所犯的每一个错误、每一种罪过都会将你束缚。不过，起初这种束缚只是像蜘蛛网那样轻柔。而再次犯错，蜘蛛网般的束缚就会变成丝线；继续犯错，蜘蛛网般的束缚就会变成粗绳。而反复犯错，束缚会变成更粗的绳索，甚至锁链。罪过起先以陌生人身份进入灵魂，后来变成客人。当一个人不断犯错，罪过最终就会反客为主。

6

灵魂处于罪恶状态，是人们认识不到所犯错误的邪恶性质所致。他们利用理性为自己在陷入罪过以及与之相关的迷信中时的行为寻找借口，而不是审视其行为是否有错。

7

刚刚步入社会的年轻人，踏上未知的新路，会发现每一条不太熟悉的小径都是那么平坦、诱人、令人倍感舒适。刚刚踏入这些小径时，这些年轻人满心喜悦地走在路上，似乎信心十足，即使走很长的路途最终还是能够回到主路上去。但是，他们很快就发现找不到回去的路了，于是越走越偏离主路，直到毁灭。

8

一个人犯下了罪过，并且能认识到自己的罪过，摆在他面前有两条路：一条路是承认自己的罪过，知过即改，不再重复犯错；另外一条路是不信任自己的良知，而是去探听其他人对自己所犯罪过的想法。如果大家都不对其加以谴责，他会继续犯错，认识不到自己的罪恶，反而会说："大家都这样做，我为什么就不行呢?"一旦进入这样的恶性循环之路,他就完全无法辨认其偏离的正路有多远。

9

过错与迷信会从四面八方将人们包围。在这些险境中穿行,如同行走在沼泽之中,人们时常会陷入其中,挣扎着爬向安全地带。

10

上帝说:"过错终将来到世上。"我认为上帝此话之意是:目前人们对真理的认识不足以让他们弃恶向善。由于过错与迷信的存在,为了让大多数人领悟真理,必须将人们带入谬误的极限,带入到因谬误引起的极大痛苦之中。

11

肉体产生罪过,思想产生过错,对理性的不信任则产生迷信。

12

一个穿着新鞋的人会小心翼翼地注意脚下的泥泞;但是一旦错走了一步,弄脏了鞋子,便不会太小心;等看到鞋子完全弄脏了,便毫不在意,索性直接趟过泥泞。每走一步,鞋子就会越来越脏。一位年轻人,在尚未被邪恶玷污,心灵保持纯洁时,会小心翼翼,避免沾染上恶习。然而,一旦犯了一两次错误,他便开始利用理性为自己找借口,认为不管自己怎样小心,也无法避免犯错,于是索性开始尝试所有恶习。

请不要这样做。

你沾染恶习了吗?那么就请净化你的心灵吧。今后要加倍小心。你有罪过吗?那么就请忏悔吧,今后要避免犯更多的罪过。

13

人非圣贤,孰能无过?而如果为自己的过错找借口,人就变成了魔鬼。

14

假如在一群有罪之人中未能发现自己或其他人的罪恶,这很糟糕。在这群罪人中只看到其他人的罪恶却未能察觉自己的罪恶,这就更加糟糕。

15

第一次犯罪的人往往总是为自己的罪恶感到内疚。而多次犯下同样的罪恶之后,尤其是发现他周围的人也犯同样的罪恶之后,他便会误入歧途,不再感到内疚。

16

肉体的罪恶随着时间的流逝而逐渐消失;与此相反,过错和迷信却会随着时间的推移而增长。

四、人生的首要任务是摆脱自己的罪孽、过错和迷信

1

肉体得到解放,人就会欣喜若狂。那么当他从囚禁自己灵魂的罪过、过错和迷信中解脱出来时,还有什么理由不高兴呢?

2

试想如果人维持动物般的生活,不去与自己的欲望斗争,那将是多么可怕的生活啊!人们之间将会互相仇视,遍地都是放纵的生活,周围遍布残忍!人类只有了解自己的弱点和欲望,与罪过、过错和迷信进行斗争,彼此才会和谐相处。

3

人生终将引导一个人逐步摆脱罪过,这是不以人的意志为转移的规律。只有认识到这一点,人才能通过自己的努力,在人生的进程中开拓前行。这样的人生也才会幸福,因为这会与为他开拓生活的事物相融合。

4

一个人认识不到自己的罪过,就会像一个木塞紧闭发霉的酒瓶,因为他无法接受那将他从罪过中释放出来的事物。羞辱与忏悔才能打开密闭的瓶子,

以获取摆脱罪过的能力。

5

两名女子到隐士那里寻求帮助。其中一位女子认为自己罪孽深重。这位年轻的女子背叛了自己的丈夫,为此她一直不断自责。另一位女子一直循规蹈矩地生活,认为自己没有任何可忏悔的罪过,对自己非常满意。隐士随后询问两位女子的生活状况。其中一位泪流满面,深刻忏悔自己罪孽。她认为自己罪孽深重,不可饶恕。另一位女子却说她不知道自己有什么特别的罪过。

隐士对第一位女子说:"去吧,上帝的侍女,到墙后面为我找一块你能搬得动的大石头,带给我。"然后他又对另一位女子说:"你也到墙后面给我带来一些石头,尽力而为,不过只要小石头。"两位女子听从了隐士的要求。第一位女子般来一块大石头,另一位女子装来满满一袋子小石头。于是隐士继续说道:"现在我来告诉你们下面做什么。把这些石头放回原处。然后再回到我这里。"

于是两名女子赶快按照隐士的要求去做。第一位女子十分轻松地就找到发现石头的地方,将大石头放回原处。但是第二位女子却怎么也想不起那些小石头的位置,因此无法完成隐士的吩咐,只好悻悻而归。

隐士说:"罪过正是如此。第一位女子,你很轻松地便将大石头放回原处,因为你知道它的准确位置。而第二位女子,你却做不到,因为你记不起那些小石头各自的位置。罪过也是如此。

第一位女士,你能记得自己的罪过,并为其承受着来自他人以及自己良心的责备,十分谦卑,因此能够摆脱这些罪过及其所产生的后果。"

随后,隐士转向了另一位女子,对她说:"你曾经犯过一些小的罪过,却记不起来了。你没有为自己所犯的这些小罪过忏悔,反而逐渐习惯了带着这些罪过去生活。你谴责其他人的罪过,却在自己罪过的泥潭中越陷越深。"

6

人生来有罪，所有罪过均出自肉体。但是内心的灵魂却与肉体进行斗争。人的一生就是灵魂与肉体斗争的一生。那些在灵魂与肉体斗争中支持灵魂一方，认为灵魂必胜的人会得到幸福，因为哪怕到生命最后一刻，灵魂也终将战胜肉体；而站在肉体一方，支持肉体征服灵魂的人，不会幸福，因为肉体迟早会失败。

7

永远不要惧怕罪过。不要对自己说："我非常脆弱，无法避免罪过，我已经习以为常。"只要生命不止，与罪过的斗争就不会停止。即使今天无法战胜罪过，还有明天；如果明天不行，还有后天；后天不行，生命结束前就一定可以胜利。但是，如果你放弃斗争，你也就推卸掉了生命中的首要任务。

8

你无法强迫自己去爱。如果你不去爱，并不意味着你心里没有爱，而是因为在你心里有阻碍你去爱的东西。打个比方，一个被塞得很紧的瓶子，无论你怎么翻来覆去地晃动，如果不打开塞子，里面的东西也没法倒出来。爱也是如此。你的灵魂充满了爱，但是这种爱无法表达出来，因为你所犯的罪过阻挡了爱的播撒。要想让每个人感受到你的爱，就要将灵魂从阻挡它的东西中释放出来。这样，你才能爱所有的人，包括那些你视为仇敌以及被你憎恨的人。

9

只有那些无法意识到自己与上帝以及所有人都共存着一种灵魂的事物才是无罪的，所以植物和动物都是无罪的。但是人能意识到动物与上帝的存在，因此都是有罪的。我们称孩子无罪，其实是错误的。孩子也是有罪的，只不过比成人的罪过少一些而已。他有肉体，因此便有了肉体的罪过。像圣徒一样的人也不能免罪。尽管他的罪过比一般人少些，但是仍然有罪。因为无罪的生命是不存在的。

10

人类的肉体限制了存在于肉体之中的灵魂的发展。灵魂却能突破这种限制并且变得越来越自由。生活之路就在于此。

11

孩子还不了解什么是罪恶,因此,对所有罪恶都是排斥、反感的。成年人早已陷入迷途,犯下罪恶却浑然不觉。

12

幡然悔过说明你已经认识到自己犯下了罪行并准备与这些罪行作斗争。因此,就像油灯尚未熄灭时应该赶快去添油一样,要趁着你还有气力时去忏悔,还算为时未晚。

13

如果有人认为可以通过信仰以及得到他人的谅解,从自己的罪恶中解脱出来,那他就大错特错了。什么都不能赦免罪恶。人只有认识到自己的罪恶,永不再犯才是正道。

14

有人对自己说他已经从罪恶中解脱出来了,这个人真是可悲啊!

15

要想与自己的罪恶作斗争,就需要不时地摒弃你业已习惯的行为。这样你才会了解你是支配肉体,还是成为肉体的奴隶。

五、罪过、过错、迷信以及伪教义对灵魂生活展现的意义

1

相信上帝创造世界的人经常会问:"为什么上帝要创造一个有罪之人呢?人为何无法避免罪过?"这就像在问为什么上帝创造了母亲,还让她们必须忍受怀胎之苦,还要照顾孩子,把他们抚养成人呢?上帝直接把孩子送给

母亲岂不是更好？这样母亲就无须遭受分娩之痛，无须照顾、养育孩子，也无须为孩子担惊受怕。没有母亲会问这样的问题，因为她爱孩子，即使忍受分娩之痛也觉得值得，愿意体验照顾、抚养孩子的乐趣。

人类的生活也是如此：认识到罪过、过错、迷信，并与它们作斗争然后战胜它们。人生的快乐和意义就在于此。

2

了解自己所犯罪过是一件令人感到沉重痛苦的事情；但是感受到从罪过中解放出来就会欣喜不已。若没有夜晚，我们就不会感受到看到阳光的喜悦之情。没有罪过，人类就无法获得了解正义的快乐。

3

自从人这种理性的生灵来到世上，便学会了区分善与恶，并利用祖先分辨善恶的经验与邪恶作斗争，追寻真理，探索正确的道路。于是，人类缓慢却又坚定地在通往正义的道路上前行。后来，人们在路上遭遇了罪过、过错与迷信，它们对人们轻声低语，怂恿人们不要再去探寻什么真理，鼓吹所有的努力都是徒劳；只要墨守成规、循规蹈矩地生活，人们就能得到幸福。

4

人如果没有灵魂，就不会知道肉体的罪恶；若不是因为了解肉体所犯的罪过，他也不知道自己还有灵魂。

5

罪过、过错和迷信是爱的种子得以播种并萌发的土壤。

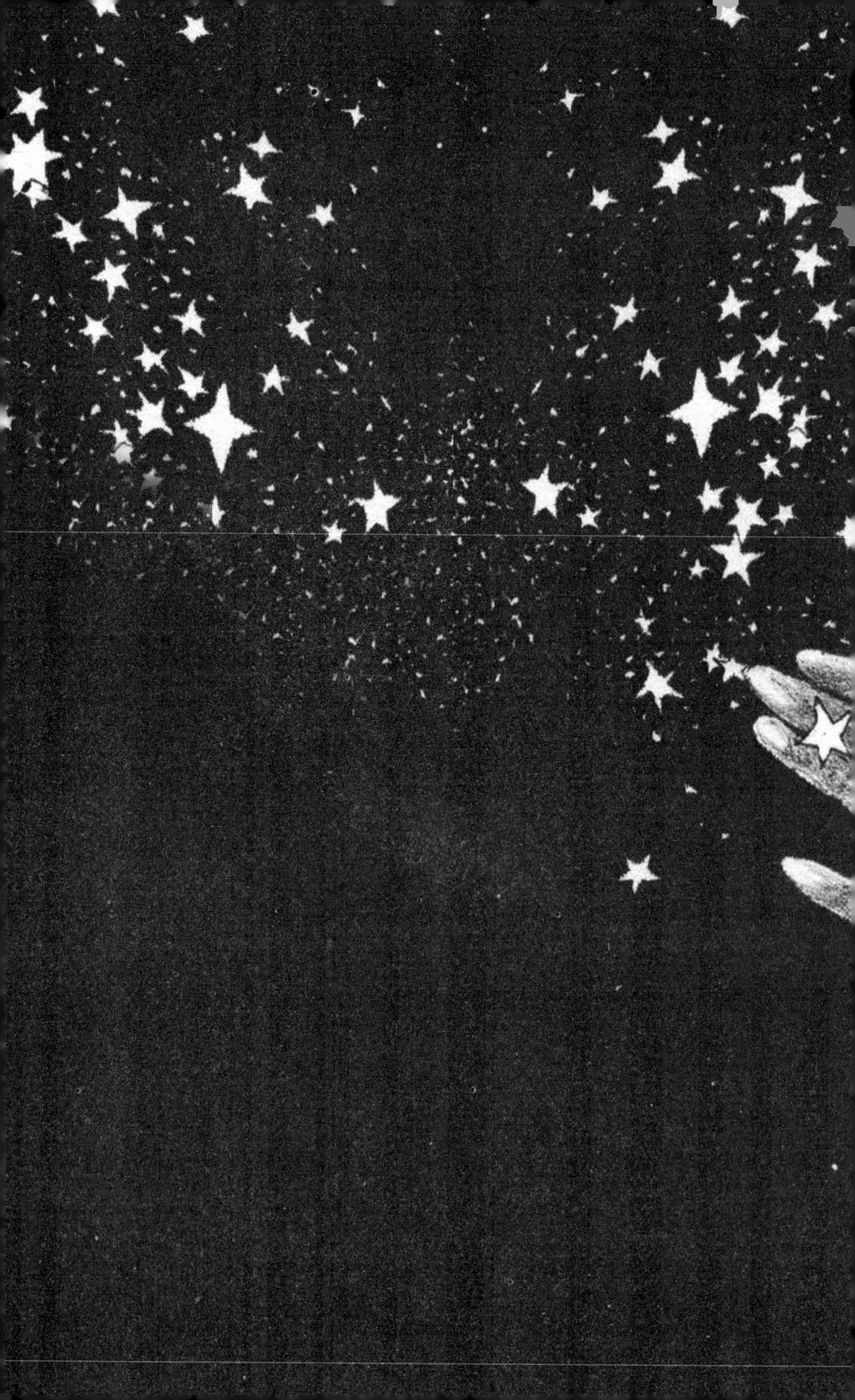

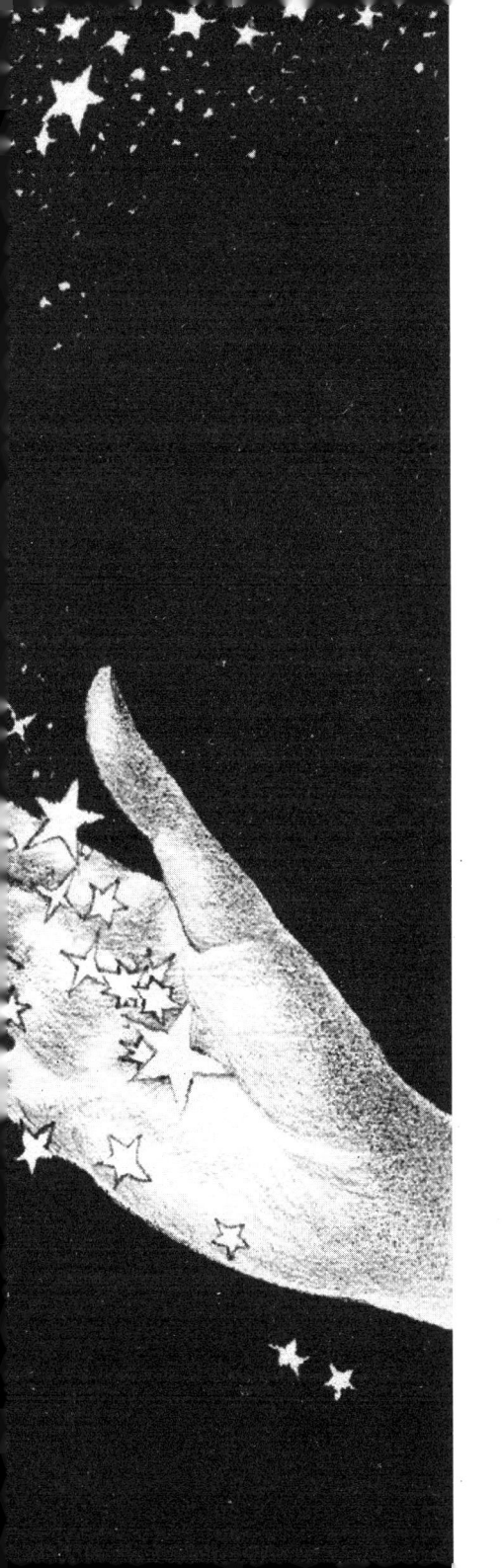

第七章　放纵

人最大的幸福莫过于得到爱。但是如果人只是为了满足肉体的需要，而不是滋养爱，那么他终将失去幸福。

一、一切过量的需求对肉体和灵魂都有害

1

肉体只有在需求时才应该得到满足。利用才智为肉体创造获得快感的机会，让灵魂为肉体服务，而不是让肉体为灵魂服务，这是与正确的生活相悖的。

2

你越是习惯了奢侈的生活，就越会陷入任人奴役的境地。因为你越贪婪，自由就会越来越少。完美的自由是无欲无求的自由，不太完美的自由是满足少量需求的自由。

——圣·约翰·克里索斯托[①]

3

如果你身强力壮，疲惫劳作之后，你会觉得面包和水的美味要胜过所有富人吃的美食；你会觉得稻草铺的床会比弹簧软床更松软舒适；你会觉得穿在身上的工作服好像轻柔地抚过你的身体，比那些绫罗绸缎更加轻柔顺滑。

4

如果你过于迁就肉体的需求，肉体肯定会衰弱；如果你让肉体劳累过度，肉体也同样会衰弱。不过，你必须在两者之间选择其一的话，宁可让其精疲力尽，也别让它饱食终日。这是因为假如你睡眠不足、饥肠辘辘，身体很快就会提醒你犯的错误。而如果你让肉体饱食终日，它就不会马上提醒你，而是在虚弱多病时才会提醒你犯的错误，那样就为时已晚了。

[①] 圣·约翰·克里索斯托（约347—407），被称为最伟大的传道者（希腊人称他为"金口约"）。约翰的讲章有八百多篇流传了下来，比任何教父留下的讲章都多。

5

苏格拉底生前节制饮食，戒绝一切不为充饥而只为满足口福的食物。他要求自己的弟子们也这样做。他认为饮食过量不仅危害身体，也会危害灵魂。他建议饮食有度，最好在饱餐前就离开餐桌。他提醒弟子们回忆一下尤利西斯的故事：女妖喀耳刻未能迷惑尤利西斯，就是因为尤利西斯拒绝贪食。而尤利西斯的伙伴们却未能幸免，他们因为没能抵抗住诱惑，吞食了女妖的美食，结果都被她变成了猪。

6

那些腰缠万贯、博学多识的人自诩是文化人，按理说他们应该理解贪食、贪杯、贪图衣着华贵有害无益的道理；但正是这些人开发了各种美食，制造了令人迷醉的饮品，发明了各种锦衣华服。更有甚者，这些人的不良表现败坏了风气，腐蚀着普罗大众的思想。一般人会这样想："如果有文化的人都喜欢奢侈享受的生活，那么这样做肯定是正确的。"于是，大家纷纷效仿，他们的生活就这样被毁掉了。

7

现在大多数人都认为幸福生活的关键在于满足肉体的需求。事实上，这种流行的学说来自那些社会党人的说法。根据这种学说，需求不多的生活是动物的生活，而有教养有文化的人，其首要特征就是需求增多。需求增多也是文明人尊严意识觉醒的标志。时下，人们对此学说笃信不疑。他们甚至嘲笑那些认为减少欲望才能获取幸福生活的智者。

8

请看看奴隶是如何渴望生存的。首先，他渴望获得解放。他认为获得解放是享受自由快乐生活的唯一途径。他对自己这样说："只要能获得自由，我马上就能过上幸福的生活。我不再给主人当牛做马侍奉他，我能以平等的身份与所有人交谈；我不必征得任何人同意，想去哪儿就去哪儿。"

但一旦获得自由，他立即就去讨好别人，从而确保能够求得更好的食物。为此，他能忍受任何侮辱，卑躬屈膝。当他去攀龙附凤时，便再次陷入他最近曾极度渴望摆脱的奴隶境地。

这样的人一旦发迹，就会变得骄奢淫逸，还会傍上情妇，变得更加卑鄙下贱。尽管腰缠万贯，他仍然缺少自由，于是便开始牢骚满腹、怨声不断。压抑无望时，为奴时的情景就会历历在目，他便会抱怨说："不管怎么说，给主人当牛做马的日子其实还是挺好的。我衣食无忧，不用担惊受怕。生病时，有人照顾我。当牛做马的日子也不太差啊。再看看现在的日子，我多累啊。我曾经只需要服侍一个主子，现在却要伺候那么多人。我要去讨好那么多人啊！"

——爱比克泰德

9

欲望越少，生活就越幸福。这是一条亘古真理。然而，很少有人能够真正懂得并接受它。

10

罪恶之中有针对他人所犯的罪，也有针对自己所犯的罪。对他人所犯的罪行是不尊重存在于他人心中的上帝的灵魂而造成的。

11

你若是想要过一种平静与自由的生活，那么就要学会舍得，丢掉那些可有可无的东西。

12

肉体的需求很容易得到满足。真正难求的是那些不必要的东西。

13

满足欲望不是件坏事，但是最好别去过分奢求。

——墨涅的莫斯

二、肉体的欲望永无止境

1

仅仅满足肉体的需求并不难。除非意外灾难的发生导致人们食不果腹、衣不蔽体,人们才会无法庇护肉体。没有任何力量能够满足人们所有的欲望。

2

孩子会无理取闹,大哭大叫,直到其要求得到满足才罢休。一旦得到了满足,孩子就会停止哭闹,没有更多的要求。成人则不同,如果他们是为了满足物质需求,而不是满足精神需要生活,欲望就会永无止境。

3

为了满足肉体的欲望,便毫无节制地供其所需,这种做法大错特错。因为骄奢淫逸的生活不仅不会增添乐趣,反而会减弱人们对锦衣玉食、娱乐、睡眠的兴致。如果你并不十分饥饿,却为了满足口福而让胃口大开,你的胃功能就会紊乱,你就会失去胃口,不再对美食兴致勃勃。

可以步行尽量不要坐车,尽量不要享受软床、满足口福、享用奢侈的家具。不要只想依赖别人为你去做你本来应该做的事情。试想,没有劳作之苦,哪来愉悦之情?不经历寒霜苦,哪得暖意绵绵?你也不会享受到酣睡入梦的感觉。你的身体会逐渐衰弱,生活中真正的幸福、平安与自由的乐趣也会逐渐减少。

4

人应该跟动物学习如何适可而止。一旦满足了肉体的需求,动物会适可而止,归于平静。但是人并不满足于食能果腹、居能遮风避雨的生活;人们开发了各种各样的精美食物和饮料,建造出华丽的宫殿,大肆购置绫罗绸缎以及各种无用的奢侈品,最终生活不但没有好转,反而更糟。

5

满足肉体生存的基本需求很容易。但是,肉体的欲望是永无止境的,永远无法满足。

三、贪食之罪

1

智者说：感谢上帝，他让人们能轻而易举得到生活必需品，想获得不需要的物品却困难重重。获取食物尤其如此。人们为了保持健康、保存体力而需要的食物简单便宜：面包、水果、蔬菜、水等等。这些食物随处可得。而要想得到各种美食就不太容易了，比如冰激凌。这些满足口福的食物不仅难以获得，而且对身体有害。因此，身体健康的人虽然整日粗茶淡饭，却没必要羡慕那些整日山珍海味，却弱不禁风的富人。与此相反，富人们倒是应该羡慕普通人，向他们学习健康饮食习惯。

2

若不贪婪，鸟儿不会自投罗网，那么捕鸟人就会一无所获。人也面临着各种圈套的诱惑。胃口会成为束缚手足的枷锁。为满足胃口而甘受奴役，人也会永远为奴。若想要自由，人首先要摆脱胃口的桎梏，抵住诱惑，饮食适可而止，吃饱就好。

3

下面两件事情哪一件更有意义呢？第一件事情：每周花四个小时制作面包，在接下来的一周内，以此为食。第二件事情：每周花二十一个小时准备精致美味的食品。考虑一下什么更宝贵呢？是节省十七个小时的宝贵时间呢？还是准备珍馐美味？

4

如果人们只在饥饿时才进食，而且只食用那些粗茶淡饭、健康食物，那么他们就很少得病，也能很容易抵御各种欲望的诱惑。

5

吃饭为了活着，但是活着不仅仅是为了吃饭。

6

饿死的人并不多，而许多人是因为饱食终日、无所事事而亡。

7

"只有一锅汤，却处处有健康。"这是一条很实用的谚语。人们都应该这样去做。

四、肉食主义之罪

1

古希腊哲学家毕达哥拉斯是位素食主义者。为其书写传记的历史学家普鲁塔克曾被问及毕达哥拉斯为何禁荤，普鲁塔克回答说，他对毕达哥拉斯禁荤并不感到惊讶，让他诧异的却是，有些人明明可以靠谷物、植物及水果填饱肚皮，却仍要坚持捕猎、屠杀、食用那些生灵。

2

从前，哲学家们教导人们不要吃动物的肉，应该以植物为食。但是人们并没有理会这些有道理的话，依旧我行我素，以肉为食。如今，认为吃肉是罪过应该禁食的人的数量与日俱增。不过令人震惊的是，我们发现还有人会同类相残、同类相食；我们也曾惊闻非洲至今仍存在食人部落。而为有人屠杀动物为食感到震惊的时代也即将到来。

3

对动物充满怜悯之情是非常善良的品格。毋庸置疑，对待动物残忍的人缺失宽仁之心，绝非良善之辈。

——叔本华

4

人们会从同情怜悯动物的情感中获得快乐，这种快乐将百倍弥补克制猎食动物造成的失落感。

5

"不可杀生。"这条戒律不仅仅适用于人类间的自相残杀，也适用于所有生灵。这条戒律不应该只刻在西奈山上，更应该刻在每个人的心中。

6

一头奶牛养活了你和孩子十年，一只绵羊的羊毛让你获得温暖。然而它们得到了什么奖赏呢？最终难逃被你宰割的厄运。

7

不要对你的弟兄动手，也不要向居住在我们这个星球上的任何生物体举起屠刀——无论是你的同胞，还是牲畜、野兽，或是天空中飞翔的鸟儿。在你的灵魂深处，一个平静的声音告诉你：不要杀戮！鲜血就是生命，而生命一旦消逝，将无法挽回。

——拉马丁

五、贪恋饮酒、烟草、毒品等的罪恶

1

若想过上幸福生活，人需要保持理性，因此应该高度珍视理性。然而，人们却将理性淹没在烟草、酒精、毒品中，去寻找刺激。为何会这样呢？这是因为人总有猎奇的欲望，喜欢在邪恶的生活中寻求刺激。他们的理性如果没变得麻木，总会指出他们生活的罪过。

2

不同的人有不同的习惯。但是无论贫富，抽烟喝酒的习惯却是非常一致的，其原因何在？这是因为大多数人对自己的生活不太满意，总是想寻求肉体的愉悦。但是肉体的欲望永无止境。无论贫富，人总是会在吞云吐雾和买醉中寻求忘却现实。

3

一个人在黑夜中提着灯笼前行。他走得很慢，迷了路，然后重新找回来。突然，他变得十分烦躁厌倦，干脆直接扔掉灯笼，冒着迷路的风险继续前行。这不正是一个人通过酒精、烟草、毒品来麻醉自己的状态的真实写照吗？人很难确定自己的生活之路，每当偶尔偏离了正路，迷路了，便重新回来继续走。然而，每次返回正确的道路总是很麻烦，于是，为了省去这个麻烦，人们便开始用酒精和烟草来麻醉自己，从而熄灭了理性唯一的光芒。

4

酒精、毒品和烟草对人生毫无益处。人人皆知它们对肉体和灵魂都有害，但是仍有千百万人耗费生命去生产这些害人的毒药。人们这样做原因何在？因为人们陷入满足肉体欲望的罪孽中无法自拔。发现肉体永远无法满足，他们便发明了诸如酒精、烟草和毒品之类的东西麻醉自己的神经，从而忘却要面对的无法满足需求的现实。

5

如果一个人生活的目标是满足肉体需求，当无法实现目标时，他就会不遗余力地欺骗自己，幻想着自己满足了所有的欲望。而酒精、烟草和毒品正是让他进入这种麻醉幻想状态的工具。

6

买醉或吞云吐雾永远无法激励人们去做诸如工作、冥想、探视病人或祈祷等善事，但是大多数恶行会在酒精的刺激下爆发。通过毒品麻醉自我并不构成恶行，却是所有罪恶的催化剂。

7

如果酒精、烟草和麻醉品无法麻痹理性，那么它们也无法支配邪恶的意念,也就不会有人愿意去品尝那苦涩的烈酒,也没人愿意去吞云吐雾。

8

贪食之人必定难以抵挡懒惰的侵袭。倘若再贪杯,则难保纯洁。

9

我们需要诅咒三种不良习惯:醉酒、食肉和吸烟。

10

如果人们不再用酒精麻醉、毒害自己,那我们的生活该变得多么美好啊,那种美好令人难以想象。

六、满足肉体欲望会伤害灵魂

1

世上有两种人:一种人自食其力,但求填饱肚子;自力更生,但求衣能蔽体;自建家园,但求遮风挡雨。另一种人善于阿谀奉承,见风使舵。他通过欺诈强制手段攫取锦衣玉食,过着骄奢淫逸的生活。你觉得哪种人的生活更好呢?

2

奢侈生活有害无益。因为你对肉体的需求越大,为了满足它衣食住行的要求,你付出的就越多,给肉体带来的负担就越重。追求奢华生活是非常错误的,但是有人却忽视了这种错误。这些人通过欺诈手段哄骗别人忘我地为他们提供服务。所以,对于富人来说,这种行径就不是有失公允的问题,而是邪恶罪孽。

3

只为自己肉体而生的人,就像拿走主人钱财的奴仆,没按主人的吩咐购买所需物品,而是花钱供自己挥霍享乐。上帝将其灵魂赐予我们,是为了让我们借此完成上帝的意旨,获得我们自己的幸福。但是我们却挥霍灵魂以满足肉体的需求，因此，我们不仅没能完成上帝的意旨，同时还伤害了自己。

4

人的本性是节制色欲，而不是纵情声色。任何一个有经验的人都知道，人越是满足肉体的需求，其精神力量就会越来越弱。反之亦然。那些伟大的哲学家和圣人都是生活节制、朴素高雅的人。

5

《新约》中提到：你的财富在哪里，你的心也就在哪里。如果一个人将肉体视为财富，他将极尽所能满足肉体的需求，为其提供美味的食物、舒适的住所、华美的服侍及各种各样的娱乐活动。一个人为肉体付出的精力越多，留给灵魂的精力就越少。

6

一人多占，他人不足。

7

好衣配好身，不如好衣配良心。

8

放纵肉体，就会忽略灵魂。

9

假如我们人类没有建造起豪宅、发明出各种锦衣玉食，那么如今那些穷苦的人就不会如此落魄，而富有的人也不会整日为自己的财富担惊受怕。

10

智慧的第一条规则就是了解自我，因为只有了解了自己才能了解他人。同此理，仁慈的第一条规则就是知足，知足者才会常怀仁慈之心。

——拉斯金

11

正如烟雾会将蜂巢里的蜜蜂熏出一样，暴饮暴食会将灵魂的力量赶出体外。

——大巴西勒

12

肉体由于为灵魂服务而受到一点损失算不了什么，但是如果灵魂为满足肉体的欲望而饱受伤害则非常可悲。

13

不要为了暴饮暴食而损伤心灵。

——穆罕默德

七、控制肉体欲望的人，才能获得自由

1

如果一个人只为其肉体而生，忽视其灵魂，他无异于从一个地方到另一个地方的鸟儿，只会用虚弱的脚爪行走，而不会利用翅膀飞翔，前往想要去的地方。

——苏格拉底

2

人们通常把能够获得锦衣玉食等一切奢侈之物称为幸福，但是我认为无欲无求才是最大的幸福。要获得这种高层次的幸福，人就必须节制自我，减少欲求。

——苏格拉底

3

越是减少肉体对于诸如衣食住行及娱乐活动的欲望，你就越能享受自由的生活。与此相反，一旦你开始增加肉体对于衣食住行及娱乐活动的需求，你的操劳便会从此再无止境。

4

清贫胜过富有。因为富人较穷人更容易坠入罪恶之中。而富人的罪恶更加复杂多变、混乱不堪。想要看清这些罪恶很难。穷人的罪恶则相对简单一些，也容易摆脱。

5

富人习惯了伺候肉体、满足肉体需求的生活，所以并不认为这是一种罪过，甚至认为这样做是为后代子孙谋福利，因此从小就给后代灌输贪食、奢侈、懒惰的思想。换句话说，富人们腐蚀着自己的子孙后代，为他们埋藏了沉重苦难的隐患。

6

饮食过度会让胃膨胀；同此理，娱乐过度也会令人身心疲惫。人们越是开发大量精制食品满足口福，胃的消化能力就会越来越弱，食欲也会越来越差。同样，人们越是发明精致新奇的娱乐项目来获得纵情玩乐的享受，真正享受乐趣的能力便会越来越弱。

7

没人会因为曾经生活简朴而感到后悔。

8

只有肉体才会感到痛苦，灵魂不会痛苦。精神生活越贫乏，肉体就会越痛苦。所以如果你不想遭受痛苦，那么就请以灵魂为生，减少肉体的享受。

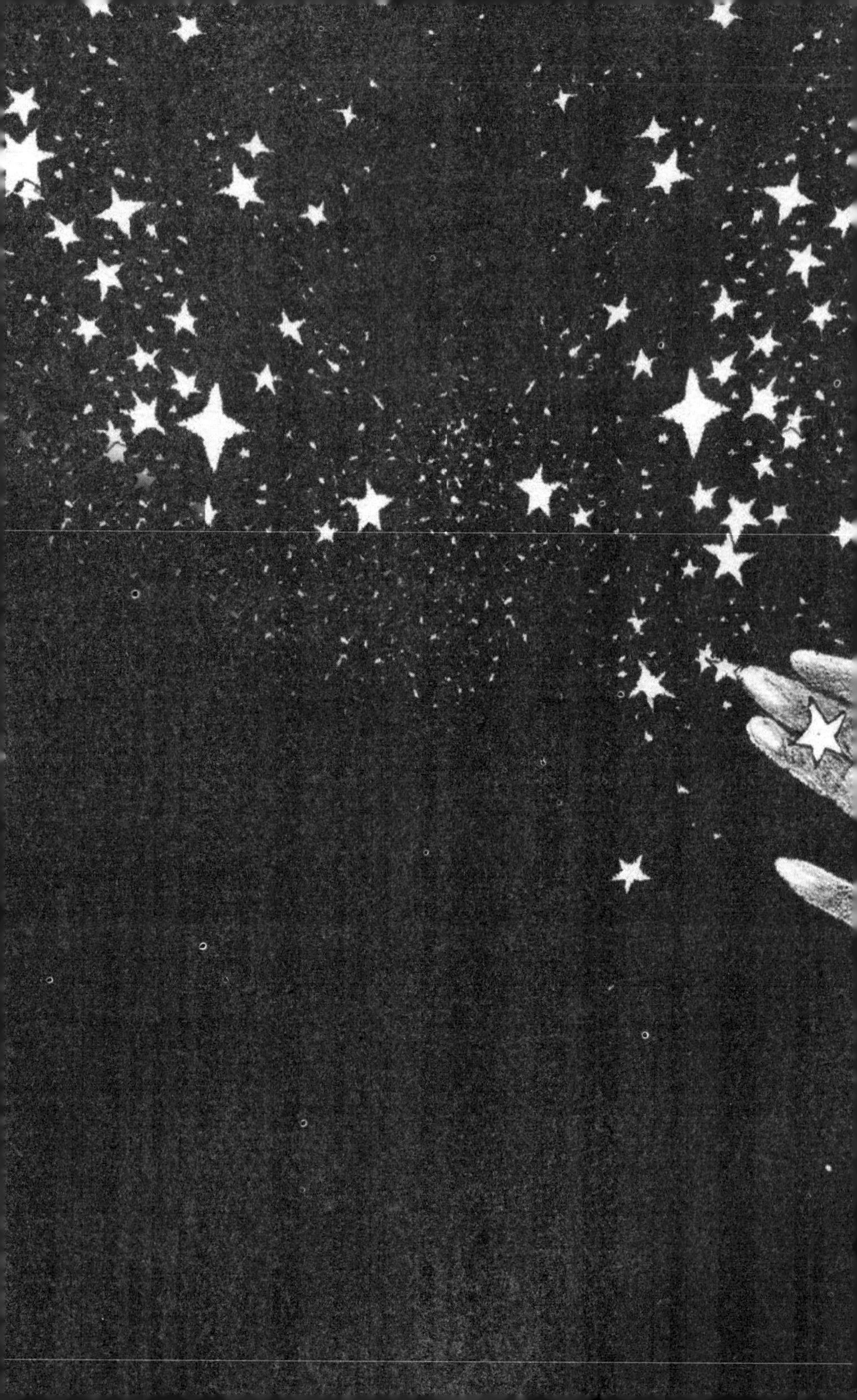

第八章　懲罰

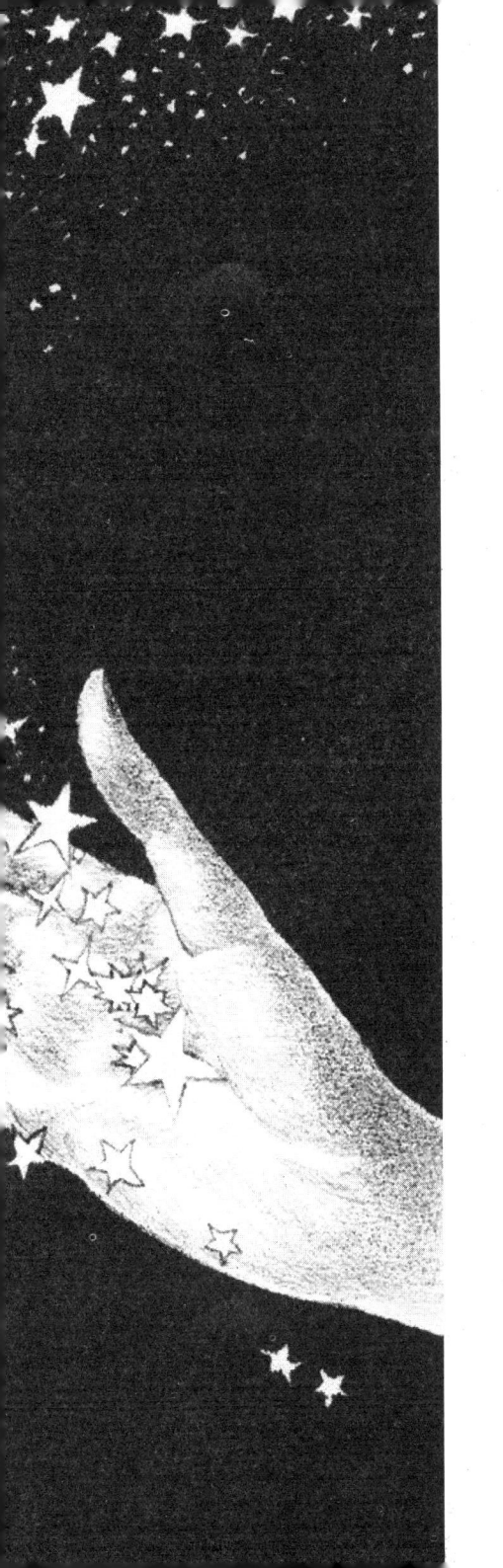

在动物世界里，邪恶唤醒邪恶。动物无法克制体内被激起的邪恶，只能一报还一报，用邪恶来反抗邪恶。它们认识不到邪恶不可避免地激起更大的邪恶。而人类因为具有理性，看得到邪恶会唤起邪恶，因此理应克制，避免以恶制恶。不过，人类的动物本能会占上风，战胜人类的理性本能。人类会利用原本应该用来克制以恶制恶的理性为自己犯下的罪过寻找借口，并美其名曰"报复性惩罚"。

一、惩罚永远不会达到目的

1

有人说为了纠正人们所犯的错误，可以采取以恶制恶的手段。这种说法是不正确的，是自欺欺人。人类以恶制恶的方式并不是纠正错误，而是为了报复。利用作恶的方法来惩治邪恶是错误的。

2

俄语使用"以恶制恶"这个词委婉地表示教训。你可以通过使用善意的语言或树立良好的榜样去教训他人。以恶制恶不能起到教训的目的，只会败坏道德。

3

有一种迷信的说法，认为能通过惩罚摧毁邪恶，这种说法是非常有害的。因为人会按照这种说法去作恶，认为自己的恶行不仅合法，而且有益。

4

惩罚与利用惩罚威胁会令人恐惧。作恶之人虽然会因此有所收敛，却得不到改造。

5

人类的不幸主要在于：有罪之人认为自己有使用惩罚的优先权。主说："申冤在我，我必偿还。"

6

"科学"这个名词,一般不仅是指那些无足轻重的事情,还指最令人反感的事情。证明这种说法的其中一个最有力的证据就是:惩罚这门"科学"是存在的,它是所有教训手段中最卑鄙无耻的一种,一般只适用于低等人群,如孩子或者野蛮人。

二、对惩罚合理性的迷信

1

就像有关伪上帝、伪预言、安抚上帝及伪造拯救灵魂的迷信一样,人与人之间也存在一种普遍的迷信,即有些人可以使用暴力强迫其他人过好日子。人们已经开始破除类似伪上帝、伪预言及拯救灵魂的神秘仪式一类的迷信,这类迷信的确在逐渐消失。但是,还存在一种对伪秩序的迷信,即为了其他人的幸福,可以肆意采用惩罚方式惩治恶人。这种迷信仍然深入人心,有人会假借这种名义犯下滔天罪行。

2

只有那些沉醉于权力欲望的人才会完全相信惩罚能让人过上幸福生活。请放弃"惩罚可以改造人"的迷信吧,你会认识到,人生的改变只会因一个人内心、灵魂的改变而发生改变,决不会因为一些人对另一些人实施罪恶而改变。

3

文书和法利赛人,带来一个通奸时被当场抓住现行的女人,让她站在当中,就对耶稣说:"主啊,这女人是正在通奸时被当场抓住的。摩西在律法上指示我们,要用石头将这样的女人打死。你说该怎么处理她呢?"他们这样说,是为了试探耶稣,伺机获取控告他的把柄。而耶稣却弯着腰用指头在地上写字。他们还是不厌其烦地问着,于是耶稣直起腰来,对他们说,"你们中间谁没有罪过,谁就可以先用石头打她。"说完,耶稣又弯下腰用手指头在地上写字。听到这话,文书和法利赛人,就按年龄由大到小,一个接一个都出去了。只剩下耶稣一人,还有那女人仍然站在当中。于是耶稣直起腰来,对她说:"女人,刚才那些人去哪里了?没有人定你的罪吗。" 女人说:"主啊,没人定我的罪。" 耶稣说:"我也不定你的罪。走吧。从此以后别再犯错了。"

——《约翰福音》

4

人类编造出巧言善辩的理由为其实施惩罚的原因和目的进行辩解。但现实中,人类实施惩罚措施是为了自己有利可图。

5

出于为自己的卑劣行为辩解,或是为了报复所受的伤害,也出于自我保护的错误思想,人们作恶。然后,为了自圆其说,他们极力辩解,让人们相信,他们这样做只是为了改造那犯罪之人。

6

对"惩罚合理性"这一迷信的支持主要源于一种看法,即对惩罚的恐惧能暂时让人们克制作恶的欲望。但是,通过惩罚的手段来禁止人们作恶的做法不仅无法抑制、反而会激起人们作恶的欲望。这就像堤坝不会削弱河水的压力,反而会增加其压力是一个道理。

7

如今,人类社会存在着形式上的秩序,这并不是因为某些防止秩序混乱的刑罚的存在;而是因为尽管这些刑罚存在着缺陷,人们仍然十分宽容,彼此怜悯,彼此相爱。

8

让一部分人去改善另一部分人的生活是不可行的。每个人只能改善自己的生活。

9

惩罚有害,并不仅仅是因为它会惹怒受罚者,还因为它会令惩罚者堕落。

三、人际关系中的相互报复行为

1

因为某人的恶行而惩罚他就像火上浇油。每个犯法的人已经受到良心的惩罚,因为自他作恶时起,他的内心便恐惧不安。如果良心也不能让作恶者受到惩罚,那么就没有什么惩罚手段能改造他了,任何多余的惩罚只会更加激起他内心的邪恶。

2

对所有恶行都能起到惩罚作用的方式就是让作恶者的灵魂受到惩罚。此外,还可以削弱作恶者享受幸福的能力。

3

小孩子摔倒在地,他会去拍打地面。这种行为尽管毫无意义,却是可以理解的,就像一个人的脚趾头碰伤了,他会单脚跳起来一样。同样,一个人遭到袭击时,他的第一反应就是回击袭击者,这也是完全可以理解的行为。但是,因为作恶者之前的恶行便故意对其施加恶行,则是一种明知故犯的行为。如果这样做还自认为有理,那就背离了理性。

4

民间有一种古老的捕熊方法:在树上放一箱蜂蜜,树的中央用绳索吊一大截木头。蜂蜜的香味会招来贪吃的黑熊,当它爬到树中间时,被木头挡住去路。熊将木头推开,木头反弹落下时打在熊头上,于是熊又用更大的力将木头推开,木头更重地打在它头上。熊被激怒了,不断与木头进行反复战斗,最终被木头撞死。人们以恶制恶的方法与此相似。难道人还不如熊聪明吗?

5

人是具有理性的生物，所以应该知道复仇是不能摧毁邪恶的。他们也应该看到，消灭恶的唯一途径就是利用恶的对立面，即爱的力量，而不是依靠惩罚的手段，不管这些手段如何改头换面，都是无用的。但是人们却看不到这一点，他们只相信报复行为。

6

只要我们不是从小就接受以牙还牙的思想，认为可以强迫别人完成我们想让他们做的事情，那么我们可能会对下面的行为感到惊讶：为什么有人会欺骗别人相信惩罚或其他强迫手段有益无害？这样做会毁掉别人啊。我们教训孩子，目的是让他们别做坏事。然而，这种惩罚的手段灌输给孩子一种思想：惩罚也许正确有益。

我们因为孩子犯了错误而惩罚他，其实孩子的过错并不比施加在他身上的惩罚手段严重多少；但是，这种惩罚的思想被灌输给了孩子。孩子就会想："我做了错事，受到了惩罚；那么惩罚一定没错。"于是只要一有机会，孩子就会将惩罚的方式付诸实践。

7

一个人犯下罪行，如果另一个人，或另一群人除了使用某种手段来对付这个人犯下的罪行以外没有更好的办法，那么他们使用的这种手段就被称为"惩罚"。

四、社会关系中的复仇行为

1

惩罚手段不会对教育孩子起到作用，事实上，也一直毫无效果。这种方法对促进良好的社会秩序，对树立来生会遭报应的道德准则也没有任何帮助。恰恰相反，正是惩罚造成了太多的不幸，让孩子们丧失了情感，变得冷酷无情。惩罚削弱了人际关系，以"下地狱"的恐吓威胁腐蚀人们的心灵。惩罚摧毁了美德的主要基础。

2

人们之所以不相信以德报怨，而相信以怨报怨，是因为他们从小就接受一种教育，即若没有以怨报怨，整个人类社会结构就会土崩瓦解。

3

假如所有善良的人都渴望铲除犯罪、抢劫、贫穷以及谋杀等等这些让人生黯淡无光的丑恶行径，而且这种愿望正确，那么他们就应该明白，这种愿望不可能通过强制和报复的手段实现。每一个事物都是相伴而生的，除非我们用与邪恶本性完全对立的善的本性来对抗作恶者的恶行和暴行，否则我们的所作所为与作恶者无异，只能唤起、激励、协助恶行繁衍。这些恶行正是我们当初信誓旦旦急于铲草除根的恶行。我们的行为不过是将恶行改头换面而已，其本质依旧没变。

——巴罗

4

时光荏苒。几十年、几百年以后，我们的后世子孙会对我们今日实施的惩罚感到惊诧，就像我们当年对火刑柱和严刑拷打等惩罚感到不可思议一样。我们的后世子孙也许会有这样的疑问：祖先怎么如此会对如此残忍暴虐、贻害无穷的酷刑视而不见、听之任之？

五、人际关系中的手足之情和非暴力制恶的方式终将代替以怨报怨

1

《新约》中提到：有人打你的右脸，就把左脸转过去让他打。这是上帝为基督徒们制定的法则。无论是谁，也无论是为何目的，使用强制暴力的手段都是恶行，这种恶行与谋杀或者通奸等恶行无异。

无论是谁，无论为何目的，一个人也好，几百万人也罢，只要作恶，便都是恶人。因为在上帝面前人人都是平等的。上帝的戒律永远对所有人都具有强制约束力。因此，所有基督徒都必须遵守爱的戒律。忍受暴力总要胜过使用暴力。

举一个极端的例子：对于基督教徒来说，忍受屠杀要胜过实施屠杀。如果有人伤害了我，身为基督徒，我应该这样理性地思考：我也曾经伤害过他人，上帝让我接受考验，是为了洗涤我的罪孽，这对我大有神益。即使我从未伤害过别人，却无辜受到伤害，对我来说也不是坏事。因为所有的圣洁之人都遭受过这种冤屈，如果我也能泰然处之，那么我也如同圣人一般了。

你不可能利用邪恶来拯救你的灵魂，也不可能通过邪恶之路实现善的目标，正如朝反方向走，你永远不可能回到家一样。不可能让魔鬼驱散魔鬼，也不可能让邪恶征服邪恶，这样做的结果只能是为邪恶增添更多的邪恶，邪恶因此会变得更加强大。只有正义和善良才能战胜邪恶。要想彻底消灭邪恶，必须一心向善，保持善良、坚忍的性格。

——俄罗斯宗教教义

2

请了解并且记住：希望借助惩罚手段除恶就是寻求报复。这种欲望不是理性生物比如人这种高级生物应有的本性。这种欲望是人的动物性本能。因此，人应该努力摆脱这种欲望，不要为其辩解或者开脱。

3

如果有人对你发火，甚至伤害你，你该怎么办？办法很多，但是有一件事一定不要去做，那就是作恶。也就是说，己所不欲勿施于人。

4

不要信誓旦旦：人敬我一尺，我敬人一丈；人若欺我，我必欺人。人敬你一尺，你可以回敬一丈。但是，如果人若欺你，你不能以牙还牙。

——穆罕默德

5

爱的戒律排斥暴力。这一戒律之所以非常重要，不仅因为它帮助人们提升灵魂境界，告诫人们要学会容忍，提倡以德报怨；还因为善良本身就能抗拒邪恶、消灭邪恶、抑制邪恶。真正的爱的戒律强大无比，它能消灭邪恶，防止邪恶蔓延。

6

许多年以前，人们开始懂得惩罚与人类灵魂的最高境界之间的关系并不和谐，于是便开始创建各种理论，企图证明这种低等动物的欲望——惩罚是正确的。有人说惩罚作为一种具有威慑力的手段有必要存在。有人认为惩罚对于纠正错误很有必要。还有人认为因为惩罚的存在，正义才得以伸张。如果没有人去实施惩罚，上帝也无法在世界上建立公正。

但是上述理论都是空谈。因为这些理论从根本上讲都带有邪恶的性质，如复仇、恐惧、自大、仇恨等。人们创建了许多理论，但没有一种理论能解决实际需要的问题。也就是说，这些理论对那些作奸犯科者熟视无睹，他们忏悔还是不忏悔，改变还是依旧恣意妄为，与那些理论毫无关系。而创建理论的人，将理论付诸于实践的人，对其他人漠不关心，事不关己，只一味过自己所谓正确的生活去了。

7

如果你认为某人有负于你，请勿计前嫌，勿念旧恶，这样你就会享受到宽容带给你的幸福。

8

人们最高兴的事情就是看到别人宽容自己的过错，并以德报怨。而对于不计前嫌、宽容别人过错的人来说，最大的幸福也莫过于此吧。

9

以德报怨，学会宽容。如果人人都能如此，世上的邪恶就会消失。要知道这是唯一的希望所在，也是唯一为之奋斗的目标；因为只有这样做才能把我们从让我们饱受苦难的邪恶中挽救出来。

10

谁能宽容伤害过他的人，尤其是当伤害他的人在他的控制下，谁就是那位最敬重上帝的人。

——穆罕默德

11

那时彼得走到耶稣面前，对他说："主啊，我的兄弟得罪了我，我原谅了他。我该原谅他几次呢？七次可以吗？"耶稣对他说："我告诉你，不是到七次，而是七十个七次。"

——《马太福音》

原谅意味着放弃复仇，意味着不再以怨报怨，意味着付出爱。如果人人都能相信这一点，那么事情就不在于你的兄弟对你做了什么，而在于你该做些什么。如果你想纠正别人的错误，请和颜悦色地指出他做错了什么。如果他充耳不闻，不要责怪他，而请自责，因为你没有找到合适的方式纠正他的错误。询问我们要原谅兄弟多少次，就像在询问一个懂得了饮酒不好并且已经戒酒的人，当有人给他酒喝时，他该拒绝多少次才合适。我一旦戒酒，不管被邀请多少次，都决不该再喝。宽容的道理也是如此。

12

真正的原谅不只是口头上说我原谅就可以了，而是要驱除内心的一切邪恶，消除一切对伤害你的人所表现出来的冷酷之情。要想做到这一点，请牢记你自己的罪过。因为记住自己的罪过，你一定会找到比你为之愤恨的事情更糟糕的事情。

13

宣称非暴力对抗邪恶的思想并非什么新法则，只不过是指出了人们超越底限放弃爱的戒律，指出了对恣意使用暴力对抗他人的默许。无论是以报仇为名，还是打着摆脱邪恶的幌子，都是违背了爱的法则。

14

如果你付出爱，就无法实施报复行为。该信条简明扼要，因为它的教义不言而喻。因此，如果基督教教义中并没有说，基督教徒必须以德报怨，必须化敌为友，必须化恨为爱，任何一个懂得这种教义的人都能从中推论出这种自己对自己提出的爱的要求。

15

要想理解基督教有关以德报怨的学说，就应该了解其真正的含义，而不是像现在这种断章取义、任意增删的东西。全部的基督教学说应该是这样的：人不能为肉体而生，要为灵魂而生，要为完成上帝的意旨而生。但是上帝的意旨要求人们互相关爱，要有博爱的精神。那么人们该如何对所有人付出爱，同时又要对他们为非作歹呢？信奉基督教的人，无论受到何种待遇，也决不会去做违背爱的戒律的事情，决不会为非作歹。

16

然后彼得走到耶稣面前，对他说："主啊，我的兄弟得罪了我，我原谅了他。我该原谅他几次呢？七次可以吗？"耶稣对他说："我告诉你，不是原谅他七次，而是原谅他七十个七次。所以，这就如同说，天国就像一个国王，要与他的臣民们算算账。他刚要开始算时，有个人被逮到他面前。这个人欠国王一万块钱。

但是他付不起这些钱，于是国王命令他把自己以及他的妻子、儿女等一切他拥有的全部卖掉偿还债务。仆人跪倒在地，哭拜道：'圣上，请宽限我些日子，我一定会偿还的。'于是，国王被仆人的诚意所打动，动了恻隐之

心,便放了他,并宽恕了他。这个仆人刚离开,便碰到了欠他一百便士的另一个仆人。仆人上前一把就住了他,一手掐住他的脖子,对他喊道:'还我的钱!'那个人跪倒在地,向国王的仆人哀求道:'请宽限我些日子吧,我一定会偿还的。'然而仆人却没有宽恕他,还把他送进了监狱,要求他直到还完债才能离开。其他的仆人看到这个仆人如此对待同伴,很难过,便把这件事禀告给了国王。于是国王便把欠他钱的那个仆人叫来,叱责说:'你这个恶毒的家伙!看在你苦苦央求我的份上,我动了恻隐之心,赦免了你所欠的全部债务。难道你不也该这样对待欠你钱的人吗?'国王为此勃然大怒,不再原谅他,把他交给执法者对他施加刑罚,直到他偿还完所有欠债为止。

你们这些人若不从心里宽恕你们的兄弟,天父也将这样对待你们。"

——《马太福音》

17

以德报怨,你就会摧毁作恶者在作恶过程中享受到的所有快乐。

18

善良可以征服一切,却对自身无可奈何。

19

你可以反对一切,却不能反对善良。

——卢梭

20

如果对以恶制恶的行为不加制止,那么整个基督教学说就是空话。

六、对邪恶采取非暴力不抵抗行为,无论是在社会关系中还是在人际关系中,都能起到重要的作用

1

我们不知道,我们也无法知道个人幸福究竟在哪里;但是我们非常清楚要想获得这种普遍的幸福,必须完成善的永恒法则。这永恒的法则呈现在人类智慧的宝库里,呈现在每个人的心里。

2

据说以恶制恶是可行的,因为若不这样做,邪恶就会支配善良。我的想法恰恰相反:人们如果认为可以以恶制恶,邪恶就会支配善良。现在基督教国家的情况就是如此。邪恶如今控制着善良,因为人人都被灌输了这样一种思想:以恶制恶不仅可以存在,而且非常有益。

3

据说,当我们不再用惩罚威胁邪恶,现有的秩序将被颠覆,一切都将灭亡。这就等于说,河里的冰融化的时候,一切都会被摧毁。其实不然。河里的冰融化后,诺亚之舟会驶来,真正的生活才会开始。

4

说到基督教的教义,博学多才的作家一般会做出这样的假设:基督教真正的含义并不适用于生活,这个问题早已盖棺定论。为什么还在幻想?我们必须采取实际行动;改变资本和劳动之间的关系;对劳动和土地所有权进行合理分配;开拓市场;为生育人口开拓新土地;明确国家与教会之间的关系;结成联盟以确保领土安全,等等。

我们要关注更值得注意的重大问题,而不是幻想建立这样一种充斥着下面这些荒谬言论的世界秩序:右脸被打还要伸左脸;衬衣被抢还要送上外套;生活要像鸟儿翱翔天空一样自由自在等等。许多人为此争论不休,却忘记了这些问题的核心恰恰是他们称之为废话的东西。

之所以这样说,是因为这些问题——上至民族矛盾,下至劳资纠纷,再到国家与宗教之间的关系,最终都转向一点,即一个人是否会对他人为非作歹;而对于有理性的人类来说,这种情况是不可能存在的。

因此,在现实中,所有的这些所谓最基本的问题都归于一点,即以德报怨究竟是理性还是非理性的?有必要还是没有必要?人类曾经不能理解也无法理解这个问题,但经历了一系列慎重的苦难之后,人们最终认识到解决这个问题的必要性。

然而在十九世纪前早已被基督教的学说解决了这个问题。因此它不符合我们假装不知道这个问题或其解决方案的要求。如今,我们不需要假装不了解这个问题,不需要假装不知道解决这个问题的办法。

5

人们一边固守邪恶的本性,一边却渴望自己的生活得到改善。

七、对邪恶采取非暴力不抵抗行为后果的真正了解，已深深印入人类的意识之中

1

许多人想要扼杀的上帝之精神，却无处不在，变得更加炫耀夺目。难道这种福音的精神还没有渗透到国家意识中了吗？难道人们还没有看到万丈光芒吗？难道权利与义务的想法还没有深入人心吗？

难道我们没有听到来自四面八方的呼吁吗？呼吁法律更加平等，呼吁建立在公平、平等原则上的保护弱者的机构。那些被强制分离的人们之间的宿怨还没逐渐消除吗？难道各个国家还没感觉彼此亲如兄弟吗？

所有的力量正在蓄势待发。爱的力量会驱除罪恶，为人民开启崭新的生活之路。这条新的生活之路的内在法则不是强制，而是人们之间的爱的法则。

——拉门奈

2

惩罚是人类赖以成长的主要手段。

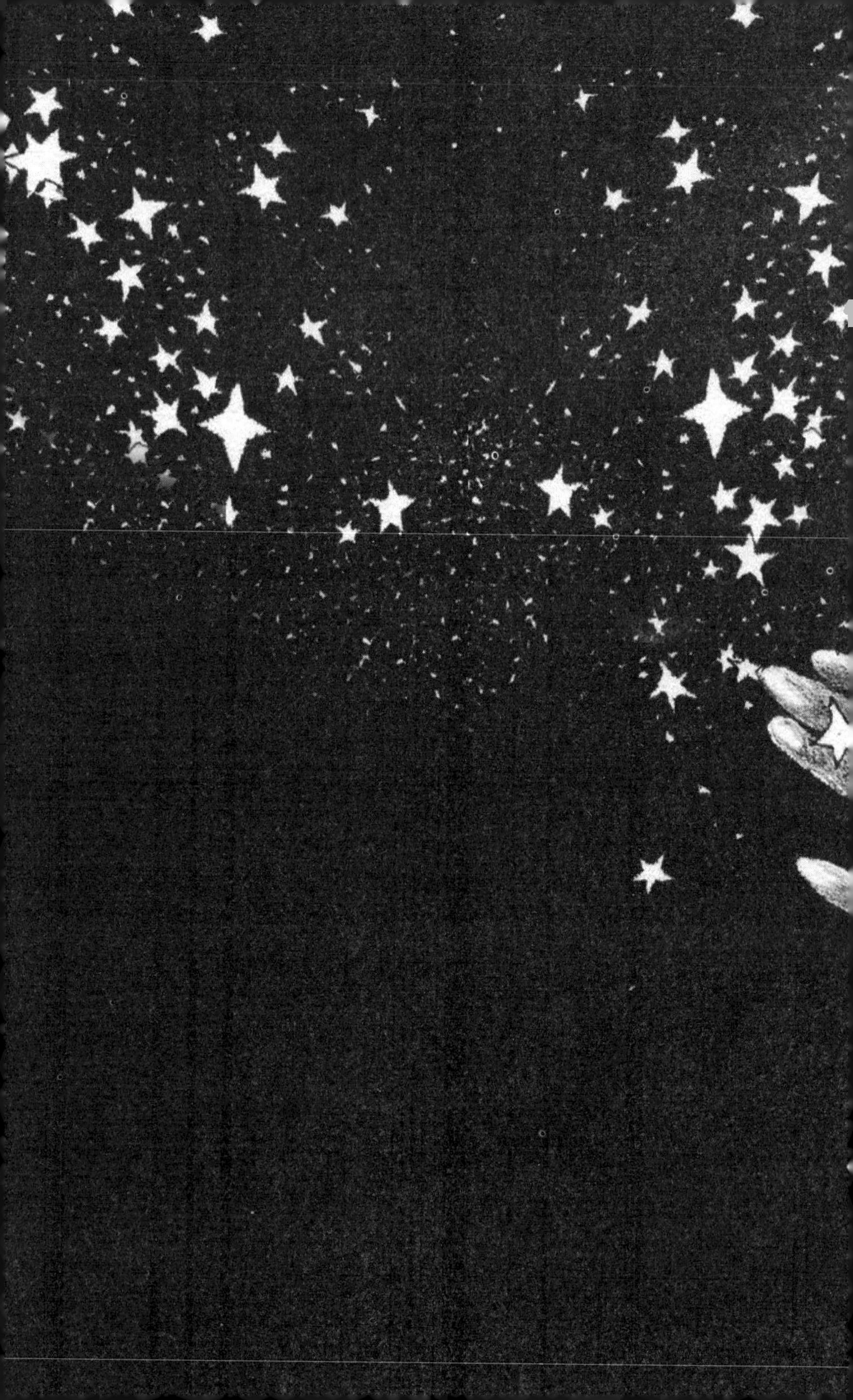

第九章　虛榮

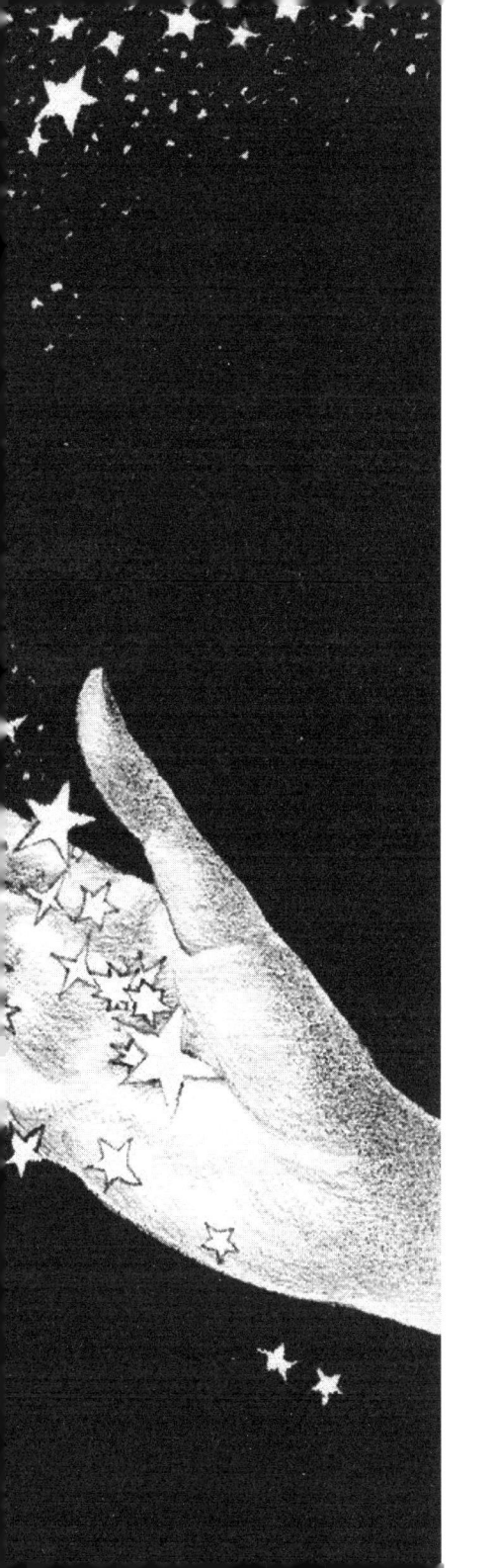

若不按照贤哲们制定的规范,而是按照周围人的赞赏或认同的方式去生活,那么一个人的生活将遭受严重摧残,他的幸福生活也必定会被剥夺。

一、虚荣的表现

1

人们生活悲苦的主要原因之一就是做事不为自己的肉体考虑,也不为灵魂考虑,而只为获取他人的认可。

2

没有什么诱惑能比追名逐利、获取公众认可、荣誉和赞赏更能让人们为之神魂颠倒、任其摆布,更能让人们不去理会人生的现实意义。

只有通过顽强的自我斗争以及对上帝同一性的感悟,人们才能摆脱这些诱惑,才会自我发现,只有在上帝那里才会获得认同。

3

我们对自己真正内在的生活并不满意。我们渴望一种在别人思想中的另类虚假生活。为此,我们强迫自己带上假面具。我们为获得这种虚假的生活不断努力伪装自己,却对真实的自我漠不关心。

如果我们的灵魂能够得到安宁;如果我们相信,我们付出了爱,就会尽快去告诉别人,将这些美德与他们分享,让这些美德也成为其他伪装自己活在别人思想中的人们的美德。

为了让人们相信我们有美德,我们甚至准备放弃这些美德。为了获取勇者的名号,我们甘愿成为懦夫。

——帕斯卡

4

最危险、最有害的一句口头禅就是:"大家都这么说。"

5

人类犯下的很多恶行都是源于人们要满足自己的肉欲，源于获得荣誉。

6

如果觉得人的行为难以解释，甚至可以说根本无法解释，请记住，他们之所以这样做就是为了获得荣誉。

7

哄婴儿时晃动他不是为了让他哭，而是让他不哭。我们与良知相处时，也是如此。我们抑制良知的声音是为了取悦别人。我们不想让良知得到安宁，却要获得我们梦寐以求的东西：不再听到良知发出声音。

8

不要关注你有多少崇拜者，而是要关注崇拜者的品格如何。也许与别人意见相左会得罪人，但是得罪了那些恶人也不是什么坏事。

——塞内卡

9

我们对自己最大的消耗就是模仿别人，却从来不曾把时间花在思考或心灵上。

——爱默生

10

每一件善事中都存在着渴望得到赞赏的想法。但是，如果我们行善只是为了得到世俗荣誉，那就太可悲了。

11

有人问另一个人为何去做自己讨厌的事情。"因为每个人都在这样做啊。"他回答说。

"不是每个人吧。比方说我，就没有这样做。还有其他人也没这样做。"

"即使不是每个人，也是大多数人。"

"不过请告诉我，在这个世界上，是聪明人多呢？还是傻瓜更多些？"

"当然是傻子多了。"

"那么你就是在模仿傻子了。"

12

只要身边的人都过着罪恶般的生活，一个人就会习惯最恶劣的生活。

二、事实上，并不能因为很多人持同一个观点，就证明这个观点是正确的

1

邪恶之所以本性难移，是因为太多的人作恶。更糟糕的是，还经常有人对此大加赞赏。

2

坚持一种信仰的人越多，我们对这种信念的态度就必须更加谨慎，就必须更加仔细地审视这种信仰。

3

有人告诉我们："人云亦云。"这就意味着——干坏事。

——拉布吕耶尔

4

如果盲从别人的要求做事情，那么不久你就会去做坏事，还会认为自己所做的坏事是好事。

5

如果我们了解了别人对我们大加赞赏或者横加指责的原因，我们就不会在乎赞赏，也不再惧怕指责。

6

每个人心里都有自己的判断标准，也就是良知。只有良知所做的判断，才值得重视。

7

在那些受世人谴责的人中找寻好人。

8

如果大家都讨厌一个人，别盲从，先仔细考察一下原因再下结论。如果大家喜欢一个人，也别盲从，同样先仔细考察一下原因再下结论。

——孔子

9

即使作恶者会腐蚀我们，将我们的生活破坏得千疮百孔，也不及那些不动脑筋的人——他们会把我们拽入旋涡之中。

三、虚荣的毁灭性后果

1

社会对那个人说："像我们一样思考，相信我们所相信的东西，遵循我们的饮食习惯，像我们一样穿衣。"如果有人不遵从社会的命令，社会上各种讥讽挖苦、流言蜚语及恶意中伤就会满天飞，令他们不堪其扰。人们很难不向社会低头，但是即使你顺从了，依然会处境恶劣。向社会低头，你将永远失去自由——因为你只是个奴隶。

——露西马洛里

2

为了灵魂而努力学习，为变得更加聪明、更加善良而努力学习，应该得到赞扬。

但是，为了获得世俗荣誉而学习，为了让自己的文化水平得到认可而学习，这样的学习除了有害，毫无用处，只会让人们变得比过去没有学习这些东西前更加愚蠢，更加冷酷无情。

——中国名言

3

不要自己夸耀自己，也不要接受别人的夸奖。歌功颂德会毁掉灵魂，因为追求世俗荣耀的欲望会让人们放弃对灵魂的关怀。

4

我们常常会看到，一个善良、聪明、有正义感的人，即使明白战争的残酷、肉食的罪过、抢夺他人钱财的恶行、对人恶语相向以及其他恶行的危害，仍然静定自如地去实施这些罪恶。

为什么会这样呢？

这是因为他宁可重视别人的看法，也不相信自己良知的判断。

5

只有"重视别人的看法"这一说法可以用来解释人类一种最普遍却又是最奇特的行为，即谎言。也就是说，有人会说一套，做一套。人为什么要说谎呢？唯一的解释就是：人们担心说了实话就得不到赞美之词了。他们相信如果撒谎，就会得到赞赏。

6

因不尊重传统而造成的伤害还不及因敬奉传统造成伤害的千分之一。

人们早已不再相信许多旧习俗，但仍然会向它们屈服，因为尽管早已对习俗失去信心，但是他们相信，如果自己不再对习俗顶礼膜拜，会遭到绝大多数人的谴责。

四、与虚荣的观念做斗争

1

在人生的早期阶段，比如婴儿时期，人主要为了肉体而生，为了满足自己吃喝玩乐的需求。这是人生的初级阶段。随着年龄增长，他开始在意周围人对他们的看法。为了迎合周围人对自己的看法，他逐渐淡忘了肉体吃喝玩乐的需求。由此，他便进入人生第二个阶段。

在人生的第三个阶段，也就是最后一个阶段，人会逐渐为了满足灵魂的需求而生。为了灵魂的需要，他会忽视肉体、娱乐以及世俗荣誉等需求。

虚荣是为了抑制动物性激情而采取的第一步，也是最原始的补救方法。但此后你必须摆脱这种补救方法。摆脱方式只有一种，即为灵魂而生。

2

一个人很难脱离传统习俗，而且自我完善的每一步都不可避免地要面对那些传统习俗，你被迫顺从其他人的指责。一个有明确生活目标的人要想自我完善，就必须为挑战传统习俗做好准备。

3

让人们背离世俗传统会令人反感，而为了迎合世俗传统去背离良知与理性的规则，后果更加严重。

4

无论从前还是现在，人们既会嘲笑那些沉默寡言的人，也会嘲笑那些侃侃而谈的人。在这个世界上，没人能躲得过被人议论的命运。

不过，没有人在所有事情上一直被人指责。这种情况过去不曾发生，未来也不会发生。同样，也没有人会在所有事情上总是被人称赞。

因此，没必要在意别人的指责或赞美。

5

你最需要了解的是如何看待自己，因为你是否幸福不是取决于别人对你的看法，而是取决于你对自我的看法。

所以，不必担心别人对你的评判，而是应该尽力保持灵魂的活力，不要让它枯萎。

6

你担心自己会因为性格温顺而受到讥讽，但是有正义感的人不会因此嘲讽你。你做的事情与别人毫不相干，因此不必理会其他人的评判。试想，一个木匠会因为没有得到对木匠活儿一无所知的人的赞赏就感到伤心吗？

因为你的温顺而鄙视你的人，根本不懂什么才是真正的善良，所以，你有必要理睬这种人的评判吗？

——爱比克泰德

7

人们应该了解自己的价值。难道自己是合法生育的生命吗？人们也不该再唯唯诺诺地取悦别人，要昂首挺胸走自己的路。我们的生命不是用来伪装给别人看的，要按照自己的想法去做。我认为我的责任是为灵魂而生，所以我不会理睬别人如何看待我。我更关心是否完成了那赋予我生命的人的使命。

——爱默生

8

人从小到大一直屈从于低级动物性的需求，尽管他的良知告诉他人生还有其他需求。人之所以这样做是因为周围的人都在这样做。而其他人也是抱着这种人云亦云的心态去做。想要摆脱这种心态，只有一种方式，即每个人都应该摆脱对别人看法的依赖。

9

隐士做了一个梦。他看见一位上帝的天使从天而降，手里拿着一个闪闪发光的皇冠，左右四顾，找寻适合戴皇冠的人。隐士心潮澎湃，走上前对上帝的使者说："我如何才可以赢得这个闪亮的皇冠呢？我将尽一切努力得到这个桂冠。"

"你看！" 天使转身指着北方的一些陆地说道。隐士于是顺着天使手指的方向看过去，只见一团巨大的乌云，覆盖了半边天空，正向地面压下来。乌云散开处，一大群埃塞俄比亚黑人向隐士扑来。在这群黑人身后，站着一个体型巨大、长相恐怖的黑人。黑人一头乱蓬蓬的头发，双眼看上去十分恐怖。他头顶青天，脚踩大地。

天使对隐士说："去跟这些黑人战斗吧。你若能征服他们，我就亲自把这个皇冠戴在你头上。"隐士惊恐万分，对天使说："我能打败其他所有的黑人，但无法对付这个巨人。他头顶青天，脚踩大地，恐怕没人能对付得了。我无法征服他。"

上帝的使者回答说："你真是疯了！你若是惧怕那个巨人，那么你也不会去对付那些个子矮小的黑人的。而这些黑人正代表了人类充满罪过的欲望，是可以征服的。那个巨大的黑人则代表了世俗的荣誉——人类就是为了这世俗的荣誉而活在罪过之中。你不需要对付他，他只是个空架子而已。战胜了罪恶，他自然就会从世界上消失了。"

五、关注灵魂，不要关注名誉

1

若想获得美德的荣誉，最快捷、最确定的方式并不是一定要在人前摆摆样子，而是要审视自身，成为一个高尚的人。

——苏格拉底

2

强迫别人把我们当成善良的人很难，不如我们自己努力成为善良的人，成为那个我们想获得别人认可的好人。

——利希滕贝格

3

不会独立思考的人,就会屈从于别人的思想。让自己的思想屈从于别人的思想,是一种奴性的体现;让自己的肉体屈从于别人,也是一种奴性的体现。相比之下,前者更令人感到屈辱。要学会独立思考,不必在意别人对你的看法。

4

如果你在意别人对你的赞赏,就永远都会优柔寡断。因为每个人看法不同,有人会这样想,有人会那样想。自己做决定很有必要,也更简单。

5

为了在人前卖弄,你要么对自己大加赞赏,要么把自己贬得一文不值。如果对自己大加赞赏,人们就不会相信你。若是把自己贬得一文不值,人们会认为你比自我评价的还要差。所以最好什么也别说,就听从自己良心的评判,而不是听从别人的评判。

6

有人宁愿丢掉好名声来换取美德,并对之忠诚。他们只想在心里保持善良的品质——这样的做法无人能及。

——塞内卡

7

假如一个人已经逐渐习惯了为获得世俗荣誉而活着,如果不按照其他人的方式去生活,他就会感觉自己很愚蠢,感到被人忽视,甚至感觉自己很邪恶。因此,他活得很累。但是,越是困难就越要去克服。要想活得不那么累,可以按照下面两种方式去做:首先,他必须学会蔑视别人对自己的评判;其次,他还要学会为行善事而生,即使因此受人指责也在所不惜。

8

我应该按照自己认为正确的想法，而不是按照别人的想法去行动。这一准则既适用于日常生活，也适用于精神生活。这个准则很难做到，因为你随处都会遇到这样的人——他们认为比你更了解你自己的职责是什么。如果你的观念能与世俗观念和谐一致，那么活在世俗中就会很容易。但是当你独处时，却会按照自己的想法做事。真正感受到的幸福的人，无论生活在世俗中，还是独善其身，都能坚持正确的想法。

9

所有人都是按照自己的想法或者别人的想法生活的。人们之间的主要区别在于，多大程度上是按照自己的想法活着的，多大程度上又是按照别人的想法活着的。

10

有种看起来很不可思议的现象存在着，即有人活着不是为了自己的幸福，也不是为了别人的幸福，而是仅仅为了得到别人的赞赏。不过，真正为自己或他人的幸福而生，不在乎别人是否欣赏自己行为的人少之又少。

11

人无完人，一个人不会总是受到所有人的好评。如果这个人很善良，就会被邪恶之人视为另类，不是被讽刺挖苦，就是饱受诟病；如果这个人很邪恶，就不会得到善良之人的赞赏。人为了得到所有人的欣赏，只好在人前伪装自己，见人说人话，见鬼说鬼话。但是，无论善良的人还是邪恶的人，迟早都会撕破他的伪装，更加鄙视他。解决这个问题的办法只有一个，即保持善良的品质，不要理会别人的看法，不要在别人的评判里寻找你生活的奖赏。倾听自己灵魂的评判，在自己灵魂的评判里寻找赞赏。

"没人会用新布缝补旧衣裳，否则缝补上的新布也会让破损的地方变得更加厉害。"

也没有人把新酒装在旧皮袋中,否则皮袋就会裂开,酒就会从皮袋中溢出,皮袋也被破坏了。只有把新酒装进新皮袋中,两样才都能保住了。

——《马太福音》

也就是说,要想让生活变得更加美好(即不断改善自己的生活,这就是人生的全部意义所在),你就必须改变旧习俗,适应新习俗。不要抱残守缺,要勇于改变,创建自己的新习惯,不去在意世俗中的所谓好与坏的评价。

12

你为其他人服务的目的究竟是为了自己的灵魂,还是为了上帝,又或者是为了得到他们的赞赏?这个很难界定。对此,只有一种界定的方法:如果你做了一件自认为是善事的事情,就请问自己:如果早已预料到这件事无论善恶都不会有人知道,那么你还会坚持做这件事情吗?

六、谁享受真实的生活,谁就不需要别人的赞赏

1

圣人说:独立生活。这句话的意思是:要自己判断生活中出现的问题,自己借助心中的上帝、而不是依赖别人的建议或评判去寻找解决方案。

2

为他人服务,你会身不由己地去表现自己闪亮的一面。如果被人发现了阴暗的一面,你就会为此深感苦恼。相比之下,侍奉上帝的优越性就在于:在上帝面前,你根本不需要伪装自己。上帝对你了如指掌。在上帝面前,没人把你高高捧起,也没人能对你恶意中伤。因此,你不需要在上帝面前装模作样,只需要表现出本分善良的本质即可。

3

欲求安详,讨神欢喜。不同的人渴望不同的东西:今天他们渴望这件事

情,明天会渴望另一件事情。你永远无法满足所有人的欲望,但驻在你心中的上帝只渴望一件事,而且你知道他的需求。

4

人必须为下列两者之一服务:人的灵魂或人的肉体。如果选择为灵魂服务,他必须与罪恶作斗争。如果选择为肉体服务,就无须与罪恶作斗争。他只需要做那些为大家所接受的事情。

5

不信仰上帝的原因只有一个,即总是认为世俗的观念是正确的,而不在意自己内心的声音。

——拉斯金

6

我们坐在一艘正在航行的船上,目光盯住同在船上的一个物体,便不会注意到我们在随船移动。但是,如果我们把视线转移到船外,看着船外面的某个物体,例如,凝望海滨,那么我们马上就会意识到自己是在随船移动着的。生活也是如此。整个世界都处于一种不正常的状态,我们便不会注意到;但是,一旦众人皆醉我独醒,其他人恶劣的生活便会立刻暴露无遗。而不按照其他人的生活方式生活的人,就会惨遭排挤与迫害。

——帕斯卡

7

培养自己独立生活的能力,不在乎世俗评判;履行自我生活的法则,完成上帝的意旨。只享受与上帝为伴的独立生活,不再为世俗的荣誉而生。为灵魂提供一个自由、安宁与稳定的栖息之所,并保证你的生活之路方向正确,这是为世俗荣誉而生的人无法体会到的。每个人都能培养独立生活的能力。

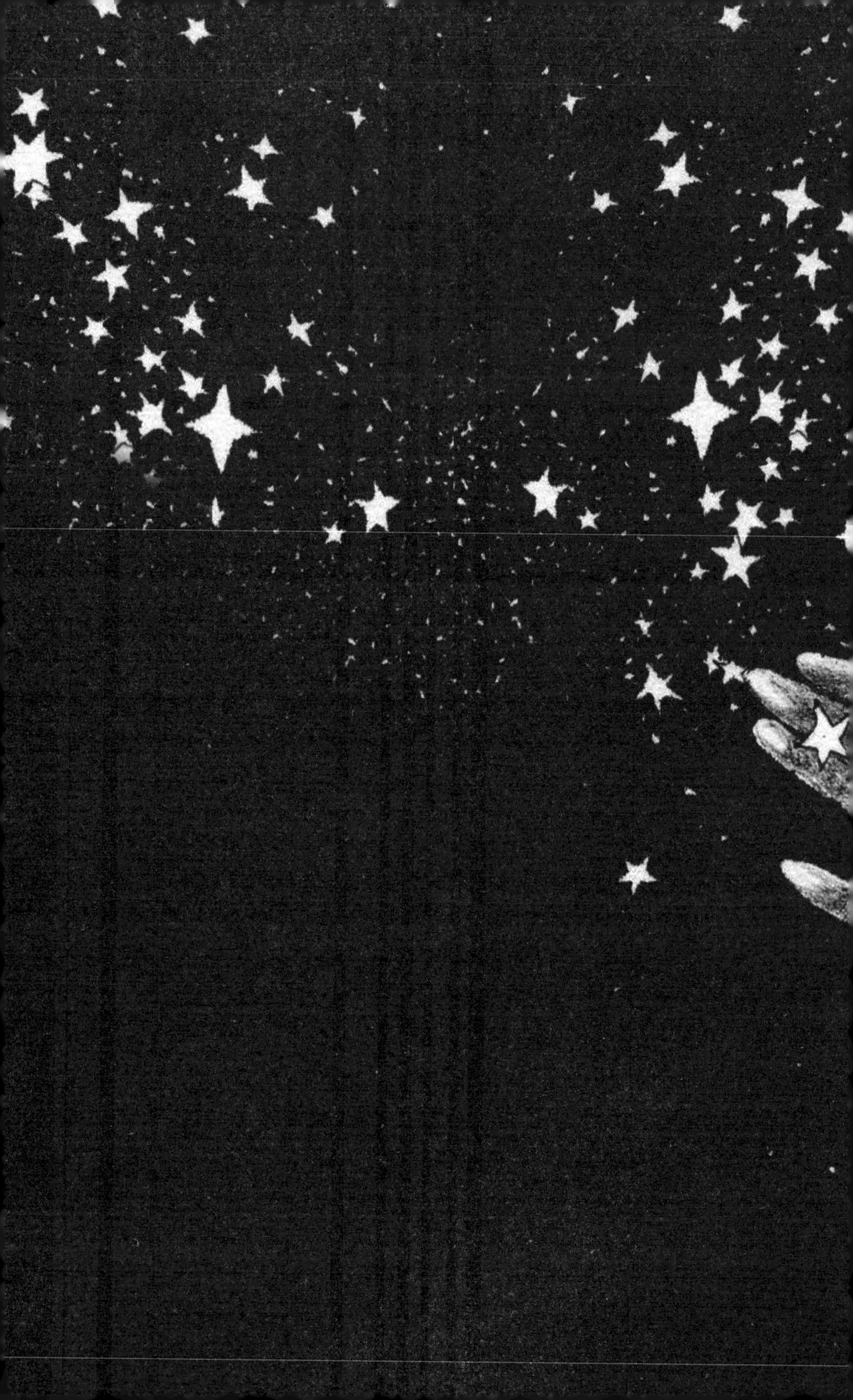

第十章　伪宗教

伪宗教是指人们信奉某种宗教并不是为了满足灵魂的需求，而是为了满足宣扬宗教的人的需求。

一、伪宗教欺骗性的表现

1

人们常常有这样的幻觉：他们自认为信奉的是上帝的法则，其实不过是大家都信奉的一些普通事物罢了。那些人信奉的并不是上帝的法则，只是与上帝的法则相近的一些东西。这些伪上帝法则能让他们保持自己的生活不受干扰。

2

人们若是生活在罪恶与过错之中，就无法获得安宁，他们会受到良知的谴责。因此，他们必须从下面两件事中选择一件：要么在众人与上帝面前承认他们的罪过并悔罪，要么带着罪恶继续以前的生活，继续作恶，还要把这些恶行称作善行。伪宗教的学说就是专门为这类人设计的。因为他们会按照伪宗教的学说过着邪恶的生活，还认为这样的生活天经地义。

3

对别人撒谎已经够糟糕的了，对自己撒谎更愚蠢。之所以这样说，是因为如果你对别人撒谎，谎言还有可能被戳穿；而如果你对自己撒谎，谎言却无法被揭穿。所以千万不要对自己撒谎，尤其是在信仰方面不要这样做。

4

"要么有信仰，要么就要被诅咒。" 这就是恶的根源。如果一个人稀里糊涂就接受原本应该可以通过理性分析而弄清楚的东西，那么他最终将失去理性分析的能力。这样他不仅会因此陷入万劫不复之地，还会拖累周围的人也一同坠入深渊。

——爱默生

5

伪宗教的危害之大,无论是用重量还是用尺度都无法衡量。宗教是衡量人类对待上帝、对待世界态度的标尺。自身的责任感亦是出自对这种态度的衡量。假如这种态度的标准以及以其为基础的责任感都是虚假的,那么人生将会变成什么样子呢?

6

伪信仰有三种:第一种是伪经验论,认为通过经验就能体会到经验法则所无法实现的东西;第二种伪信仰是为了道德的完善而相信那些靠理性无法解释的事物的存在;第三种伪信仰是信奉超自然的神力能产生神秘力量,认为神灵可以借助这种神秘力量影响我们的道德。

——康德

二、伪宗教反映的是低级需求,而不是人类灵魂的高级需求

1

唯一正确的宗教信仰除了法则别无一物,这法则就是道德准则。我们可以通过理性认识并研究这些道德准则的绝对必要性。

——康德

2

人只有实现健康的生活方式才能让上帝满意。因此,除了善良、正直和纯洁的生活以外,人满足上帝的方式都只是粗鄙有害的幻想。

——康德

3

一个忏悔之人如果只一味自责,而不是利用灵魂忏悔的机会去改变自己原有的生活方式,那么这种忏悔毫无意义。更有甚者,这种人还会认为通过这种无效的忏悔方式他已经洗去所背负的罪责,不需要采取进一步行动完善自

己；然而，道德的完善才是第一要务。所以，这种忏悔会带来恶劣的后果。

——康德

4

人不了解上帝已经是很糟糕的事情了，而他把伪上帝认作上帝就更糟糕了。

——拉克坦提乌斯

5

与其说上帝按照自己的样子创造了人，倒不如说是人根据自己的模样创造了上帝。

——利希滕贝格

6

说到天堂，有人认为那是一个远离尘嚣的地方。它就在那苍穹之上，神秘莫测，是圣人的居留之地。不过，人们忘记了一点，从苍穹俯视我们居住的地球，它像其他星球一样，也是宇宙中的一个星球。其他星球上的生物会指着地球说："瞧，那边有个星球，一定是幸福的永久居留之地。上帝为我们安排好了未来的栖息之所，我们迟早会登上那个星球。"我们的脑子里总有一种奇怪的想法，即我们认为自己的信仰天马行空，总会与升天的想法一致。但是我们没有意识到，不管我们上升得多高，迟早还是会脚踏实地落在某个星球上。

7

向上帝索取物质，如雨、康复、躲避敌人等等，是错误的做法。因为当你在乞求上帝施舍这些东西的时候，在同一时间，其他人可能正在乞求与此相反的东西。而且最主要的是，我们在物质世界中已经应有尽有。我们应该祈祷上帝满足我们在精神层面上的需求。这种精神需求可以让我们无论经历什么风雨都会一路幸福地走下去。对物质的祈求只不过是自我欺骗而已。

8

真正的祈祷应该不掺杂任何物质世界的东西，消除一切扰乱我们情感的事情（在这一点上，伊斯兰教徒就做得特别好。进入清真寺或开始念祷文时，他们会用手捂住双眼，用手指塞住耳朵），在内心召唤神圣的法则。而实现这一想法最好的办法就是按照基督教教导的那样：进入密室，紧闭屋门。其实，基督教提倡的是独处祈祷，无论身在密室，或是在林中、在旷野中，只要独处就行。

真正的祈祷是清除一切世俗杂念，清除一切外来干扰，审视灵魂，审视行为，审视欲望，排除外来物质的需求，只满足灵魂对神圣法则的需求。这种祈祷才会对灵魂有所帮助，才会加强、提升灵魂；才会真正忏悔、审视过去的行为并为将来指明方向。

三、对表面形式的崇拜

1

在萨满祭司（据信能跟善恶神灵沟通的人）与欧洲主教之间，或者举个平民的例子，在野蛮未开化而情感炽热的无宗教信仰者（他们常常在清晨把剥下来的熊皮的脚掌部分顶在头上祈求着："不要杀我！"）与康涅狄格州的清教徒之间，尽管存在着形式上的差异，但是殊途同归。他们信仰的基础没有什么区别，因为他们都隶属于一个阶级，侍奉上帝的目的不是为了成为圣人，而是为了追求表面形式的宗教或遵守某些专制规则。只有那些相信侍奉上帝是为了实现完善自我目的的人才与上述追求表面形式的人有所不同。他们把自己的信仰建立在一个与众不同、层次极高的基础之上，这样就把所有正直的人联合在一起，形成一个存在于心中的无形的教会，而只有这样的教会才是具有普遍意义的教会。

——康德

2

一个人做了些与道德无关的事情却向上帝邀功请赏，甚至借此满足自己的欲望。这种做法是完全错误的。因为他这样做是想通过自然的手段获得一种超自然的结果。这种尝试就被称为巫术。不过巫术通常与邪灵恶魔紧密相连，而这些尝试尽管愚昧无知，却总是建立在良好愿望的基础之上，我们姑且称之为拜物教。

人强加给上帝的这些超自然的活动只会存在于幻想之中，而且毫无理性，因为它不知道是否能让上帝满意。除了想要获得上帝的奖赏而直接做出的行为以外，有人还会借助一些其他形式或超自然的帮助攫取更多的利益。为实现这一目的，他会通过一些形式上的宗教，企图让自己更接近于道德境界，让自己的良好愿望得以实现。其实他这样做是想依赖一些超自然的力量来纠正自己自然方面的缺陷。

这种人认为没有道德或不能取悦上帝的行为，能够成为直接从上帝那里实现他欲望的一种手段或条件。这种想法当然是错误的。因为他认为可以利用与美德没有任何共同之处的超自然的手段，实现自己的欲望，获得神的帮助，尽管无论从精神还是从肉体上，他对这种超自然的手段并不感兴趣。

——康德

3

你们祷告的时候，不要像那假装善良的人，喜欢站在教堂里，站在十字路口祷告，故意让人看见。我实实在在地告诉你们，他们已经得了应有的赏赐。你祷告时，要到你的密室中去，关上屋门，向在暗处的天父祈祷；你的天父会在暗中察看，必然会奖赏你。

——《马太福音》

4

你们要防备那些文士。他们好穿着长袍出行,喜闻众人在街市上向他们问安;也喜欢教堂里的高位,筵席上的首座。

他们假惺惺地做很长的祷告,私下里却侵吞遗孀的家产。这些人应该罪加一等,接受更严苛的惩罚。

——《路加福音》

只要伪宗教存在,上述文士们就永远不会消失。他们总是像福音书中警告我们的那样伪善。

四、宗教学说的多样性及唯一真正的宗教

在没有考虑过信奉宗教的人看来,唯一正确的信仰就是他出生的家庭所信奉的信仰。但是请问问你自己:如果你出生于拥有其他信仰的家庭呢?你现在信仰基督教,但是如果你却出生于伊斯兰教之家呢?又或者信仰佛教的人出生于基督教之家,信仰基督教而出生于婆罗门教之家,等等。难道只有我们出生在自己的信仰之中,生活在真理之中,而其他人都生活在谎言之中?这可能吗?你的信仰不会因为你对自己和别人宣称它是唯一的真理就会成为真理的。

五、信奉伪宗教的后果

1

一六八二年,在英国发生了一件事,一位令人尊敬的医生莱顿写了一本反对英国圣公会的书,因此遭到审判,被判处接受如下刑罚:先是惨遭鞭刑毒打,然后被割掉了一只耳朵,一个鼻孔被割开,一半脸颊上还被打上了"SS"字母的烙印。几天后,他再次遭到鞭打,当时他脸颊上的烙伤还没完全康复。他的另一个鼻孔也被割开,另一只耳朵被割掉,另一半脸颊也被打上

了烙印。所有这些酷刑都是借着基督教的名义实施的。

——戴维森

2

一四一五年，约翰·胡斯因反对和攻击天主教和教皇被宣判为异教徒。他被判处"不流血的死刑"，也就是火刑。他受刑的地方在城门外的两个花园之间。被带到行刑的地方后，他跪在地上，开始祷告。行刑的人勒令他站到火刑柱旁，胡斯站起身，大声说道："耶稣我主啊！我吟诵着你的祷文，赴汤蹈火。我不会反抗！"行刑者剥去他的衣裳，将他的双手反绑在柱子上。

胡斯的脚被放在凳子上，身下堆起了柴火和稻草，一直堆到了他的下巴处。然后国王的代表走到他面前，对他说，如果他公开宣布放弃之前所有说过的话，他就会被赦免。胡斯却回答说："不！我无罪！"于是，行刑者们点燃了稻草。

胡斯高声吟诵祷文："啊！基督啊！你这永生的上帝的儿子！宽恕我吧！"熊熊燃烧的大火很快就将胡斯的声音压了下去。那些宣称自己是基督教徒的人就是以这种方式来证明自己执着的信仰。难道还不清楚吗？这根本不是什么信仰，而是野蛮的迷信！

3

在伪宗教所有的宣传手段中，最冷酷残暴的要算是对孩子进行的思想灌输了。孩子会向比其年长的人请教，那些年长的人还可能有机会领悟前人的智慧。这些年长的人会告诉孩子世界是什么样的，世界上的生活又是如何的；还会告诉孩子人与人之间的关系如何。其实，年长的人告诉孩子的并不一定是自己所思所信的，而是几千年前祖先们的想法与信仰，甚至也许是连祖先们都无法相信的东西。这些成年人传授给孩子的并非是孩子们渴望得到的精神食粮，而是损害他们精神的毒药。要想避免遭受这种毒害，孩子恐怕要付出很大的努力，经受巨大的痛苦。

4

只有以伪宗教的名义犯下罪恶时,那犯罪之人才会如此镇定自若,信心十足。

——帕斯卡

六、什么才是真正的宗教?

1

但你们不要接受拉比的称呼,你们的主人只有一位。你们都是弟兄。也不要称呼地上的人为父。因为只有一位是你们的父,那就是天父。

——《马太福音》

基督就是这样传教的。他之所以如此教导,是因为他知道,在他那个时代,有人利用伪上帝学说误导他人,而且未来这种人依旧会存在。既然了解了这种情况,基督便教导基督徒们不要听从那自称导师的人,因为那些伪导师的教义把原本简单清晰的教义变得晦涩难懂;而那些简单明了的教义原本早已深入人心。真正的教义教导人们就像爱至高无上的善良与真理一样,去爱上帝;教导人们像爱自己一样去爱周围的人,对他人的所作所为,就是你希望他人对你的所作所为。

2

信仰并不会告诉你以前怎么样,也不会告诉你未来怎么样,甚至不会告诉你今天怎么样;信仰只会告诉你每个人应该做什么。

3

所以,你带着礼物在祭坛上奉献的时候,若想起弟兄曾怨恨过你,那么先请回去吧。就把礼物留在祭坛前,先回去与弟兄和好,然后来献礼物。

——《马太福音》

真正的信仰是这样的:它不在乎仪式,不在乎牺牲,而在意与每个人的结合。

4

基督教的教义非常简单，甚至连婴儿都能理解它真正的含义。只有那些不想成为真正基督徒的人才不理解基督教的含义。为了了解真正的基督教，首先必须放弃伪基督教。

5

真正的信仰应该破除迷信。一旦迷信介入其中，信仰便会遭到破坏。基督告诉我们什么是真正的信仰，教给我们，在我们一生中的所有活动中，只有彼此关爱才是人类的光明与幸福。基督还教导我们，只有认识到我为人人，而不是人人为我，我们才能获得幸福。

6

假如有东西以上帝法则的面貌出现，却不提出爱的主张，那么这一定是人为杜撰的法则，而不是上帝的法则。

——斯科沃洛达

7

如果你对上帝的了解都是来自道听途说，并相信这些话，那么你永远不会真正了解上帝。

8

你不可能通过道听途说了解上帝，只能通过遵守早已深入人心的上帝的法则来了解。

9

基督教教义的实质内容是：人们必须通过一生的努力奋斗去实现一种神圣的完美。但是那些不想听从基督教教义的人，有时有意无意地会不按照基督教所教导的那样去理解教义，他们不认为教义讲的是让人们不断更接近完美，而是将其理解为上帝要求人们达到那种神圣的完美。

如果这样错误地理解基督教教义，那么那些不想追随基督教的人就只有两种选择了：他们要么一本正经地声称，至臻完美无法实现，然后放弃整个基督教教义，认为那是幻想，不切实际（世俗中的人就是这样做的）；要么选择最普遍、伤害性最大的方式，也就是那些自称为基督教徒的人所信奉的方式，即一方面承认至臻完美无法实现，另一方面自己加以修正，也就是随意篡改原有的教义内容，改掉了真正教义所包含的"不断努力以求达到至臻完美"的内容。他们所奉行的所谓基督教守则，是与真正的基督教完全相背离的。

10

有这样一种说法：基督教教会是经过选举产生的由精英人物构成的组织。这种说法狂妄自大，根本不能代表基督教的观点，是完全错误的。试问：谁更优秀？谁更拙劣？金无足赤，人无完人。我们每个人的内心深处既有天使存在，也有魔鬼存在。没人能将天使从心中完全赶走，也没人永远是天使。那么,像我们这些亦正亦邪的人类又怎么能选举一个公平正义的组织呢?

有一盏真理的明灯,指引着人们从四面八方聚来。就像一个圆,有无数条半径。有多少半径,就有多少个方向,就有多少人从这些不同的方向走来。也就是说,通往真理的路径多种多样。让我们竭尽全力向着真理迈进。真理将我们紧紧相连。但是,我们离真理到底有多远,我们是否已经互相团结在一起,对此,我们无须作评价。

七、真正的宗教将越来越多的人联系在一起

1

基督教会的堕落让我们距离天国实现的目标越来越远。而基督教的真理就像熊熊燃烧的篝火,暂时被抛入火中的嫩枝压低了火势,但是很快火焰就会将潮湿的嫩枝烧干,再度燃起熊熊烈焰。真正的基督教涵义早已广为流传,深入人心。其影响强大,任何打着基督教幌子的欺骗性学说都无法将其扼杀。

2

倾听一下人们对基督教现状的不满,这种不满已经渗透到全社会,其表现形式或为怨声载道,或为悲痛欲绝。所有人都在企盼天国的降临。而天国的确正在接近。更加纯洁的基督教正缓缓、坚定地取代目前这个假借名义的教会。

——钱宁

3

从摩西时代开始,一直到今天的耶稣时代,伟大的精神与宗教发展业已在个人与民族之间完成。再从耶稣时代,一直到现在我们这个时代,这种个人与民族之间的精神与宗教的发展依然十分重要。人们丢弃了旧的谬见,新的信仰早已深入人的意识之中。

一个人不能与整个人类的伟大相提并论。这样的时代即将来临:一个人的发展远远超过了其他人,已经无法被其他人所理解。这时,其他人就会奋起

直追，追上他，远远超过他；于是，先前那个伟大的人，又因为被抛在后面，而无法理解超过他的那些人了。每一个宗教天才都会详细阐明宗教真理，将人们联系在一起。

——帕克

4

任何人想要发展，就要改变自己。整个人类社会也是如此。人类社会想要进步，就必须改变，从低层次向高层次改变，不能受其最初形态的限制。每个人现在的发展状态都是由自身前一种状态发展而来的。这种发展潜移默化，就像胚胎的生长发育，在发育过程中，没有什么可以破坏这个不间断的进程。

但是，如果每个人以及人整个人类社会都要转型，那么每个人以及整个人类社会都要在劳苦与痛苦中完成这种转型。在达到至臻完美之前，在光明进入尘世之前，我们必须在黑暗中探索前行，必须经历磨难，必须放弃肉体的需求以拯救灵魂。我们会死亡，这样就能获得重生。新的生命更加充满活力，更加完善。

十八个世纪后，人类完成了一个发展周期，现在面临另一次转型。构成旧世界的旧制度、旧的社会秩序都正在衰退，各个民族正生活在水深火热之中，经历着苦难。

因此，面对这些百废待兴的局面，面对已经发生的，或即将发生的生死离别，我们不能失去勇气。相反，我们更要鼓起勇气，人民联合在一起的时刻就在不远的前方！

——拉门奈

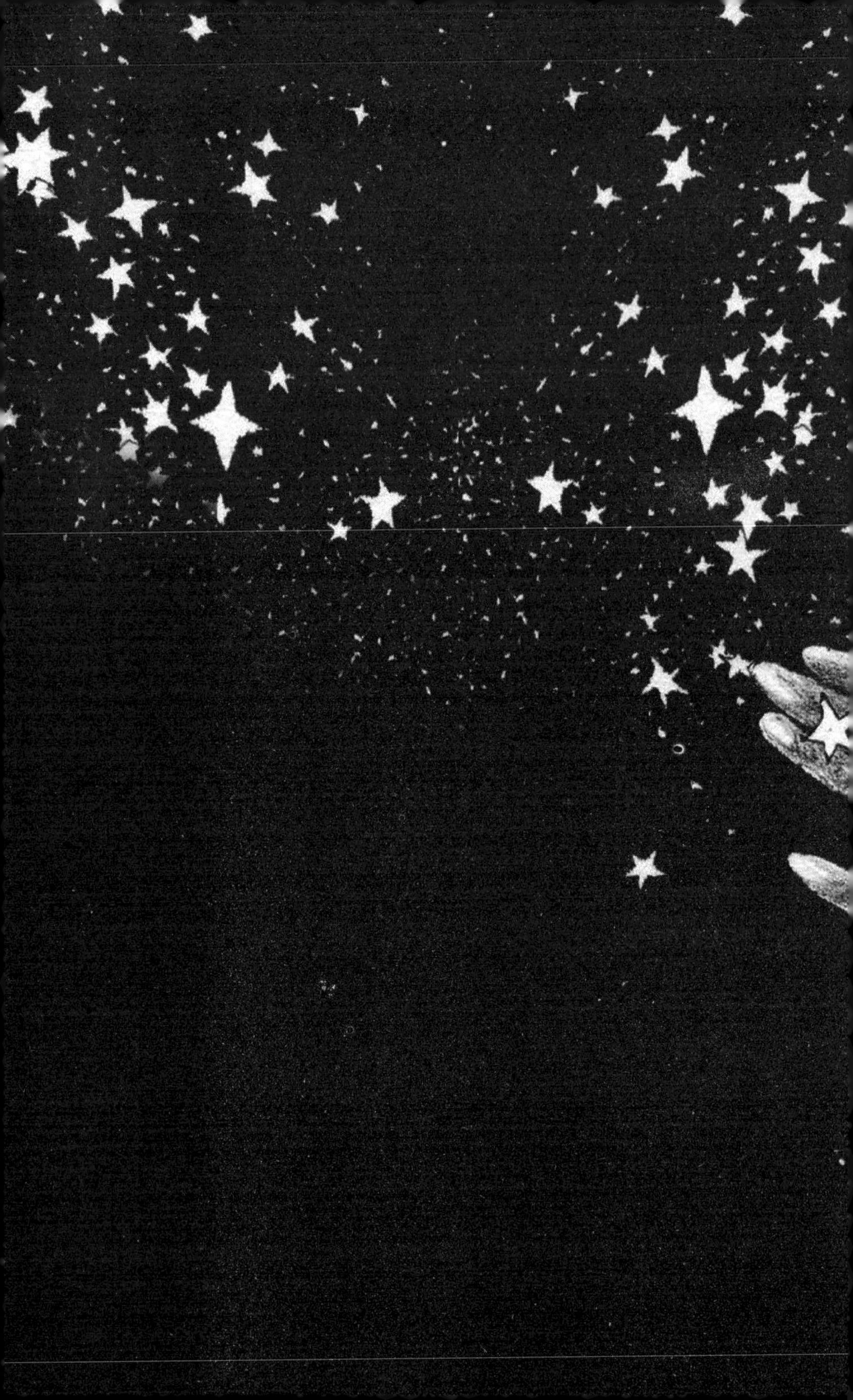

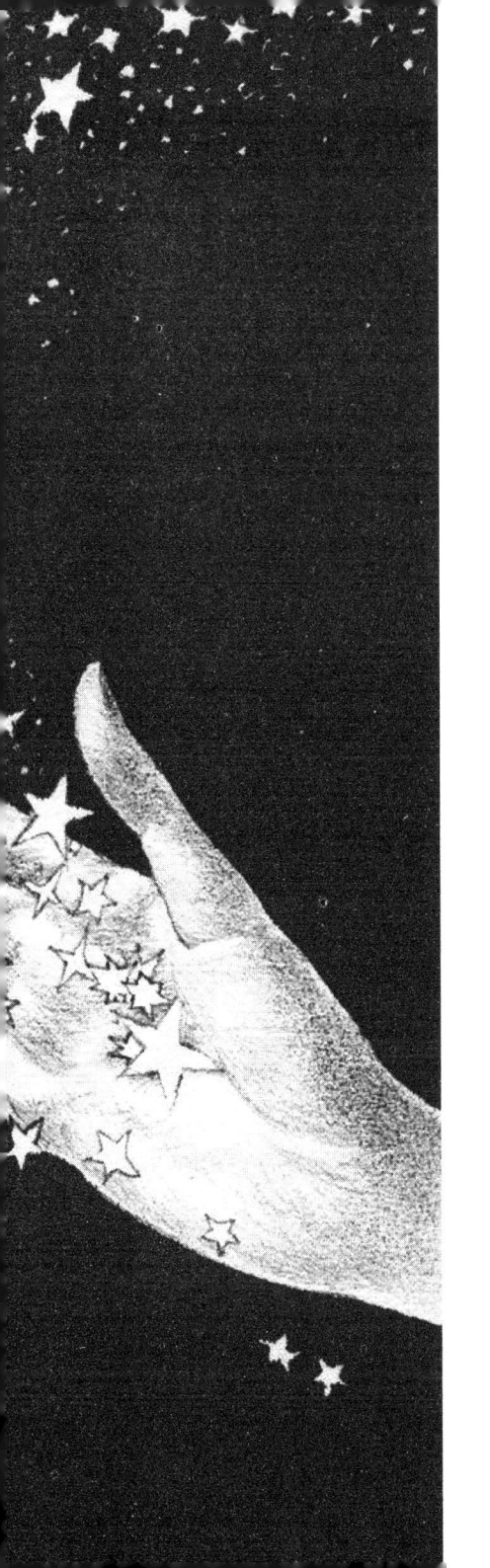

第十一章 伪科学

科学中的迷信，是指相信所有人的生活中唯一需要的知识，就是从那些无限广阔的领域中随意收集起来的知识。这些知识，在某些特定时间里，是为少数人服务的。这些人摆脱了必要的劳动，过着缺乏道德、毫无理性的生活。

一、什么是对科学的迷信？

1

迷信是指一个人毫不质疑地接受别人传授给他们的真理，也不去检验这些真理是否符合逻辑。科学迷信就是如此，也就是说，人们不加分析地全盘接受诸如教授、院士等自称为学者的人传授的真理。

2

就像世界上存在着伪宗教教义一样，伪科学学说也存在着。其虚伪性在于，在一段时期内，某些人掌握着判定科学正确与否的权力。人们把这些人的判定奉为圭臬，相信这些人认为的真正的科学，就一定是真正的科学。而如果科学的认定不是以所有人的需要为基础，而是根据某些有权有势的人的武断，那么这种科学必定是伪科学了。这种情况在我们当今世界比比皆是。

3

在现代化时代，科学占据了几个世纪前宗教所占据的位置。今天我们的教授们就是昔日公认的祭司；而大学、国会则是科学中的教会和公会议。就信仰而言，科学同样不乏拥趸，却缺少批判。在拥趸中存在争议，但他们并没有为此感到不安。同样含混不清地诠释，同样自负清高不屑为伍，而不是去思考。所以，科学与宗教总是这样回答质疑："跟他争论有何意义？他否认神灵和启示！""跟他争辩有什么用？他不相信科学！"

4

埃及人并不把祭司以真理的名义提供给他们的规范当成纯粹的信仰，而我们今天却是这样的。埃及人是把那些规范当成人们可以获得的最高级的知识,也就是说,把它们看成是"科学"。今天那些阅历肤浅的人对科学一无所知,所以他们对现代祭司们提出的所谓真理笃信不疑。

5

使用含混不清的思想和表达对知识的危害最大。那些自称为科学家的人就擅长使用这些字眼。他们编造出各种晦涩难懂的词语来粉饰原本就模糊不清的概念。

6

伪宗教和伪科学总是借用溢美之词宣扬它们的信条,那些知识贫乏的人对此会感到神秘莫测,因此就会觉得很重要。那些科学家们之间的讨论也常常晦涩难懂,就像牧师宣讲时的用词一样。这些解释就连他们自己也是一知半解。迂腐的老学究使用外文和新创造的词汇,能把原本简单的说明变得复杂难懂,就像让教区里大字不识一个的教民读外文一样。神秘并不代表智慧。越是聪明的人,就越会使用简单明了的语言诠释自己的思想。

二、伪科学被用来粉饰现行社会秩序

1

为了证明被称为科学的培养工作的重要性,我们必须证明这种培养工作是大有裨益的。但科学家们通常会说因为他们有很多科学问题需要研究,所以这些培养工作迟早会有用处。

2

科学真正的目的就是对服务于人类的真理加以认识。而其虚假的目的则是对把邪恶引入人们生活的欺骗性的做法加以辩护。这也是法律、政治经济学,尤其是哲学和神学等科学的目的。

3

与宗教一样,科学也存在着欺骗性。宗教与科学的欺骗性都起源于为自己的劣势辩护的欲望。所以，科学的欺骗性与宗教的欺骗性同样有害。人们因过错而走上邪路。纠正错误的方法就是：认识到自己误入歧途，努力改变现在的生活方式，开始崭新的生活。

但是，社会中充斥着五花八门的科学，如政治学、金融学、神学、犯罪学、警事行政管理学、政治经济学以及历史学等等。甚至还有时下最流行的一门科学——社会学。这些科学为人们的生活制定各种规则，告诉人们应该如何生活。它们鼓吹人们走上邪路、生活困苦并非自己的过错，而是生活的规则有错。因此，人们不必通过改变原先的生活方式来进入新生活，而是继续维持现状。不过，人们要承认导致这些恶劣生活的原因不在于人们自身，而在于那些由科学家们发现或制定的生活法则。这种欺骗毫无理性可言，严重违背了良知；若不是这种欺骗蒙蔽了人们的视线，让人们产生幻觉，人们是决不会接受的。

4

我们的生活准则早已背离了人的道德和肉体本性。而且我们还会认为，因为每个人都这样生活，所以这就是唯一正确的生活方式。我们隐隐约约地感觉到，我们生活中那些所谓的社会秩序、宗教、文化、科学以及艺术，不仅未能拯救我们脱离苦海，反而把我们带入更大的苦难之中。尽管如此，我们却无法下决心用理智去检验它们的真伪，因为我们觉得，人们自古以来就笃信：社会秩序、宗教和科学是必不可少的。如果没有这些东西，人类将不复存在。假如雏鸡在未破壳而出前就被赋予人类的理性，而它又像如今的人类一样并不怎么擅长使用理性的话，那么它就永远不会破壳而出，也永远体会不到生活。

5

科学已经成为给不劳而获、依靠他人劳动为生的人发放许可证的机构。

6

我们的高等教育机构冠冕堂皇、喋喋不休的解释，只是一种回避正面解答困难问题的托辞。他们使用晦涩难懂的辞藻巩固原本就模糊不清的思想。之所以这样做，是因为他们不愿意看到在学府中出现"我不知道"——这句最方便、最常见，也是最合理的回答。

——康德

7

科学与利益、知识与金钱是最不协调的组合了。如果人们相信花钱就能变得知识渊博，如果知识可以参与金钱买卖，那么买卖双方都是自欺欺人。基督将商人逐出神殿，所以，我们也该将商人赶出神圣的科学殿堂。

8

不要把科学当成用来炫耀的桂冠，也不要把科学当成摇钱树。

9

"科学"一词常用来描述最无足轻重的事情，甚至是最令人作呕的事情。科学作为惩罚手段依然存在，这也许就是最有力的佐证。把科学当成惩罚的手段是最愚蠢的行为，就不该在当今时代出现。因为这么拙劣的行为一般只出现于人类发展的低级阶段，或者蛮荒时代。

三、迷信科学的危害

1

没人能像科学家那样把宗教、道德和生活混为一谈。尽管科学在物质世界领域中获得了不少成就，但是这些成就对人们的生活要么毫无用处，要么有害。

2

科学的危害性表现在：它在人群中散播一种谬论，让人们相信，生活就是物质力量的产物，人们的生活离不开这些物质力量。而当这种谬论被冠以科学的名义并被视为人类神圣的智慧时，其危害性更是难以估量。

3

科学的发展不会与道德的进步成正比。在各个民族的历史进程中，我们都能看到科学的发展会直接导致道德沦丧。我们信仰中出现了有害的东西，是因为我们把平庸无聊的伪科学与真正至高无上的知识混为一谈。科学，就其抽象意义来说，需要得到尊重。但是现代科学，也就是那些疯子们称之为科学的东西，不过是令人嘲笑、不屑一顾的东西。

——卢梭

4

如今人们过着失去理性的生活。这与古今中外所有时代的伟人们对生活的感悟和想法背道而驰。究其原因，主要是我们的年轻一代被灌输了大量晦涩难懂的知识和理论：上至天体状态、地球几百年来的状态，下至有机体起源等等。但是，没人传授我们的年轻人每个时代中最重要的知识，即人生意义何在？我们该如何生活？各个时代的圣贤们是如何看待这个问题的？他们又是如何解决这个问题的？年轻一代没能掌握这些知识，反而掌握了一些最愚蠢的知识。这些知识打着科学的旗号，其实就连讲授这些知识的人都不相信。我们人生的基石并非坚如磐石，而是像充满空气的气泡，飘忽不定。试问：有这样的基石，人生的大厦怎会不倾倒呢？

5

所有我们称之为科学的东西都不过是富人的发明，用来消磨他们的空虚时光。

6

我们生活在一个充斥着哲学、科学和理性的时代。乍一看，好像所有的科学都互相联合，指引我们迷宫般的人生之路。巨大的图书馆全部对外开放；

各种教育机构为我们提供了无限的机会,去利用在几千年的历史长河中积累起来的圣人们的智慧。好像人们做过的每件事情都是为着开发智力、增强理性而做的。那么,我们真的因为掌握了这些知识而变得越来越优秀吗?

我们真的了解自己的职责是什么吗?我们真正了解最重要的是什么吗?真的知道人生的幸福在哪里吗?除了互相仇视、彼此怨恨、互相猜忌,我们从那些无用的知识中还学到了什么呢?每种宗教学说和宗教派别都鼓吹自己发现的才是真理。每个作家都宣称只有他才知道幸福在哪里。今天有人向我们证明肉体是不存在的;明天又有人向我们证明灵魂也是不存在的。后天会有人向我们证明肉体与灵魂之间没有任何联系,往后还会有人向我们证明人就是动物,甚至有人会向我们证明上帝就是一面镜子。

——卢梭

7

伪科学罪恶的性质表现在:它自己无法研究学习所有知识,甚至没有信仰的帮助它都不知道该学些什么。它不过是学了些讨好那些生活处于混沌之中的科学家的技巧。最能让这些科学家们开心的就是现存社会秩序了。科学家们从这种社会秩序中受益,而他们所获得的愉悦不过是满足了他们无聊的好奇心而已,而且还不需要他们在脑力劳动上付出什么努力。

四、研究的项目是无限的,人的理解能力却是有限的

1

一位波斯哲学家说:"我年轻时对自己说,我要掌握所有的科学知识。于是我几乎学会了人类所能掌握的全部知识。但是,当我垂垂老去,重新回顾这些知识时,却发现在我生命行将结束时,我仍然一无所知。"

2

天文学家的观测和计算结果令我们叹为观止。但是这些研究最重要的结

果，揭示了我们知识的贫乏。假如没有这些研究结果，人类永远无法了解自己有多么无知。对这个问题进行深入思考，就会极大地改变我们在人类理性活动方面的判断。

——康德

3

"地球上存在植物，我们可以看得到这些植物，但是从月球上就看不到了。这些植物上面有纤维，在这些纤维中有生命体存在，除此之外，什么都没有了！" 太自以为是了吧？ "复合体是由元素构成的，元素是不可分解的。" 多么狂妄自大啊！

——帕斯卡

4

我们的知识十分匮乏，甚至连自身肉体的生命都无法了解。要了解肉体生命，我们需要掌握以下知识：肉体需要空间、时间、运动、光和热、食物、水和空气，以及其他东西才能生存。在大自然中，一切事物都是紧密联系在一起的，我们不能只理解一种事物而忽略其他事物。我们不能只见树木，不见森林；只看见局部，而看不见全体。我们应该懂得，要想了解肉体的生命，我们就需要掌握一切它所需要的东西。为此，我们必须研究整个宇宙。但是宇宙无限大，与之有关的知识也无穷无尽，人类根本无法获得。因此，我们连自己的肉体生命也无法搞清楚。

——帕斯卡

5

试验性科学，在没有哲学思想指导的情况下，一味追求研究成果，就会像失去眼睛的面孔。一般能力的人才适合从事这样的研究工作，天才则会成为这项工作的绊脚石，妨碍其琐碎的调查研究。而能力有限的人会把有限的能力和知识全都集中在单一的科学领域中，他们会在这一领域里获得丰富的知识，而无须掌握其他科学领域的知识。他们就像钟表店里的工人,各有分工:有人负责加工齿轮,有人负责生产弹簧,有人负责加工表链。

——叔本华

6

最重要的不在于知识的数量,而在于知识的质量。人们有可能了解很多事情,但是却无法了解最本质的东西。

7

在德国,对自然历史的研究已达到疯狂的地步。尽管在上帝看来,人与昆虫都是平等的,然而人的理性却不这样认为。比如,人要研究鸟和飞蛾,需要提前掌握大量这方面的知识才能开始研究工作。研究一下你的灵魂,训练大脑学会谨慎判断;让你的灵魂学会仁爱。学习了解人类,为了他人的幸福,拿出勇气讲真话。如果找不到更好的能让大脑保持清醒的方法,就去学习数学。但是,不要使用什么昆虫分类法之类的毫无意义的肤浅知识,这种知识会将你带入无底深渊。

你也许会这样说,但是在昆虫身上的上帝也是无边无际的,就像在太阳中的上帝一样。我也绝不否认这一点。上帝在海沙中也是无边无际的,没人能系统地分析清楚。如果没有人特别召唤你在发现这粒沙子的区域寻找珍珠的话,那就请回家继续耕地种田吧。种田需要付出辛勤的汗水。还要记住,人的大脑容量是有限的。也请在大脑中存放某些蝴蝶品种历史的地方,存放一些圣贤们的思想,也许这些思想可以给你启迪。

——利希滕贝格

8

苏格拉底不愿参与那些对存在的事物评头论足的讨论,也不愿意讨论被哲学家们称之为自然起源的问题;或者讨论什么天体起源的基本原理一类的问题。他说:"人们是否真的认为他们已经获得了自己最需要的知识吗?他们对与自身无关的事情津津乐道,而对与自身无关的事情却漠不关心。这样如何知道自己真正需要什么呢?"那些号称科学家的人,其昏聩糊涂程度之深更是令他惊叹不已。那些人根本意识不到人类的大脑是无法了解所有奥秘的。

他说:"所以,这些敢于讨论奥秘的人也没能就最基本的原则达成一致。他们聚在一起讨论时,如果你仔细听一下,就像一群疯子在谈天说地。这群受疯癫控制的不幸的人,他们有什么与众不同之处呢?一方面,他们杞人忧天;另一方面,却又像愣头青,无知者无畏。"

——色诺芬

9

智慧是一种伟大而且具有开拓性的能力。它调动所有人的积极性为它奉献出空闲时间。无论你解决过多少疑难问题,总有各种更多的问题在等着你处理。这些问题纷繁复杂,需要动用你全部的力量,因此你需要消除头脑中所有的私心杂念,全力以赴。我应该把宝贵的时间浪费在那些废话上面吗?然而,很多学者是语言上的巨人,行动上的矮子。想一想,那些吹毛求疵、拘泥小节的行为产生了多少恶行!它们又会对真理造成多大的伤害啊!

——塞内卡

10

科学滋养着思想。而这种滋养反过来会对大脑造成很大的伤害,就像那些不干净的,或是过甜过量的有害食品对身体造成的伤害一样严重。大脑营养过剩也会得病。为了避免出现这种情况,我们对待大脑要像对待身体一样,想让大脑得到滋补,要等到大脑渴求知识时再滋养,就像身体在饥饿时才进食一样。只有这样,滋补的知识才是灵魂所需要的知识。

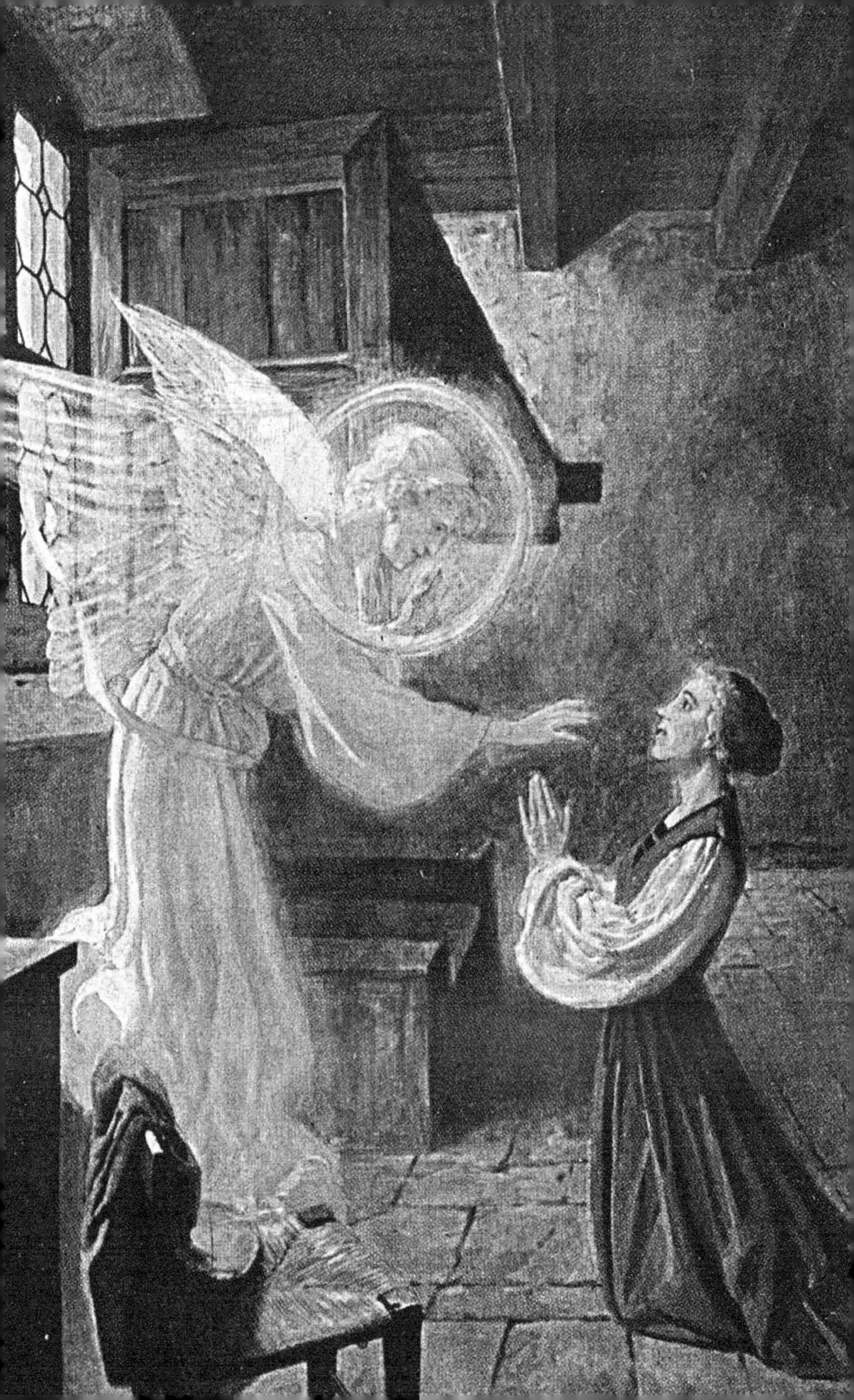

五、知识浩如烟海，无穷无尽；真正的科学会从中选取不可或缺的知识

1

知之为知之，不知为不知，是知也。不知者不为耻，也不为害。世界上没有无所不知的人。但是不懂却要装懂，就既可耻，也有害了。

2

大脑接受知识的能力有限，因此，不要认为懂得越多就越好。掌握一大堆杂乱无章的知识会成为无法逾越的障碍，反而阻挡了真正需要的知识的滋养。

3

掌握最需要、最重要的知识，会促进智力发展；学习琐碎无序的东西，会削弱智力发展。这就像身体发育一样，呼吸新鲜空气，食用健康食品，身体就会强壮；反之，呼吸恶劣的空气，食用垃圾食品，身体就会衰弱。

——拉斯金

4

在当今社会，大量有价值的知识汇集在一起。我们很快就会感到即使要掌握最有用的一小部分知识，仅凭有限的生命和薄弱的力量，我们也难以完成。同理，我们会拥有大笔财富。但是，要想有效利用财富，必须先将一部分多余的抛掉，不给自己增加太多负担。

——康德

5

知识无穷无尽，所以，知识渊博的人也不能说自己一定比知识欠缺的人懂得多。

6

在当下这个时代，一个最为普遍的现象就是：有人自认为知识渊博、受过良好教育、见多识广，其实不过掌握了一大堆毫无用处的东西，仍旧粗俗愚

昧。这些人不但不懂得生活的真正意义，反而对自己的愚昧感到骄傲。与此相反，另一个也算是普遍的现象是：那些没有多少知识、目不识丁的人，虽然不懂得什么化学试剂，不懂得视差法或者镭的特性，却真正有文化、懂生活、谦虚谨慎。

7

人们不愿了解世界上正在进行着的所有的事情，因此，他们对很多事情的判断是错误的。知识不足的表现有两种：一种是天真无知，也就是人刚出生时的状态；另一种可以被称为大智若愚。一个人如果掌握的天下所有的学问，通晓了古今人所共知或人所不知的所有知识，他就会发现，这些知识交织在一起，杂乱琐碎，根本无法帮助他了解上帝的世界。于是，他得出结论：知识渊博的人与目不识丁的人并无二致。

还有一些知识浅薄的人，只学一些皮毛，刚刚熟悉一些科学的入门知识，便自以为是。虽然他们脱离了天真无知状态，却还达不到那些洞悉人类所有知识瑕疵与缺陷的大智者们的境界。

这些人自以为聪明，却把世界搞得混乱不堪。他们盲目自大，莽撞草率地对一切事物加以评判。他们懂得如何蒙蔽人们的双眼，自命不凡，经常会受到追捧。不过，熟悉他们那套无用骗人把戏的普通人却对他们不屑一顾。而他们也瞧不起这些普通人，认为这些人无知。

——帕斯卡

8

人们常常认为知识越多越好。其实不然。关键不在于知识多少，而在于如何从浩如烟海的知识中挑选出最需要的知识。

9

不必担心知识不足。知识过剩，尤其是掌握过剩的知识是为了获得利益或得到赞许，才更可怕。量力而为才是正道。知识过于渊博的人往往会扬扬自得，自以为是。因此，他比一无所知的人更愚蠢。

10

知者不博，博者不知。

11

猫头鹰的视力在夜间极好，在白天却极差。知识渊博的人也是如此。他们掌握了过量的无用知识，却不懂得、也不可能懂得人生最不可或缺的知识，即人究竟该怎样在这个世界上生活？

12

哲学家苏格拉底曾经说过，愚蠢并不是知之甚少，而是对自己不了解，认为自己懂得很多，其实根本就不理解那些知识。他认为这才是真正的愚昧无知。

13

如果一个人通晓所有的学问，会说所有的语言，却不了解他是谁，该做什么，那么他的见识还不如一个信奉救世主耶稣的老妇人。因为老妇人按照上帝的意旨明确了自己生活的意义，她也知道上帝需要她为人正直善良，所以她就比科学家更有见识，更开明，因为她已经发现了那个最重要的问题的答案，即她是谁，应该怎样生活。尽管科学家能够解答最复杂的科学难题，却无法解答那些最基本的人生问题：我为何而生？我该做些什么？

14

那些认为生活中最重要的事情就是学习知识的人，无异于飞蛾扑火：他们迟早会自取灭亡，也熄灭了希望之光。

六、真正科学的实质和目标是什么？

1

人们给科学的定义，要么指人们在这个世界上赖以生存的最重要的知识，要么指对人们也许有用、也许没用的知识，但是它们会迎合人们的心态。第一种知识意义非凡，而第二种知识对大多数人来说毫无意义。

2

真正的科学有两项显而易见的标志：首先是其内部标志，也就是说，为科学服务的人忘我奉献并不是为了求回报，而是为了克己；其次是科学的外部标志，即对所有人来说，科学工作简单易懂。

3

如今，人们的生活安排得十分紧张，绝大多数人的时间都被繁重的体力劳动所占据，根本腾不出时间来从事科学或艺术工作。但是，极少数人摆脱了体力劳动，满足了自己的需要，成了适合从事科学或艺术工作的人。可问题是，在这种情况下的科学与艺术，究竟属于哪一类呢？

4

每个人的生活目标就是让自己的生活变得更加美好。因此，只有能帮助人们实现这一生活目标的科学才是有价值的科学。

5

学者是指从各种各样的书籍中学到很多知识的人。文化人是指懂得哪些知识时下能被大众接受的人。开明的人是指懂得为何而生、怎样生活的人。既不要做学者，也不要做文化人，而要做开明的人。

6

如果说在现实生活中的幻想摧毁的是一段时间内的现实，那么，在抽象领域中的幻想则是强行统治、禁锢了各民族长达数千年，扼杀了人类最崇高的目标。它还利用受其欺骗的奴隶，将那些不愿受其欺骗的人禁锢起来。这种抽象的幻想是人类的敌人,在人类历史的各个时期,最具智慧的头脑都在与它做着众寡悬殊的斗争。人类必须通过斗争才能最终战胜它,将人类最高贵的遗产夺回来。

如果有人说,即使预见到在发现真理的地方得不到任何利益,我们也必须追求真理,因为利益也许就在人们最想不到的地方出现。那么,我们在这种说法的基础上,还可以加上一句:就像满怀激情去寻找真理一样,即使预见到在发现幻想的地方没有发现什么危害,我们也要百折不挠地去发现幻想并彻底铲除它。因为危害总会在人们最想不到的地方暴露。任何幻想都是毒药。无害的幻想是不存在的。同样,受人尊重的幻想也是不存在的。

我们在欣慰地看到仁人志士甘愿投身到与幻想进行的崇高而艰苦卓绝的斗争的同时,也可以这样大胆地断言:尽管在真理来临前,幻想还将继续作恶,但是我们决不会让它吞没真理,毫无阻碍地占据真理覆盖不到的空间。这可不像猫头鹰和蝙蝠在黑夜里叫嚣威胁要将阳光驱散那么简单。真理的力量就在于此——尽管困难重重,一旦真理获得胜利,便决不会退让半步!

——叔本华

7

自从人降生到这个世界上,就一直接受圣贤们的教诲,懂得人最需要了解的事情,即自己和他人的使命是什么,也就是说,每个人的幸福在哪里。懂得这些道理的人才能判别其他知识的重要性。不具备这种判别能力,一个人在浩如烟海的知识中就会迷茫不知所措。不具备这种判别能力,其他所有知识都毫无意义,甚至成为有害的娱乐工具。

8

如果人们掌握现代科学不是为了满足无聊的好奇感,也不是为了在涉及科学、文学、辩论以及教学等领域获得一席之地,更不是依赖科学维持生计;而是为了寻找对生活中那些问题最简洁明了的答案,那么他们会发现科学能回答成千上万个五花八门、错综复杂的问题。但是，科学却无法解答每个有理性的人所追寻的问题：我是谁？我该怎样生活？

9

对待那些与灵魂生活毫无关系的科学，如天文学、医学、物理学等，就要像对待各式娱乐、游戏、环游、散步等活动一样，要在不影响必须完成的人生目标前提下再去从事这类活动。即便如此，从事那些多余的科学活动，或沉溺于空虚的娱乐活动都会妨碍人生必须完成的任务，因此都是不正确的。

10

苏格拉底对其弟子们指出，在合理安排接受学习和教育时，所学领域都要达到一定标准，但是要注意避免过犹不及。他说："比如几何学，你只要掌握如何正确丈量你所购买的土地，或者学会计算如何分割财产、如何给工人们分派任务就可以了。学会这些知识足以让你轻松解决各种测量问题，就算是丈量整个地球也毫不费力。"

但是，尽管他个人对这个领域了如指掌，也不赞成人们深入这个领域、遭受该领域疑难问题的困扰。他说："这些疑难问题会困扰人们，占据他们的整个人生，让他们无法分身去研究其他有价值的学问。因此，研究这些问题毫无意义。"谈到天文学，他认为值得利用这个领域中一些简单的观测方法去判断诸如夜间时间、日期和季节，还可以利用该领域知识判断方向、航向，让巡夜者可以换班休息等等。

他又补充说："天文学真的很容易驾驭。任何一个猎手、水手或者其他人但凡对其稍加研究，就能掌握。"不过，他极力反对在这个领域中继续深入研究诸如各种天体运行轨道、计算行星和恒星体积、它们与地球之间的距离，以及它们的运动和变化等问题，他认为研究这些问题毫无意义。他对这些问题不屑一顾并不是因为无知——他自己已经对此做过深入研究，而是因为他不希望这些不必要的事情占用人们大量宝贵的时间和精力。人们应该把时间和精力用于人生更需要的事情上，即完善自己的道德。

——色诺芬

七、论读书

1

请注意，即使读了众多作家的作品，读过各种各样的书，也不要让大脑对这些读过的作家和作品产生困惑。最好用优秀作家的作品滋养你的思想。过多的休闲阅读会分散精力，会使人无心独立工作。因此，只阅读那些经典书籍。如果你突发奇想，打算换一种类型的书籍阅读，那么最后一定要及时返回到之前的阅读习惯上来。

——塞内卡

2

读书首选最优秀的作品阅读，因为你没有时间读完所有的书。

——梭罗

3

即使一本书不读，也要比胡乱翻书强，不要迷信"书中自有黄金屋"。一本书都没读过的人也许非常睿智。一味迷信"书中自有黄金屋"的人注定会变得愚蠢。

4

书中的描述就是对现实生活的重复。因为多数人处于愚昧无知的状态，所以市面上就会出现很多迷惑他们的书籍。文学作品良莠不齐，鱼龙混杂。那些不良作品只会消磨人们宝贵的时间、金钱和精力。不良书籍有百害而无一利。绝大多数的书籍都是为了哄骗人们从腰包里掏钱的。

所以，最好不要去读那些受人追捧的所谓畅销书。要读就读各个时代杰出作家的作品。这些书籍应该是阅读的首选，否则，以后你就没机会拜读了。

只有这些作家才会指引我们生活之路的方向，才会启迪我们，教育我们。我们很难做到不读一本坏书，多读好书也不容易做到。劣质书籍是毁灭道德良知的毒药，会令人精神萎靡不振。

——叔本华

5

迷信与谬见令人困惑。要想摆脱它们的困扰，只有一个办法，即寻求真理。众所周知，真理不仅存在于我们身上，也存在于我们的先哲身上。因此，为了过上美好善良的生活，我们要依靠自己的力量，同时依靠过去的圣贤们留给我们的智慧思想，去寻求真理。

6

要想获得摆脱了迷信困扰的真理，最强有力的手段之一就是学习前人对永恒真理、共同真理的认识，以及如何让真理呈现出来的认识。

八、论独立思考

1

每个人都可以、也都应该学会利用前人集体智慧的经验进行总结。同时也要用自己的理性去检验那些经验是否符合真理的标准。

2

只有靠独立思考获得的知识才能被称为知识，而只靠记忆获得的知识不是真正意义上的知识。只有忘记所有已传授的东西，我们才能真正开始掌握知识。只要我仍然按照被传授的知识去看待事物，那么我丝毫无法了解事物的真理。要想真正了解事物，我必须把它视为完全陌生的东西去接近它。

——梭罗

3

我们对教师的期望是：首先，把学生培养成懂理之人；其次，把学生培养成明智之人；最后，把学生培养成博学之人。这种培养方式的优点在于：即使学生达不到最高阶段——通常也难以达到，他仍然能够能从这种培养方式中接受良好的熏陶，成为经验丰富、睿智聪慧的人。或许他们在校期间还显现不出来，但踏入社会后自然会表现出来。

但是，如果本末倒置就不对了——学生们先成为所谓的博学之人，而不是先学会如何做人；同时从学校中掌握某种舶来的知识，这种知识就像粘上去的，而不是经过他们的融会贯通转化成的自己理解的东西。这样培养出来的学生，他们的精神发展一如从前那样滞后，甚至还被那种虚伪的学术搞得更加颓废。所以我们才常常会遇到一些粗鄙无礼的学者（或者说在大学里混过的人）；学校里走出来的傻瓜才会比社会上的多。

——康德

4

真正的科学不会在学校里诞生。学校只会培养出一群超级无知的蠢材。科学在书籍中、在每个通过书籍、通过实践而不是通过接受学校教育获取知识的人中诞生。自从印刷术发明以来，除了发霉的气味，学校什么都没能给我们留下。学校教育枯燥乏味，迂腐生硬。这些却又是不可避免的。谁都会对这种几十年如一日的重复劳动感到厌倦。学校里的教工也是带着厌烦的情绪从事教学工作。为了从单调乏味的重复劳动中解脱出来，教工们索性直接将科学简化成形式化的东西。此外，单一的教学方式也让他显得更加愚蠢。

——尼·加·车尔尼雪夫斯基

5

我们在各个阶层都会遇到一些虽然文化程度不高、思想却很高尚的人。生性聪慧几乎可以取代任何一个层次的教育，但是没有哪个层次的教育能取代生性聪慧。尽管与天生聪慧者相比，后天接受教育的人可能在了解某些事件（一般指历史事件）以及判断因果关系方便（一般指自然科学）具有一定的优越性，不过，这些优越性并不能帮助他们更深入、细致地探讨所有事件、问题和因果关系。相反，那些文化程度不高的人，通过敏锐的观察力和果断的判断力，也能轻而易举解决问题。

生性聪慧者从自己的某一个经验中就能学到很多知识；而所谓的学者如果没有经验，就算是掌握了成千上百种理论知识，其学问也不如生性聪慧者。文化程度不高的人，能将所掌握的少量知识知识活学活用。相反，学者掌握的却是僵化的知识。这些知识即使不全是夸夸其谈的空话，也不过是些抽象的概念。这些概念晦涩难懂，也只有提出概念的人才具备解读它们的能力。如果提出概念的人理解力欠缺，对这些概念的解读就会非常拙劣，就像一家银行，即使再开动机器印钞票，提高其现金总额，也终究难逃破产的厄运。

——叔本华

6

如果我们学会独立思考，将会避免多少毫无意义的阅读啊！阅读与学习是一回事吗？有人不无道理地断言：尽管印刷术帮助传播了知识，但同时它也败坏了知识的质量和性质。不加区分的过量阅读不利于思考。在学者中我遇到的最伟大的思想家们，读的书并不是很多。如果只教给人们如何去思考，而不是教给他们思考什么，误会原本是会消除的。

——利希滕贝格

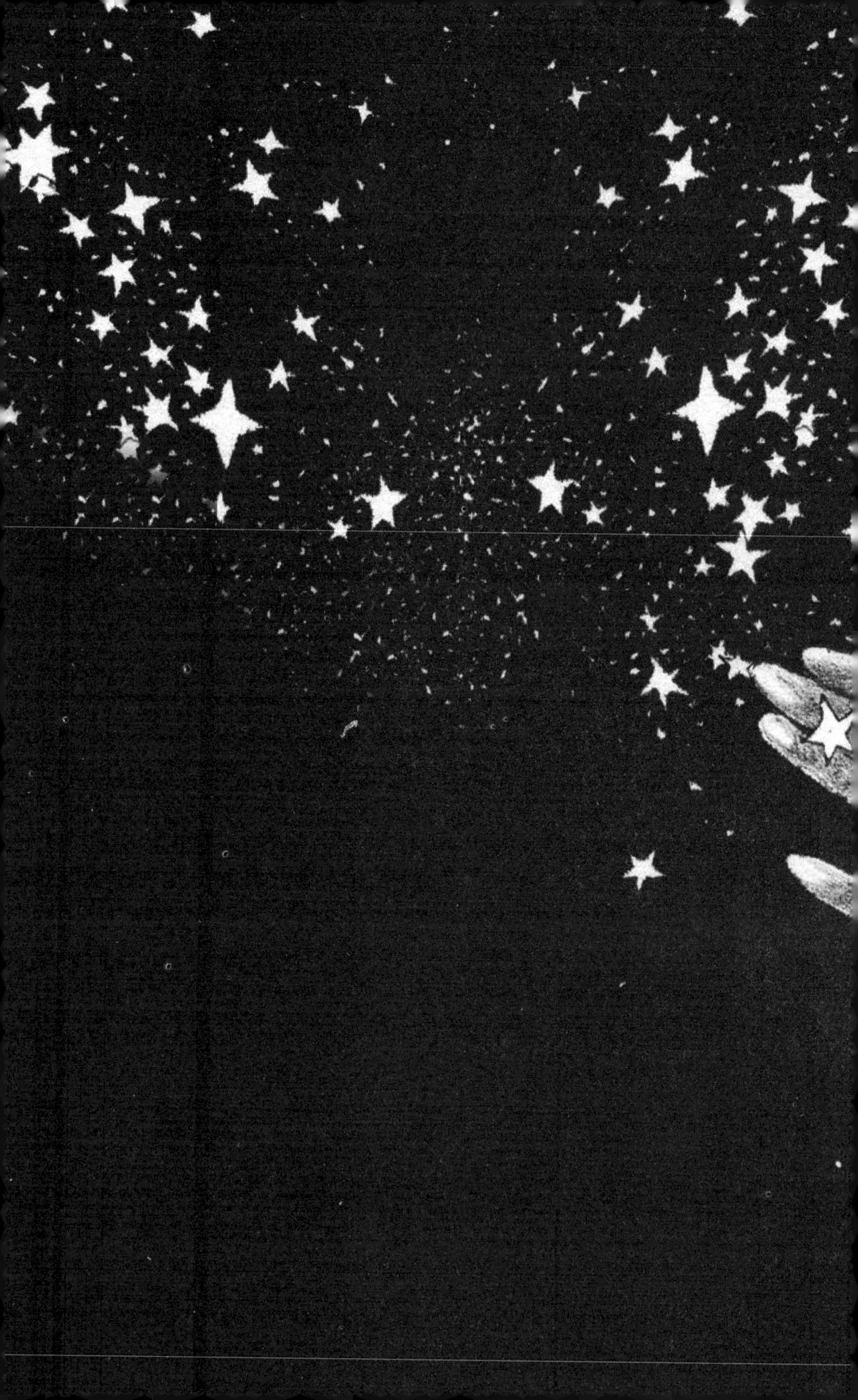

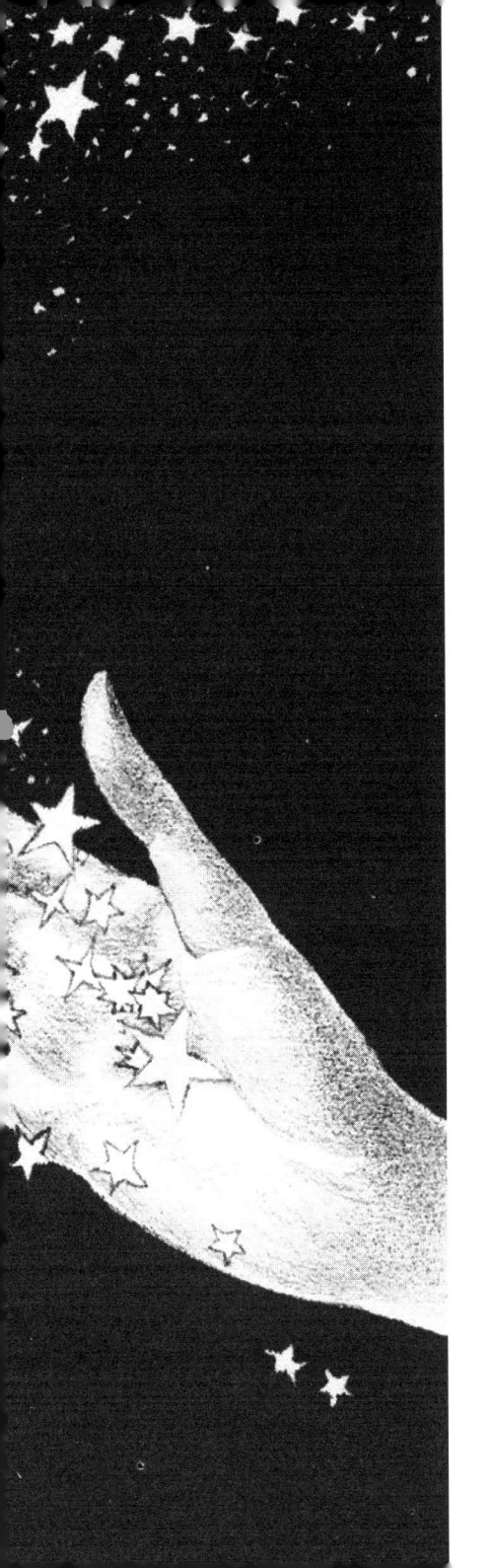

第十二章　色欲

所有的人，无论男女，都同样徜徉在上帝精神的关怀下。如果景仰上帝精神的神庙就像欲望得到满足那样获得满足，那就是莫大的罪过！每个女人都要首先把男人当成自己的弟兄；同样，每个男人也要首先把女人当成自己的姐妹。

一、追求绝对贞操的必要性

1

彼此忠诚的婚姻会幸福，不过，没有婚姻也不见得不幸福。不结婚的人不多，但是，能做到一生未婚的，也会很幸福。

2

如果人们原本不结婚也能生活，却还是结了婚，那么他们就像没有磕碰却摔倒了一样。如果他磕碰到了，然后摔倒了，这符合常理。但是，如果他没有磕碰却摔倒了，就有些讲不通了：他为何要故意摔倒呢？如果你想纯洁地生活，永远不犯错，最好别结婚。

3

有人认为保持贞操是违反人类本性的，这种观点不正确。保持贞操可以获得幸福，其幸福程度甚至比幸福的婚姻还要强。

4

饮食过量会对给幸福生活带来不幸，纵欲过度对美满生活更是有害。因此，一个人如果尽量减少沉迷上述两种行为，他的精神生活就会越充实。不过，在对待饮食过量与纵欲过度两者的态度上，差异还是很大的。完全放弃饮食，人会毁掉自己；但是节欲知足，人的生命并不会因此缩短，其种族的延续也不会因此中断，因为种族的延续不会仅仅依靠某一个人的力量维系。

5

没有娶妻的，是为上帝的事情牵肠挂肚，想方设法讨我主的欢心。娶了妻的，是为世俗之事操心，想方设法讨妻子的欢心。已婚妇女和未婚处女也有分别。没有出嫁的，是为上帝的事情牵肠挂肚，身体和灵魂都要保持圣洁。已经出嫁的，是为世俗之事操心，想方设法讨丈夫的喜欢。

——《哥林多前书》

6

如果结了婚的人认为，因为他们繁衍了人类的生命，便可侍奉上帝，取悦别人，那么他们不过是在欺骗自己。大可不必为了生儿育女，为了给世界增添人口而结婚。与其这样做，倒不如去拯救那成千上百万挣扎在饥饿、遗弃和死亡边缘线上的儿童，这样更简单。

7

尽管很少有人能完全保持贞操，但是每个人都该认识到、也应该记住：所有人都应该做到比以前的自己更加纯洁，也可以恢复那曾经被踩躏过的纯贞。谁越是接近绝对的纯贞，谁就离终极幸福越来越近，谁也就能真正为同胞谋福利。

8

有人说，如果所有人都保持绝对的贞洁，那么人类物种岂不是要灭绝了？不过，教会不是也教导我们，世界末日必将降临人间吗？科学研究也表明，总有一天，人类在地球上的生活，甚至地球本身，都会终结。既然如此，为什么因为保持善良和正义而人类种群就要灭绝的说法会激起这么多不满呢？

9

一位科学家曾经指出，如果人类每五十年人口增加一倍的话，那么七千年以后，光一对夫妻所生育的子孙数目就让地球难以承受了；他们如果在地球上肩并肩站好，地球也仅能容下这些人口的二十七分之一。要想防止这种情况的发生，只需要完成一件事情，也就是圣贤们自古以来就展示的事情，即最大限度地保持贞操。这个观念也早已深入人心。

10

你们曾经听说过,不可奸淫。但是我想告诉你们:凡是看到女人就生邪念的,这个人心里已经犯了奸淫之罪。

——《马太福音》

这些话其实没什么别的意思,就是说,按照基督教的教义要求,人要追求绝对贞操。"但这怎么可能?"有人可能会这样说。"如果你坚持绝对贞操,人类将不复存在。"这些人之所以这么说,是没有考虑过,虽然我们必须努力追求完美,但着并不意味着我们一定会达到完美。人们不可能做到事事都达到完美,人们生活的目标是努力追求完美。

二、通奸之罪

1

一个纯洁的人,谈论或想到性方面的事情都会羞于启齿,感到恶心。请保持这种感觉,产生这种感觉并非毫无缘由。这种感觉让人禁绝通奸之罪,保持自己的贞操。

2

在描述精神之恋、上帝之爱以及同胞之爱时,人们使用同一种表达方式;而表达男女间的肉欲之爱时,人们也同样用这种方式。这种做法大错特错。两种方式之间毫无关系。对上帝及同胞的精神之爱,是上帝发出的声音;而男女之间的肉欲之爱,是动物发出的声音。

3

上帝的法则要求人们要爱上帝、爱他人,凡是笃信上帝的人毫无例外都要遵循这一法则。肉欲之爱中,男人最钟爱的只有一个女人,同样,女人最钟爱的也只有一个男人,这就违反了上帝的博爱法则。

三、淫欲之罪带来的苦难

1

除非你将男女之情彻底铲除,否则你的精神将永远无法摆脱世俗情欲的纠缠,这就像乳牛迷恋母牛一样。人们陷入欲望的挣扎,就像兔子跌入陷阱。一旦陷入色欲的激情陷阱,他们就很难从痛苦中挣脱。

——佛教慧语

2

飞蛾扑火,是因为飞蛾没有意识到火苗会烧毁它的翅膀;鱼咬诱饵,是因为鱼没有意识到鱼饵将给它带来毁灭。但是我们人类却明知色欲的激情迟早会让我们深陷其中无法自拔、并最终毁掉我们,依旧趋之若鹜、自投罗网。

3

萤火虫会诱导人们陷入沼泽地,然后自己却展翅飞走。色欲的诱惑也是如此。色欲会诱骗人们进入美妙的陷阱。一旦深陷其中,人们便难以自拔,他们的生活因此被毁。当人们幡然醒悟、环顾四望时,却发现早已找不见那毁掉他们生活的作孽之物了。

——叔本华

四、诱导人们犯淫欲之罪的始作俑者们的罪恶观

1

要想完全理解基督徒根深蒂固的反基督的一面,只需要记住一点,即那些处处可见的靠出卖肉体为生的女人,都是获得许可接受某些机构管理的。

2

由于受伪科学的蛊惑,富人中存在着一个错误的观念,即性活动有助于身体健康。因为并不是人人都能进入婚姻,所以没有婚姻的性活动也是非常自然的,只要这种性活动不涉及金钱交易、男人也无须承担什么责任就行。这种

错误的观念非常普遍，也根深蒂固，甚至连父母都在心理医生的暗示下教导自己的子女进入这种罪恶的深渊。还有那些政府机构，他们存在的唯一价值本来是为民众谋福利的，现在却容许出卖肉体的一类女人存在，这些女人最终会为出卖肉体和灵魂付出惨痛的代价。

3

男人与不会成为自己妻子的女人发生性关系对健康有益还是有害，争论这个问题，就像争论饮别人的鲜血对自己的健康有益还是有害一样荒唐。

五、与淫欲之罪做斗争

1

为了生存、为了繁衍后代，人必须作为动物，与其他生物进行争斗；不过，作为被赋予了爱和理性的生物，人又不应该与其他生物争斗，而是应该爱护它们。人也不该为了保持种群的延续而繁衍生息，应该保持自己的纯洁。这两种互相矛盾的理念，即追求爱欲满足，或者追求贞操，正是人们原本应该具有的生活方式。

2

如果一位处男与一位处女萌生了爱欲之情，他们该怎么办呢？该引导他们做什么呢？他们应该保持自己的纯洁，时刻在思想和欲望上把持自己，最大限度保住贞操。那么，纯洁的少男少女如果已经陷入爱欲情迷的纠缠，又该做什么呢？

同样，他们不该自甘堕落，应该认识到，任由欲望驰骋，不仅不会摆脱欲望，反而会让欲望增强。所以，他们仍然需要最大限度地保持贞操。

如果人们无力抵挡诱惑，最终走向堕落，又该如何去做呢？他们不该把这种堕落当成理所应当的享受，就像结了婚的人把婚姻看成合法享受一样；他们也不该把自我堕落当成偶尔的享受，可以与别人反复发生。而当这种情况发生在并不般配的两者之间,或者发生在不合法的婚姻形式中时,人们也不该视其为灾难,而应该视其为稳定持久的婚姻的良好开端。那么,两个结了婚的人该做什么呢?他们同样也要尽量节制性欲。

3

对付淫欲的主要武器是人的精神意识的觉醒。要想看清淫欲的本质,即做低级动物的本能特征,一个人只需要记得他是谁就行了。

4

与淫欲做斗争势在必行。但是你需要提前了解对手的全部实力,不要以为可以速战速决,否则就是在欺骗自己。对付淫欲的斗争,注定会艰苦卓绝。但是不要因此失去勇气。就算遇到挫折也不要丧失勇气。蹒跚学步的小孩儿不断跌倒、受伤、哭泣,然后爬起来继续练习;再跌倒,反反复复,最终学会了走路。

失败并不可怕,可怕的是总是原谅失败,总是为失败找理由,试图证明失败是不可避免的,也是有必要的,用一些冠冕堂皇的话来掩饰失败的错误,这才是最可怕的。在向往自由的道路上,我们会从污浊中站起,继续追求完美。我们会因为身体虚弱或误入迷途而失败,但是我们还是会沿着这条正确之路走下去。不要说跌入污浊是我们的宿命;不要高谈阔论;不要编制动听的辩词为自己辩解。我们应该牢记:邪恶就是邪恶,我们决不能作恶。

——纳日温

5

与淫欲的斗争是所有斗争中最艰苦卓绝的斗争。除了耄耋老人和牙牙学语的婴儿,几乎所有年龄、各个阶层的人都无一例外要为此付出艰苦的努力。只要是未进入耄耋时期的成年男女,都应该随时保持警惕,随时准备与淫欲做斗争,因为它虎视眈眈,随时伺机乘虚而入。

6

所有激情都是从思想上产生的,也受思想的支配,但是从未像淫欲这种激情能如此强烈地受思想支配和滋养。因此,不要让淫欲在思想中驻留,要将它赶走。

7

人们在饮食方面要学会节制,这一点要向动物学习。动物只有在饥饿时才吃东西,吃饱了就会停止。人也要跟动物学习节制性欲——动物只有在成熟期才会完成性活动。人也要克制自己,除非诱惑力无法抵挡,否则不要进行性活动。而且一旦怀孕,应该立刻停止性活动。

8

严格节制性生活是高尚美满生活的最重要的标志之一。

六、论婚姻

1

男人最好不近女色,但要避免通奸之事,男人应该各有自己的妻子,女子也应该各有自己的丈夫。

——《哥林多前书》

2

基督教教义并没有对所有人定下一成不变的法则,它只是针对我们要努力追求的完美做出一些规定。在性欲方面也是如此。完美就是绝对的贞操。每达到一个层次,人都要付出努力。达到最终的完美,或者严格遵循教义,或者不那么严格遵循。

3

婚姻是两个人相互之间的承诺。男人和女人成家并生儿育女。男女双方若有一方违背承诺,就是犯下罪孽,其本人也会因此永远背负着罪过。

4

为了实现某个目标，人们必须努力达到更高的要求。若想要婚姻稳定持久，想要双方彼此忠诚，就有必要相互努力保持绝对的贞操。

5

如果有人认为，两人的婚礼仪式就是将两人从必要的节欲中解放出来，而不必在婚姻中保持两人绝对的贞操，那就大错特错了。

6

正如我们在日常生活中经常看到的那样，如果一个人认为在婚姻关系中的性活动就是享乐，那么他将不可避免地陷入罪恶的深渊。

7

真实、有效的婚姻本质上就是两人在一起生活，一起生儿育女。而婚礼仪式、互相宣誓或者订立婚姻条件等婚姻的外部形式并不构成实质的婚姻，它们只是人们在众多同居形式中被认可的、符合婚姻形式的某些构件而已。

8

真正的基督教教义中并没有提到关于婚姻建立的基础，而生活在基督教世界里的人觉得既然婚姻并不是建立在基督教教义基础上的，加之流行的教义对此疏于关照，因此，他们对基督教中提到的绝对贞操观念也置若罔闻。这些人在婚姻问题上得不到任何指导。这倒是可以解释另外一种奇特的现象：那些信奉等级低于基督教信仰的族群，虽然没有严格的婚姻道德约束，却能拥有比基督教世界里的人更稳固的家庭和婚姻关系。

这些信仰等级低于基督教的族群，却有着比基督教更完善的家庭及婚姻制度，比如同居关系、一夫多妻制、以及在一定范围内所实行的一妻多夫制等。尽管如此，在这些同居关系、一夫多妻或一妻多夫制度下，却鲜见丑恶的淫乱现象。而在基督教世界里，这些丑恶现象却非常普遍，且大都披着虚假的一夫一妻制的外衣。

9

如果吃饭的目的是满足肉体饥饿的需求,那么一个人一次吃下两顿饭,可能会获得更多的享受。但是这样一来,却违反了常规,因为胃没法一次消化两顿饭的量。如果婚姻的目的是为了组建家庭,那么一个人渴望获得多个丈夫或妻子,也许会得到更大的享受。但是这样一来,却违反了常规,因为他得不到婚姻关系的主要乐趣——家庭生活。

要想吃得好,就不要吃得过饱。同理,要想婚姻好,一夫一妻制最好,这样才能符合抚养孩子的需要。

10

有人问基督:"男人离开妻子另寻一个女人,这样做符合上帝的法则吗?"基督回答说:"男人不该这样做。已婚男女应该同心同德,合为一体。这就是上帝法则的要求。"但是基督的弟子却明确表示,若是这样,那么婚姻关系很难维系。基督告诉他,其实人不一定非要结婚。但是即使不结婚,也要保持纯洁的生活。

11

为使持婚姻具有理性与道德,必须做到下面几点:第一,不该像如今世俗的观点这样认为,每一个人,无论男女,都必须结婚;相反,每一个人,无论男女,必须尽其所能保持其纯洁性,没有什么可以妨碍其为上帝尽责的决心。第二,与异性发生性关系,无论男女,都应视为结下了不解之缘的婚姻关系。第三,婚姻不应该像如今这样被视为获得许可的、用来满足性享受的合法形式,而是应该被视为一种罪恶,要用履行家庭义务的方式进行赎罪。

——《马太福音》

12

允许两个性别不同的人在婚姻中进行性活动,并不符合基督教教义,恰恰相反，是违背了基督教教义的。根据基督教教义，贞操是基督教徒穷其一生所追求的完美。因此，所有阻碍这种追求的东西，也包括婚姻中对性生活的许可等，都是违反基督教教义的。

13

假如婚姻被视为帮助我们解脱追求贞操这个终极目标的行为，那么婚姻不仅没有限制淫欲的行为，反而起到推动作用。不幸的是，大多数人都是为了这个目的而结婚的。

14

进入婚姻前，请一定再三考虑：你是否愿意用性活动的方式把自己与一个异性束缚在一起？

七、子女是父母性罪恶的补偿

1

如果人们最终达到了至臻完美，保持了贞操，而人类种族也因此不复存在，那么他们何必生活在地球上呢？就像《新约》里提到的那样，他们会像天使一样，不需要婚姻。但是，只要人们还未达到那最终的完美，就必须繁衍生息，生儿育女，他们的子孙后代也许会完成他们的使命，追求至臻完美。

2

包含生儿育女的真正的婚姻，是为上帝服务的媒介，养育后代子孙来为上帝服务。"如果我无法完成我该做的事情，就让我的孩子们来完成吧，他们会代替我的。"所以进入婚姻的人，也就是进入担负生儿育女任务的真正婚姻的人，总是体验着一种如释重负以及安详平静的感受。他们感到自己的任务转移给了儿女们。但是只有在婚姻中的为人父母者努力抚育子女、让儿女们成为为上帝服务的人，而不是阻碍上帝工作的人，这种感受才是符合法规的。如果我自己不能为上帝完全付出，那么我会尽我所能让自己的儿女们为上帝服务。

这种意识或觉悟会给婚姻生活或者生儿育女带来精神上的意义。

3

童年时光都是幸福的,这给残酷的尘世带来些许希望之光。据统计,平均每天有八万人口出生。这些新生儿带着清新、纯洁的气息降临到世上,不仅挽救了行将灭亡的人类,还防止了人类的腐败以及罪恶的延伸。摇篮中的婴儿重新唤起人们心中对美好的向往。童年时光也是上帝神秘的象征之一。没有这清爽的露珠,自私的情绪会像烈火席卷而来,将人类社会付之一炬。想象一下,如果人类社会装满了十亿不朽生灵,数目不增也不减,那么我们将于何处栖身?又将如何生存呢?伟大的主啊!您能回答吗?

毫无疑问,我们的学问会成千倍地增长;但同时,我们的邪恶也会成千倍地增长。童年美好的时光非常幸福,因为这幸福是童年给予自己的,它本身也是善良的。虽然它自己毫无察觉,但是引人入胜、备受喜爱。我们要向童年致谢,因为童年才让我们看到天堂的一线曙光照射人间。死亡也是幸福的。天使不生不灭,但是生与死对人类来说缺一不可。

4

生儿育女的婚姻才是神圣合理的。因为尽管我们没能按照上帝指示的去做,我们的后代子孙仍然可以继承我们未竟的事业,在我们的正确引导下,继续服务于上帝。所以,双方约定不要孩子的婚姻,比通奸之罪和其他堕落行为更可耻。

5

在富人中间,孩子常常被当成他们享受的障碍;或者是享乐中不幸发生的意外;或者如果孩子的出生达到预先估计的数量,那么就会成为一种娱乐享受的成果。这些孩子所接受的教育不是用爱和理性担负起人生的使命,他们的存在只是为了满足父母的享受。父母也往往并不关心是否为孩子准备好有价值的活动,只是一味注重孩子的身高、外表、皮肤、饱暖,结果这些孩子一个个饱食终日，无所事事，情欲旺盛（这些都是父母轻信伪科学所致）。富人中盛行的锦衣玉食、娱乐消遣、剧院、轻歌曼舞，以及从盒子上的图片到小说再到诗歌，无不刺激着情欲。所以，这些富人家的孩子们从小耳濡目染，生活在肮脏的性罪恶和性疾病横行的环境中。

6

人们把肉欲享受当成获得满足的方式，所以对他们来说，生儿育女已经毫无意义。生育最初的目的是证明夫妻关系的正当合法性，现在这种目的已经荡然无存，取而代之的则是：生育已经成为继续享乐的障碍。因此，无论婚内还是婚外，人们采取了一些阻止妇女生育的手段。这些人不仅剥夺了生儿育女所带来的享受，剥夺了孩子作为补偿的机会，更使得人类尊严扫地。

7

在所有的动物生活中，尤其是在生儿育女的生活中，人类的生活应该比动物更高级，而不是比动物还要低级。但正是在这一点上，人类其实比动物还要低级。在动物世界中，雄性动物与雌性动物只在繁殖期才交配。但是人类社会中的男女走到一起，却是为了交欢，根本不为未来生儿育女的事情考虑。

8

生儿育女这件事究竟幸福与否，与我们无关。身为父母，我们应该考虑的是生儿育女的责任。孩子降生，父母就要担负起抚养他们的责任。

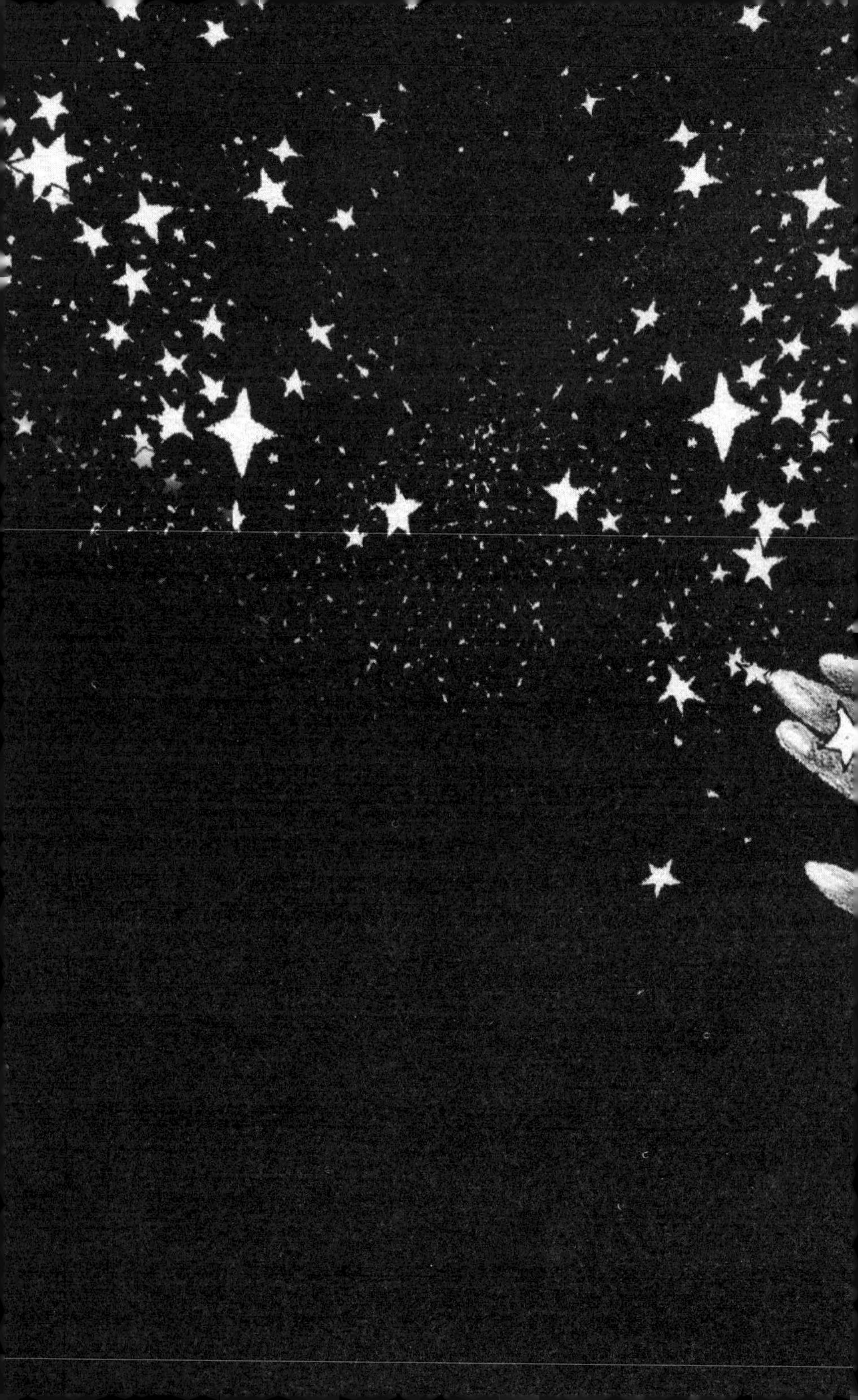

第十三章 懶惰之罪

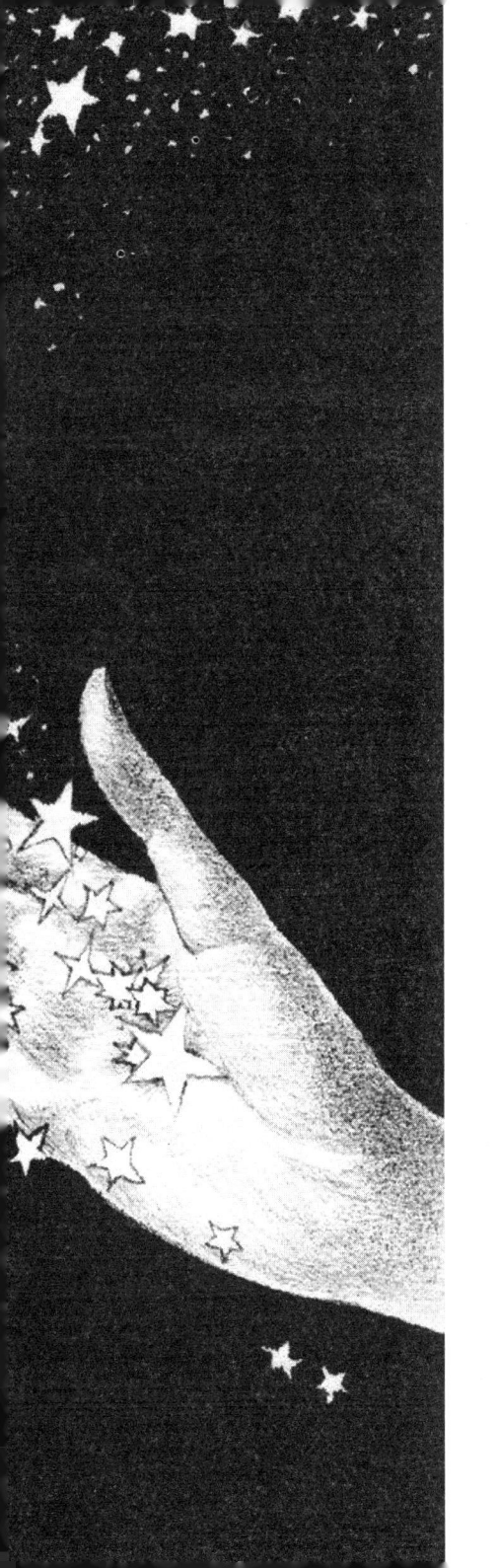

为别人付出很少，却向别人索取很多，这是不公平的。但是由于你无法计算是否付出比索取多，也因为你随时可能丧失劳动力，陷于疾困之中，无力付出，迫不得已只能索取，所以，要趁着身强力壮时多为别人付出一些，少索取一些。

一、只求回报、不愿付出的人罪孽深重

1

不劳者无食。

——使徒保罗

2

所有你所使用的东西都是人类劳动的成果，任何对其肆意浪费、损毁的行为都是在浪费劳力，甚至是毁灭生命。

3

自己不愿出力，而强迫别人出卖劳动力养活自己的人，都是食人者。

——东方慧语

4

整个基督教的道德法规，在其实际运用中，可以总结成一点，即把所有人当成自己的弟兄；倡导人人平等。如果要将这些法则付诸实践，首先，不得再诱使他人为你付出劳力。在当今世界的秩序下，尽量不要享用依靠金钱能够换取的别人的劳动成果；不要铺张浪费，要过简朴的生活。

5

不要支使别人去做你该做的事情。各人门前各人扫，整条街道就会干净整洁。

6

什么才是最甜美的食物？你付出自己的劳动获得的食物最甜美。

——穆罕默德

7

对富人来说，哪怕暂时放弃奢华的生活，体验一下劳动者的乐趣，用自己的双手体验一下雇工们的辛勤劳作，也是非常惬意的一件事情。富人只要体验过一次这样的劳动，便很快会认识到他之前骄奢淫逸的生活罪孽深重。让他体验一下劳动者的生活，他就会认识到奢华的生活是完全错误的。

8

人们一般都会认为做饭、缝补、抚养孩子是女人天经地义的事情，而男人去做这些事情是很丢脸的。其实恰恰相反，一个男人无所事事打发时间，却让身怀六甲、身体虚弱的女人为他做饭、洗衣、带孩子，这才是最可耻的。

9

骄奢淫逸的人是不可能为别人付出爱的。他们之所以不会爱别人，是因为他们使用的东西都是那些受他们压迫、被迫为他们服务的人制造出来的。受压迫的人为生活所迫而为富人服务，所以常常边为富人干活儿边诅咒富人。如果富人们想要得到爱，首先要停止剥削他人。

10

一位修道士前往沙漠去寻求救赎。他白天不停地祷告，每天晚上还要起来祷告两次。他靠一位农夫给他的一些食物维持生命。这位修道士对自己的生活产生了怀疑。于是，他去找一位年长的圣人寻求答案。

来到圣人身旁，修道士向圣人讲述了自己的生活，告诉圣人他是如何祷告的，读了哪些祷文，作息规律如何被打乱，如何靠施舍为生。他问圣人这样生活是否正确。圣人回答说："你这样生活没问题。不过，请你去体验一下那个施舍你食物的农夫的生活吧。或许你能从他身上学到东西。"

于是，修道士起身去找农夫。他在农夫那里待了一天一夜。农夫每天清晨很早起床祈祷，他的祷文总是一句话："哦！主啊！"说完就去干活儿了。他一天都在耕地。晚上回到家里，农夫仍然只祷告一句："哦！主啊！"然后就去睡觉了。修道士用了一整天时间观察农夫的生活，然后自语道："我跟他学不到什么东西。"他很纳闷，为什么圣人要让他到农夫这里来。

　　于是，农夫回到圣人那里，告诉圣人自己在农夫那里学不到什么有用的东西。他对圣人说："农夫心里根本没装着上帝。他一天只有两次提到上帝。"圣人回答说："带着这杯油绕村子走一圈，然后回到我这里，不能漏掉一滴油。"

　　修道士按照圣人的叮嘱去做了。回来后，圣人问他："捧着这杯油时，你有多少次想到上帝？"修道士承认他一次都没有想到过。他说："我只注意油是否洒出来了。"圣人责备他说："你只是捧着一杯油，就只顾油，而想不到上帝。农夫为了养家糊口，那么辛勤劳作，却能一天两次提到上帝。"

二、遵循劳动法规不会感到痛苦，而会感到快乐

1

　　"你眉间的汗水会为你换来每日之餐。"这就是身体永恒不变的法则。就像女人必须要经受生育之痛的法则一样，男人也必须要遵守劳动法则。女人必须受生育法则的约束。如果她自己没有生育，而是收养了别人的孩子，那么这个孩子对她来说永远都是陌生人，她也享受不到做母亲的快乐。劳动法则对男人来说也是如此。如果一个男人吃别人挣来的面包，他也就享受不到劳动收获带来的喜悦。

——邦达列夫

2

　　人都怕死，也都顺服于它。善恶不分的人也许表面看起来很快乐，但内

心却不由自主地想区分善恶。人都有惰性，都喜欢既满足自己的欲望又不经受任何苦难。然而，正是劳动和苦难才真正让人和他族群的生命变得有意义。

3

有人认为人的灵魂可以保持一种高尚，而同时其肉体仍可以享受骄奢淫逸的生活，这种想法多么可怕啊！肉体永远应该追随灵魂。

——梭罗

4

如果一个独立生活的人不再劳动，他的身体很快就会因此变得虚弱、腐朽。但是，如果一个人强迫别人为他劳动，那么他的灵魂很快就会变得虚弱，丧失灵性。

5

一个人的生活既包括肉体的生活，也包括灵魂的生活。世界上既有肉体的法则也有灵魂的法则。肉体的法则就是劳动法则，而灵魂的法则是爱的法则。如果一个人违反了肉体的法则，也就是劳动法则，那么他必然会违反灵魂的法则，也就是爱的法则，他就不会去爱别人。

6

无论国王赐予的锦衣华服多么绚丽多彩，也不如自家缝制的粗衣布衫穿得安心；无论富人施舍的美味佳肴多么丰盛诱人，也不如自家餐桌上的菜肴香甜可口。

——萨迪

7

如果你为别人付出辛苦劳动，不要把这劳动当作负担，也不要为所付出的劳动求得赞赏。请记住：你所付出的劳动，只要是发自内心的付出，那么最终受益的是你自己，还有你的灵魂。

8

上帝的力量让人人平等，剥夺占有多的人，给予占有少的人。富人应有尽有却郁郁寡欢；穷人拥有不多却自得其乐。对普通劳动者来说，辛勤劳作之后，一抔清澈的溪水，一片面包，都十分香甜可口。而对无所事事的富人来说，纵使美酒佳肴，也味同嚼蜡。富人尝遍珍馐美味，感觉一切都索然无味。而普通劳动者在辛勤劳作之后，每次都能发现饮食、休息的新乐趣，总是兴致勃勃。

9

享乐背后隐藏着地狱，劳苦带来的却是天堂的曙光。

——穆罕默德

10

没有辛勤的劳动，哪来强健的体魄？不付出辛苦，哪来睿智的头脑？

11

你会一直保持良好的心态吗？付出劳动吧，大汗淋漓之后，你会感到充实愉快。无所事事会让人徒生无名烦恼。不过劳累过度同样也会如此。

12

最美好、最纯粹的乐趣就是劳动后的休息。

——康德

三、最好的劳作就是耕地

1

在时间的长河中，无论前人还是今人，都会认识到人类第一美德就是遵守高级生命的法则，即："你本是尘土，也终将归于尘土。"这便是我们应该懂得的人生第一法则。人生第二法则是，去耕种我们生于斯亦归于斯的土地。辛勤耕耘，爱护与我们的生命生生相惜的动物和植物的生命，这些都能让我们认识到生命的意义，好好生活。

——拉斯金

2

农耕不仅是某类人专享的工作，也是所有人共享的工作。农耕赋予人最大的自由，最大的幸福。

3

土地对不耕种土地的人说："因为你不用辛勤的双手耕种我，所以你永远都只能像陌生的乞丐那样，站在别人的家门口乞讨。你永远只能吃富人的残羹冷炙。"

——查拉图斯特拉

4

在当今社会中，干着最无用工作的人，却能拿着最高的薪水。所谓无用的工作是指那些血汗工厂、烟草工厂、制药厂、银行、商务代办或者文学艺术等工作。而农业劳动者的薪水却少得可怜。如果工作的目的是获得高酬劳，那么这样是很不公平的。但是，如果工作的目的是获得乐趣的话，这种奖赏的分配却完全公平。

5

体力劳动，尤其是田间耕作，不仅对身体健康有好处，还对灵魂的塑造大有裨益。不从事农业劳动的人就无法用健康的大脑睿智地思考问题。他们永不停歇地思考、讲话、倾听或阅读。他们的大脑永远不会停下来休息片刻，总是处于紧张状态，很容易紊乱。而农业劳动却对人大有裨益，因为劳动除了能让大脑得到休息以外，还能让人简单、清晰、理性地理解人在生活中的位置。

6

我很喜欢跟农民打交道。他们虽然受教育不多，但是头脑单纯，不会歪曲事实。

——蒙田

四、所谓劳动分工只不过是懒惰者的借口

1

近来，一直流传的消息称，物质生产的成功主要归功于劳动分工。我们称之为"劳动分工"的说法，其实不正确。在我们的社会里，并不是劳动被分工，而是人被分成了三六九等，被分割成了若干碎片。在工厂里，一个人只能制作产品的一小部分，因为他所保留的那一小部分智力不足以让他完成整个别针或整个钉子的制作。他把精力都消耗在了制造别针针头或钉子头上了。

说实在的，人们的愿望是好的，他们希望每天生产大量别针。但是，如果我们看到是用什么样的砂来打磨别针时，就会意识到这样做无利可图。之所以这样说，是因为我们是在用人类灵魂的砂去打磨别针啊。束缚、折磨人，或者像对待牲口那样给他们套上挽具，甚至像打死苍蝇那样把他们杀死。即使这些虐杀手段都用上，在某种意义上说，或者完全可以说，他们还是自由的人。但是，压榨他们不朽的灵魂，扼杀并把他们变成机器的搬运工，这才是真正的奴役。只有这种卑劣的行为，这种把人变成机器奴隶的行为，才会激起工人疯狂奋起反抗，损毁机器，做着徒劳地争取自由的努力。其实他们根本不理解自由真正的含义。

他们的怨恨并不是因为忍饥挨饿的压力，也不是因为自尊心受到伤害。这两种原因的确也都起着各自的作用，而且社会基础也从未像现在如此动荡不稳。他们的怨恨不是因为食不果腹，而是因为他们不能在自食其力的辛勤的劳作中体验到任何乐趣。正是这个原因，他们才把阅读看成是快乐的唯一源泉。

他们的怨恨不是因为上层社会对他们的蔑视和羞辱，而是他们无法忍受妄自菲薄。因为他们感觉，被迫接受的劳作，侮辱诋毁了他们的人格，让他们

感到低人一等。上层社会从未像现在这样冷酷无情地对待下层阶级，因此也从未像现在这样遭到下层阶级的憎恨。

——拉斯金

2

人也像所有动物一样，必须劳动，自食其力。人也许能够强迫别人为自己劳动，但是，他还得耗费自己的体力做其他的事情。如果人不去做有意义、有理性的事情，那么他就会去做毫无意义的蠢事。富有的上层阶级就是这样的。

3

无所事事的阶层为他们的空虚无聊辩解，认为他们所从事的艺术和科学工作都是人民大众所需要的。他们负责向人们提供这些东西。但遗憾的是，他们所提供的打着艺术与科学幌子的东西都是伪艺术、伪科学的东西。因此，人们并未从这些东西中获得酬劳，上层阶级的人以此欺骗腐化了人民大众。

4

一个欧洲人向一个中国人炫耀欧洲机器生产的优越性。欧洲人说："机器把人从劳动中解放了出来。"而中国人反驳说："把人从劳动中解放出来就是灾难。"

5

获取财富的途径只有三种——劳动、乞讨或偷盗。乞丐和盗贼得到的太多，所以劳动者获得的就很少。

——亨利·乔治

6

自己不劳动而依赖别人的劳动为生的人，不管他们如何称呼自己，都是不劳而获者，都是强盗。这些强盗又可以划分成三个阶层：第一类人既认识不到也不想承认自己是强盗的人，他们心安理得地公然抢劫他们弟兄们的劳动成果；第二类人觉得自己是强盗，但是却想着可以通过其他一些方式为自己的强盗行为开脱，比如，做一些他们认为对人民有益的无关紧要的工作，这样，他们就又能心安理得继续其强盗行径了；第三类人认识到自己的行为是罪过，同时努力去摆脱这种行为。感谢上帝，这一类人越来越多了。

五、不遵守劳动准则的人类行为都是徒劳无果的

1

无所事事的上层阶级不但不会减轻劳动人民的负担，反而会增加他们的负担。

2

一旦登上磨盘的踏轮干活儿，马匹便停不下来，它必须不停歇地工作。人亦如此。人不能停止劳动。因此，人在劳动中的收获，就像马匹在不停拉磨中的收获一样。一个人做过什么并不重要，关键是他是否在做。

3

人的尊严、人所肩负的神圣责任以及人要承担的义务要求人必须自力更生，让双手双脚发挥其所被赋予的使命。消耗掉的食物换取更加辛勤的劳动再生产更多的食物，而不是让双手闲置而变得萎缩；洗干净双手也不仅仅为的是用它们往嘴里填食物、喝水或者抽烟。

4

从手工劳动中解放出来的人也许很聪明，但是缺乏理性。如果学校教材充斥着胡诌八扯的内容，如果所有文学作品、音乐、绘画等都精雕细琢得令人费解，那么原因就在于那些创作者早已脱离了手工劳动，生活在空虚、养尊处优的状态而变得毫无生气。

——爱默生

5

体力劳动能阻止思想偏离正轨，也就是说，防止大脑胡思乱想。正因为

如此，体力劳动才至关重要。

6

魔鬼最喜欢在无所事事的人的大脑中安营扎寨。

7

因为感到生活空虚，人们喜欢到处寻欢作乐。但是他们尚未感受到一时心血来潮的诱惑也会给他们带来空虚感。

——帕斯卡

8

从未有人计算过今天世界上有多少个日日夜夜、多少辛辛苦苦的劳动都消耗在娱乐场所的兴建上。所以，当今世界的娱乐十分可悲。

9

像任何其他动物一样，人为了从饥寒交迫中活下来必须劳动。这种劳动，正如所有的动物所从事的劳动一样，假如不受干扰，就不是折磨，而是乐趣。但是人与动物不同，他们总想按自己的方式来安排生活。有些人自己不劳动，却强迫别人为他们劳动。由于摆脱了劳动而无所事事，他们十分空虚，于是便想方设法创造出各种光怪陆离、糟糕至极的娱乐项目来打发时间。而其他人为了生计，迫不得已为自己和他人疲于奔命，劳累过度，他们为此感到忿忿不平。这两种阶层人的状况都不好。

那些不劳动的人，会因为懒惰而毁了他们的灵魂；而那些疲于奔命的人，因为劳累过度，他们的身体受到损耗。但是劳动者仍比不劳而获者更好一些，因为灵魂比身体更珍贵。

六、懒惰的危害

1

不要以从事体力劳动为耻，哪怕是最脏的劳动。应该只以一件事情为耻，即无所事事。

2

不要因为一个人地位显赫或家财万贯就尊重他，而是应该根据他所从事的劳动去尊重他。谁从事的劳动越有价值，谁就越应该得到尊重。但是现在的情况恰恰相反：饱食终日、无所事事的富人大受尊崇，而那些从事最有价值工作的农民及工人却根本不受尊重。

3

无所事事的富人寻求的是如何欺骗别人，寻求的是一掷千金的快感。他们认为若非如此掩饰自己的虚弱，人们就会蔑视他们，因为本来他们就不值得受人尊重。

4

如果听到有人劝自己"要像蚂蚁那样勤劳"，应该感到羞耻。而如果他还不听劝告，就应该感到无地自容。

——《塔木德经》

5

最荒诞不经的谬见就是把人们的幸福看成是无所事事。

6

无休止的懒惰本应该被视为地狱的折磨，可是他们却被当成了天堂的愉悦。

——蒙田

7

无所事事的人总是有大量拥趸。

8

"劳动分工"制度要么是为无所事事找借口，要么就是关注一些没有多大价值的琐事，把真正需要做的事情都推到别人身上。推行这种劳动分工制度的人总是把最舒适的工作留给自己,把最繁重的工作推给别人。令人不可思议的是,这样做往往事与愿违,是自欺欺人——那些对他们来说似乎最惬意的工作,最后都变成了最繁重的劳动;而他们原先极力躲避的工作却成了最舒适的工作。

9

决不能麻烦别人替你做本来你应该做的事情。

10

质疑、悲伤、忧郁、憎恨、绝望,这些都是在黑暗中静静等候人们的恶魔。一旦一个人的生活进入无所事事的状态,这些恶魔便一拥而上,乘虚而入。被这些恶魔侵占了灵魂的人,获得拯救的唯一方法就是坚持体力劳动。面对从事体力劳动的人,恶魔只能远远地对他咆哮,却不敢靠近。

——卡莱尔

11

为了让人们上钩,恶魔使出浑身解数,用上各种诱饵。但是,对懒惰的人无须使用任何诱饵,空钩就能让他咬钩。

12

下面有两句谚语,一句是:"劳动让你累弯腰,却无法满足你钱包。"另一句是:"诚实劳作挣不来家宅一座。"其实这两句谚语都没有什么道理。即使累弯腰,也胜过巧取豪夺;即使诚实劳作换不来家宅一座,也没有什么不妥。

13

与其乞求食物,不如拿起绳子,去森林砍柴;卖了柴火,买来食物。乞讨求食如果被拒绝,你会感到懊恼;如果别人施舍给你,你会感到羞耻,这更加糟糕。

——穆罕默德

14

从前有两个兄弟,一个侍奉贵族,一个靠自己的劳力维持生计。一天,那个因侍奉贵族而变得富有的兄弟对他的穷兄弟说:"你为什么不也来侍奉我的主子呢?那你就不用那么辛苦了。"穷兄弟回答说:"你为什么不靠自己的劳动生活呢?那样你就不用饱受屈辱和奴役了。"哲学家认为,宁可辛勤劳作自食其力,也不要忍受奴役换取荣华富贵。宁可双手辛勤耕耘,也不要双手合在胸前俯首为奴。

——萨迪

15

最幸福的生活绝不是站在富人门前摇尾乞怜。与其这样生活,不如自食其力。

——印度哲学

16

如果你不想劳动,要么去摇尾乞怜,要么去敲诈勒索。

17

只有用自己辛勤劳动所得施舍别人,才是义举。常言说,两手干干,钱包紧攥;两手汗汗,慷慨乐善。《十二使徒遗训》中也提到:"拿靠辛勤汗水换来的东西去施舍给别人。"

18

寡妇的施舍不仅相当于最珍贵的馈赠,也是唯一真正的善举。只有辛勤劳动的穷人才懂得享受行善的幸福。无所事事的富人被剥夺了享受这种幸福的权利。

19

一个富豪拥有了所有人渴望的东西:万贯家财、富丽堂皇的宫殿、貌美如花的妻子、一呼百应的仆人、豪华盛宴、各式美酒佳肴,以及拥有宝马良驹无数的马厩。尽管如此，他还是对一切感到厌倦，整日坐在其豪华的房子里，疲惫不堪，无所事事。他唉声叹气，不断抱怨这种无聊空虚的日子。他能感受到的唯一快乐就是饱食终日。每天从昏睡中醒来，就是等着早餐；早餐过后，又盼着午餐；午餐过后，再期待晚餐。但即使这种享受也不会持久。

由于饮食无度，他的胃口被撑坏，面对食物毫无食欲。他叫来很多医生为他诊治。医生们给他开了些药，嘱咐他每天要步行两个小时。一天，他遵照医嘱在外面行走，满脑子想的都是食欲不振的事情。这时，他碰到了一个乞丐。乞丐向他乞求说："行行好，行行好，看在上帝的份上，施舍点吃的吧。"富豪正沉湎于自己的悲伤之中，没注意到乞丐。乞丐继续乞求着："可怜可怜我吧，主子，我一整天都没吃饭了。"听到乞丐提到了"吃"这个字，富豪才停下了脚步。

他问乞丐："你想吃饭？"乞丐回答说："是的，非常想啊。主子，太想了。"富豪暗自想："多么幸福的人啊。"于是，他非常嫉妒这个乞丐。穷人嫉妒富人，富人反过来也羡慕穷人。他们其实都一样。穷人不会经常为自己的贫穷而自责，但是富人常会为自己的富有而自责。

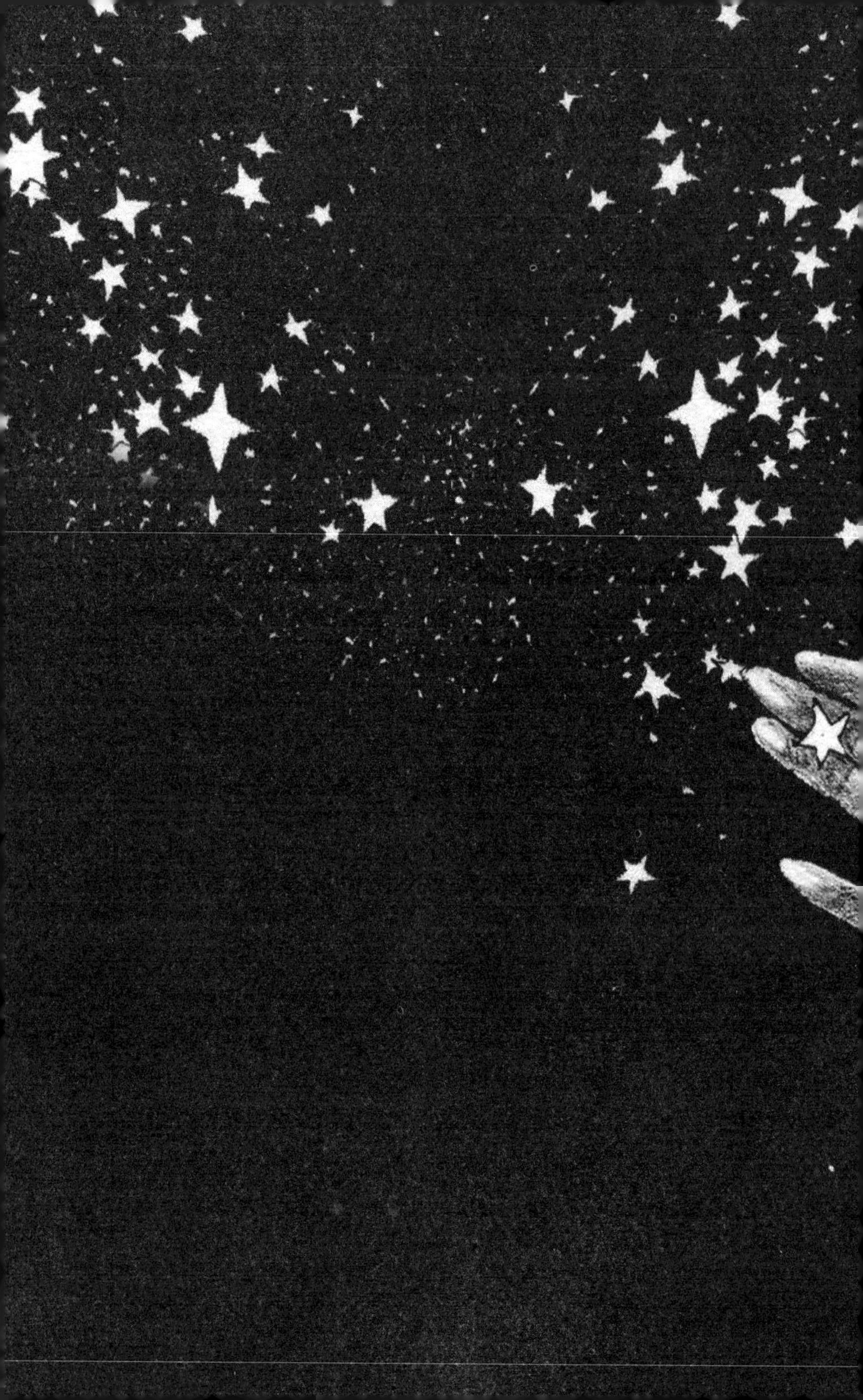

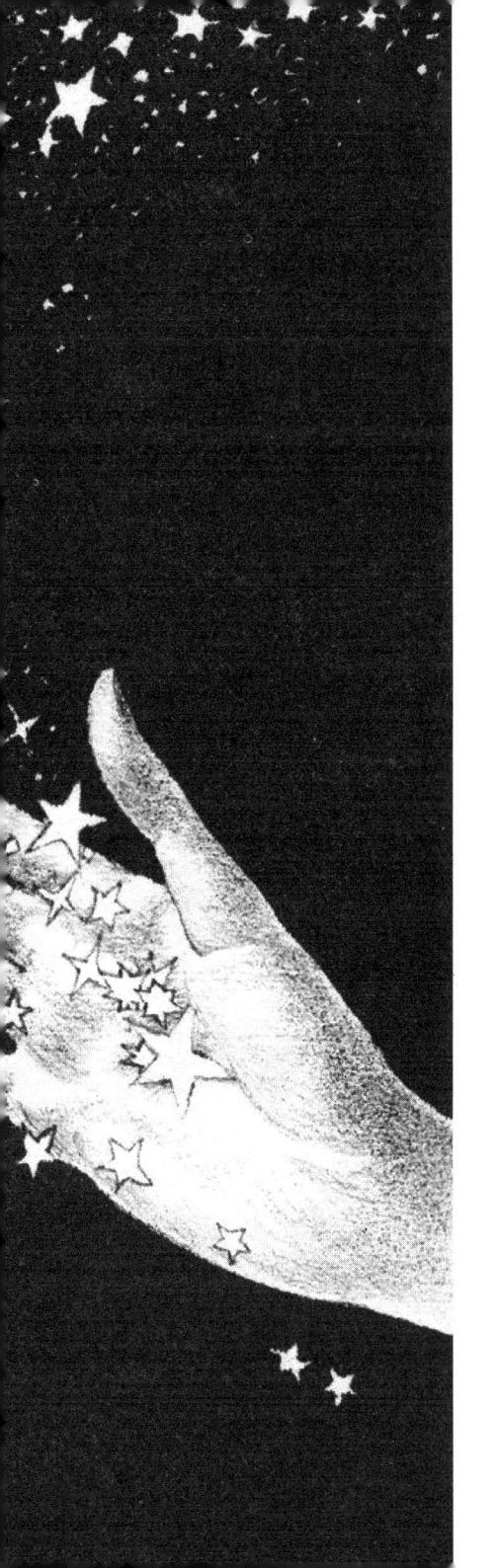

第十四章 贪婪

贪婪的罪恶在于无休无止地索取他人的钱财或物品，将这些东西据为己有，然后随意使用别人的劳动力。

一、什么是财富的罪恶？

1

在我们的社会中，不缴纳住宿费，你就没有睡觉的地方。不走在大道上，你就享受不到空气、水和阳光。你享有的唯一公认的权利就是一直在这条道路上走下去，而且不能停下来，直到精疲力竭。

——格兰特·艾伦

2

十个善良的人可以共享一条毯子，挤在一起睡觉，不会发生冲突。但纵使有十个房间可以共享，两个富人也无法和平共处。一个善良的人有一条面包，也会分一半给饥饿的邻居；但是一个征服者即使征服半个王国也无法高枕无忧——除非攻下另一半国土，否则他还要继续攻城略地。

3

一个富裕的三口之家可能会有十五间房子。即便如此，他们也不会拿出一间分给饥寒交迫的乞丐供其过夜。一个七口之家的农夫只有七尺见方小屋，却随时准备接纳流浪者驻足休息。他认为：上帝吩咐我们要有福共享。

4

富人与穷人互补。哪里有富人，哪里就会有穷人。如果有人穷奢极欲，那么必然有人穷困潦倒。穷奢极欲的人会强迫穷困潦倒的人付出劳动以供其享乐。基督热爱穷人，而对富人避之不及。在人们祈祷的真理王国中，既没有富人，也没有穷人，人人平等。

——亨利·乔治

5

流浪汉是百万富翁不可或缺的补充。

6

富人的享乐是用穷人的眼泪换取的。

7

当富人谈到公共利益时,我就知道这只是富人们假借公共利益之名,谋划个人利益的阴谋。

——托马斯·莫尔

8

诚实的人一般不富有;富有的人往往不诚实。

——老子

9

所罗门说:"要抢劫他,因为他很穷。"其实,一般来说,就是因为穷人很穷,富人才要抢劫他。富人总是利用穷人的需求来驱使穷人为他们干活,或者用最低的价格收买穷人出售的东西。我们很难见到一个富人光天化之下被抢劫的事情,因为抢劫富人非常危险,但是抢劫穷人相对就容易多了。

——拉斯金

10

工人阶级常常想奋力争取进入依赖别人劳动为生的富人阶层。他们称这种做法是"努力过好日"。与其这样称呼,倒不如称其为"脱离善良人的行列,与恶人为伍"。

11

在上帝面前,财富是最大的罪恶。在普通人面前,贫穷则是最大的罪恶。

——印度谚语

二、人与土地

1

因为我为了土地而生,我被赋予土地是为了从土地上获取我所需要的耕种和种植。我有权要求我的份额。请告诉我去哪里索取?

——爱默生

2

土地是我们共同的母亲——她抚育了我们,给我们温暖的庇护,让我们感到喜悦,用爱温暖了我们。从我们出生那一刻起,直到我们在她母性的怀抱中寻找到最后的安息,土地一直用她温柔的怀抱抚慰着我们。尽管如此,人们却谈论着如何变卖土地。其实,在我们当今这个唯利是图的时代,土地在市场上高价待估,随时会被变卖。但是出售上帝创造的土地是最大的荒谬。土地只属于全能的上帝以及在土地上辛勤劳作的人类的子孙后代。土地不属于某一代人,而属于过去、现在及未来世世代代的人民。

——卡莱尔

3

假设我们拥有一座岛屿,靠我们勤劳的双手为生。一位遭遇海难的水手流落到了岛上,他也会像我们一样拥有岛屿上一小块土地吗?也会像我们一样靠双手在自己的土地上生活吗?看起来这种权利是无可置疑的。然而,有多少在地球上出生的人,被另一些同样出生在地球上的人剥夺了这种权利?

——拉维勒

三、财富的恶劣影响

1

人总是抱怨贫穷,不择手段想要获取财富。然而贫穷与渴望能带给人坚定的信念和力量。与此相反,穷奢极欲只会导致衰弱和毁灭。穷人想要寻求改变他们的现状，这种做法非常愚蠢。贫穷对肉体和灵魂都有益无害，而奢侈却会对肉体和灵魂都造成伤害。

2

贫穷磨炼人，教育人；财富令人困惑。

——印度谚语

3

穷人有自己的烦恼，而富人的烦恼加倍。

4

富人的生活很糟糕，一是因为他担心自己的财富会被偷走，所以总是坐卧不宁；二是因为随着财富的增长，他的担心和操心也越来越多。但最主要的原因是与他结交的人很少，而且也都是富豪。他不可能与穷人结交。如果他能与穷人结交，就会清楚地认识到他的罪恶，他也会因此深感羞耻。

5

富人拥有黄金；穷人拥有快乐。

——印度谚语

6

财富使人变得骄傲、残忍、自我满足、无知以及堕落。

——莫尼埃

7

有钱人对别人的痛苦视而不见，漠不关心。

——塔木德

8

富人的生活远离了生活中必不可少的劳动，因此必然会变得疯狂。不劳动的人，也不会遵循掌管所有人生活的普遍规律，因此必定会狂躁不安。他们变得就像马、狗、猪这样的家畜。他们漫无目的地到处寻欢作乐，打架斗殴。

9

贫穷磨炼智力,财富让人变得愚蠢。肥胖和懒惰让狗都变得疯狂。

——印度谚语

10

心存善良的人永远不会富有。富人肯定不会心存善良。

——印度谚语

11

人人都想发财。但是,一旦他们了解到有多少人因求财而丧德,他们就不会像现在这样对财富趋之若鹜了,而会对其避之不及。

12

一个新时代即将到来,或者说,这样的时代不会太遥远了。在这样的时代里,人们不再相信财富会带来幸福,并且认识到这样一个简单的道理:求财、守财不仅不会改善他们的生活,反而会毁掉他们和其他人的生活。

四、不要以拥有财富为荣,要以拥有财富为耻

1

不要羡慕嫉妒富人,应该避免成为富人,替他们感到可悲。富人不需要炫耀自己的财富,而是应该以拥有财富感到羞耻。

2

富人最好能看到财富的罪恶,不要因为穷人羡慕和嫉妒财富而指责他们。但是如果富人因为穷人的嫉妒就去指责他们,而看不到自己的罪恶,这种做法就非常错误了。穷人也最好能够认识到自己的罪恶,即仇视、羡慕富人的罪恶。也不要去指责富人,而是应该替他们感到悲哀。不过,如果穷人看不到自己的罪恶,而是一味指责富人,也是错误的。

3

如果穷人嫉妒富人,他们也比富人好不到哪里去。

4

富人的自满不好,而穷人的羡富也不对。有多少穷人对比自己更穷的人所做的事情,正是他们所指责的富人对自己所做的事情?

五、为财富所做的辩解

1

如果你未劳动而有所得,那么肯定有人劳动了,而没有所得。

——迈蒙尼德

2

只有当一个人确信他与众不同,鹤立鸡群,他才会在一众穷人中心安理地享用财富。只有认为自己高于他人的人,才会在一众穷人中为自己所拥有的财富辩解。这种人最令人感到好奇的地方是:原本应该为自己的财富感到羞耻,可他却把财富当成了炫耀自己与众不同的资本。这种人的观点是:"我享受财富,因为我高于他人;我高于他人,因为我享受财富。"

3

宗教的虚伪之处在于:我们承认那些在穷人中间自称基督教徒的人不但享有财富,而且以享有财富为荣。没有什么比这种情况更能暴露出宗教的虚伪了。

4

人有三种方式养活自己:抢劫、乞讨和劳动。无论靠劳动为生还是靠施舍为生,都能一目了然地加以区别。

5

当前人们最容易犯的判断性错误就是:喜欢的就是好的。人人爱财,因此,尽管明知财富邪恶,人们还是尽力安慰自己有财无罪。

6

富人似乎既无法对自己也无法对他人假装不明白劳动人民有多辛苦：有的人做矿工，在地下工作；有的人在水中工作；有的人在熔炉旁遭受烘烤的煎熬。他们往往一口气要工作十到十四个小时，夜晚还要加班加点。他们之所以从事如此繁重的工作，就是因为富人只给他们提供少得可怜的机会，他们只有这样工作才可能生存下去。即使这么难以否认、显而易见的事实摆在眼前，富人似乎也看不到，就像孩子闭上眼睛不去看令他恐怖的景象一样。

7

莫非上帝把一件东西赠予其中一个人，而不给另外一个人？莫非我们的天父会把他的某个孩子排除在外？你们这些宣称有特权专享上帝赠予的人，请告诉我们到哪里去寻天父那所谓剥夺了其他弟兄权利而让你们独享其成的圣约呢？

——拉门奈

8

财富的确是劳动的积累。但是，通常一个人出力，另一个人坐享其成。这就是那些专家们所谓的"劳动分配制度"。

——英文文献

9

异教徒们把财富看成是幸福和荣耀的象征，但是对真正的基督教徒来说，财富却是邪恶和耻辱的化身。称呼一个基督教徒为"富有的基督徒"，就等于称呼他为"温暖的冰"。

10

面对劳动人民由于劳累过度而饥寒交迫、濒临死亡的事实（谁能否认这些事实），那些享受劳动人民成果的富人，但凡还有点人性的，谁都不会心安理得、获得片刻安宁吧。其实，气量宽宏、仁慈的富人，对人与动物的疾苦感同身受的富人，却从未停止享用别人用生命代价换来的劳动果实，从未停止过财富的积累。他们心安理得地享受着占有别人劳动成果的乐趣。

这要拜新政治经济学所赐。这门新兴学科从全新的角度诠释了一些现象，揭示了劳动分工与享有劳动成果都取决于供求关系，取决于资本、收益、工资、市场价值、利润等因素。一时间，有关这一理论的书籍和小册子遍地开花；各种相关的讲演也层出不穷。如今，这些活动还在持续发酵。

大多数人也许不明白这些令人宽慰的科学解释是什么意思，尽管如此，他们还是知道这些解释是存在的，是那些聪明的学者借此来说明事物的现有秩序是正常的，我们无须对其加以改变也能继续安静的生活。这种辩解只能说明一个问题：我们现代社会中那些所谓善良人士，一方面真诚地为无法开口说话的动物们祈福，一方面却显示其阴暗的一面——他们平静地吞食自己弟兄的生活。

六、欲求幸福，不要关心财富的增加，而要关心心中的爱是否增加

1

不要把自己的财宝放在地上，因为会被虫咬坏，也会锈坏，还会被小偷盗走。请把财宝置于天上，那里没有虫咬，不会生锈，更不会有盗贼偷窃。你的财宝放在哪里，你的心也会在哪里。把财宝放在天上也就是增加心中的爱。爱与财富无法和谐共处，它们水火不容。生活在爱里的人，不能积累财富；即使积累起财富，也无法保留。

2

要积累别人无法夺走的财富，这样的财富会伴你终生，永不腐朽。这种财富就是你的灵魂。

——印度谚语

3

人们不会担心知识是否增长，只会担心财富是否增长。然而，每个人都

很清楚,人的幸福更多地取决于其内涵,而不是取决于其拥有的财富。

——叔本华

4

上帝就用比喻的方式对他们说:"有一个财主田产丰盛,自己心里却在想:'我的收成没有地方收藏,怎么办呢?'又说,'我该这么办,把我的仓房拆了,另盖一间更大的,在那里好收藏我一切的粮食和财物。然后我要对我的灵魂说,灵魂哪,你积累了大量的财富,可作多年的费用,只管享受安逸、吃喝玩乐吧!'而神却对他说:'无知的人哪,今夜要是需要你的灵魂,你所预备的要归谁呢?'"

——《路加福音》

5

人为何会渴求财富?为何需要名贵宝马、锦衣华服、富丽殿堂以及进入各种名利场和娱乐场的特权呢?这一切皆因人缺乏精神生活。那就赐予人内心的精神生活吧,这样他就不再渴求那些荣华富贵了。

——爱默生

6

锦衣华服阻碍了肉体的行动;荣华富贵妨碍了灵魂的进步。

——德谟菲洛斯

二、与贪婪之罪做斗争

1

财富的积累经历了多少努力和罪恶啊!然而,在财富的积累过程中,人只能体会到一种乐趣。这种乐趣就是认识到财富中存在的邪恶后,放弃财富。

2

如果你渴望得到上帝的恩典,那么就拿出你的诚意吧。但是可能有人像某个年轻的富人那样,会说:"这些东西都是从我年轻时积累起来的。我并没有烧杀劫掠,没有奸淫掳掠。"耶稣说这还不够,他还缺乏一些行动。什么行动呢?耶稣说:"你若愿意做一个完美之人,就去变卖你所有的东西,分给穷人,那么你就可以来追随我。"

——《马太福音》

追随耶稣意味着效仿耶稣的行为。效仿什么行为呢?就是要关爱周围的人。如果一个生活在富裕之家的年轻人不能慷慨解囊、扶危救困的话,他怎么敢说自己关爱周围的人呢?如果爱强大有力,肯定不会仅仅通过文字才能表达出来,还会通过行为来表现。所以,富人可以通过放弃财富、慷慨解囊的行为来表现他的爱。

3

如果一个人拥有的比他渴求的要少,那么他应该知道他所拥有的要比应该得到的多。

——利希滕贝格

4

摆脱贫困的方法有两种:一是增加财富,二是懂得知足。增加财富并不一定行得通,而且很少能做到诚信。而克制欲望的能力却掌握在你自己手里,而且对灵魂的发展有益。

5

最吝啬的盗贼并不是那些把自己需要的东西据为己有的人,而是那些将自己并不需要的东西据为己有的人。他所占有的东西可能正是别人需要的。

6

凡据有世界上财富的人,看见弟兄艰难困苦,却隐去怜悯之心,爱神的心怎么会驻留在这种人心中呢。我的孩子们哪,我们相互关爱,不要只停留在言语和舌头上,还要体现在行为和诚实上。

——《约翰一书》

耶稣说,如果富人的爱不只表现在言语上,而是表现在行动上,表现在诚实守信上,那么就让他去慷慨解囊吧。而如果他施舍了乞求之人,则无论施舍多少财富,他便不再富有。一旦不再富有,他就会成为耶稣提到过的那位年轻人,他便可以堂堂正正地追随耶稣。

7

中国的圣哲们说过:"尽管穷人嫉妒富人不好,但是仍然可以得到宽恕。不过,富人炫富并且拒绝慷慨解囊,扶危济困,则是不可饶恕的。"

8

割肉喂鹰,这才是真正的仁慈。那收到物质馈赠的人才是得到了精神馈赠。但是如果馈赠并不是通过付出牺牲实现的，而仅仅是富人从多余的财富中拿出来施舍的，那么这样做只会激怒接受施舍的人。

9

极其富有的施舍者不会注意到，他们施舍给穷人的，不过是他们从更穷的人手中夺来的。

10

"一仆难事二主。不是恨这个爱那个，就是重这个轻那个。你们不能又侍奉神，又侍奉玛门。"

"你不能既侍奉世俗生命，又侍奉上帝。"

"因此，我告诉你们，不要为如何生存、吃什么、喝什么忧虑；不要为肉体穿什么而担忧。生命不比饮食重要吗？肉体不比衣裳要珍贵吗？你们看那天上的飞鸟，也不会耕种，也不会收割，也不积粮在仓里，你们的天父尚且能养活它。你们不比飞鸟贵重得多吗？"

如果上帝赐给人生活，他就会知道怎么养活那个人。你心里知道，无论你如何辛勤劳动，也无法为自己做什么，甚至都不能让时间增加一个小时。既然如此，又何必为衣裳而忧心忡忡呢。你想野地里的百合花，怎样长起来，它也不劳苦，也不纺线。然而我告诉你们，就是所罗门鼎盛荣华的时候，那他所穿戴的，还不如这野花一朵呢。

野地的草，今天还在，明天就丢在炉里，神还给它这样的妆饰，何况你们呢。所以不要忧虑吃什么，喝什么，穿什么。这些是所有人都需要的，上帝也知道你需要。也不要担心未来，要活在当下。你们需要忧虑的是如何完成上帝的意旨。所以不要为明天忧虑，因为明天自有明天的忧虑。一天的难处一天完成就够了。这些就是基督教导人们的话，每个人都可以在自己的生活中对其加以验证。

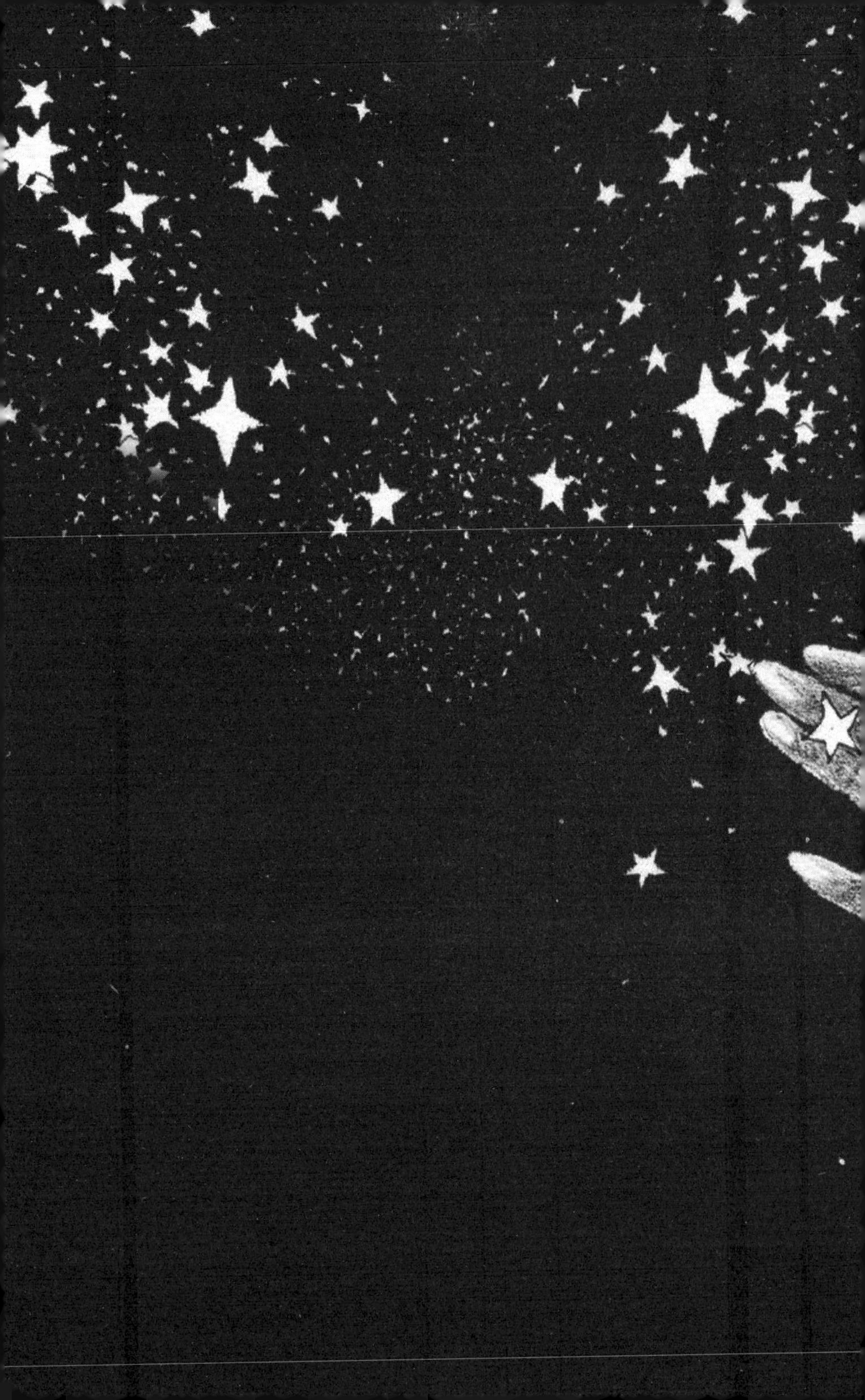

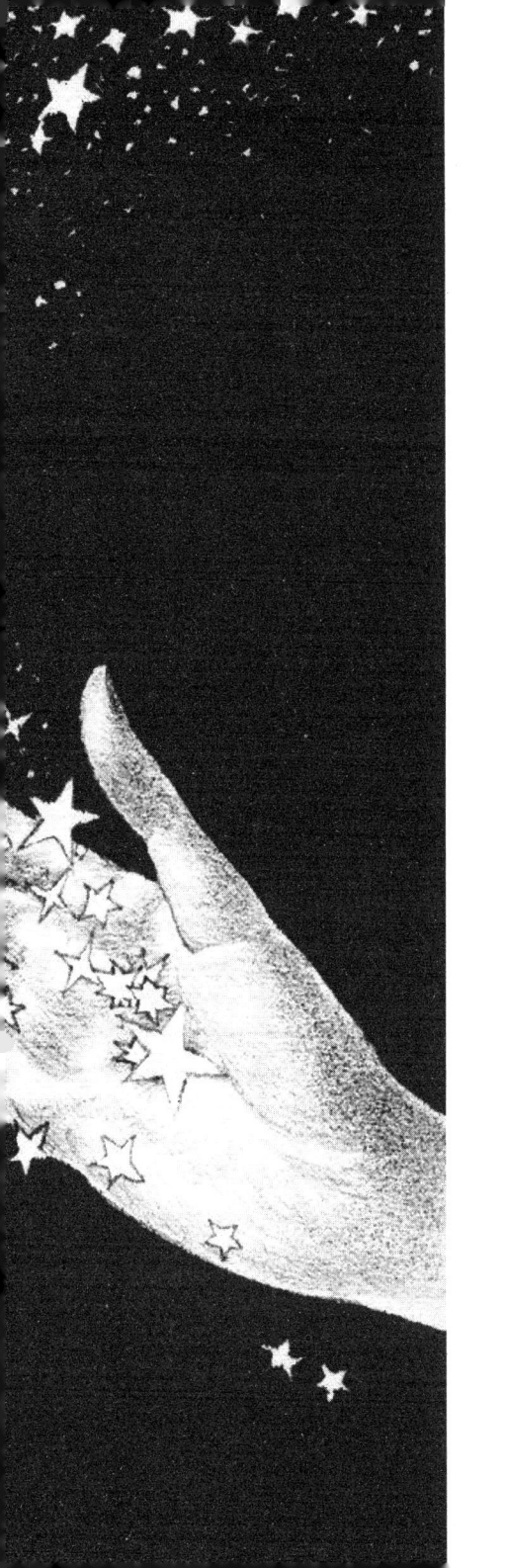

第十五章　愤怒

一、什么是严苛的罪恶？

1

你们听说有吩咐古人的话说，不可杀人；又说，凡杀人者，难免要受审判。但我告诉你们，凡无缘无故向弟兄发怒的，要受审判；凡骂弟兄是白痴的，要受公会的审判；凡骂弟兄是笨蛋的，难逃地狱的火。

——《马太福音》

2

如果躯体感到疼痛，你就会知道躯体的健康出现了问题。这说明你曾经做过一些不该做的事情，或者说你未能完成你该完成的事情。精神生活中也是如此。如果你觉得心情沮丧或烦躁易怒，你也会知道精神健康方面出现了问题。这说明你爱了不该爱的事情，或者说你没有为应该爱的人付出爱。

3

暴饮暴食、懒惰、淫欲的罪过其本身即是邪恶的。但这些罪恶的最险恶的特征表现在，它们会导致最糟糕的冷酷无情的罪恶，或者对别人的仇恨罪恶。

4

抢劫、谋杀、死刑等并不可怕。什么是抢劫？抢劫就是把财物从一个人那里转移到另一个人那里。这种事情时常发生，而且还会持续发生，没有什么可怕的。那么什么是谋杀、什么是死刑呢？它们指的是把人的生命从鲜活状态变成死亡。这种事情过去时常发生，现在、未来也还会持续发生，同样也没有什么可怕的。最可怕的不是抢劫和谋杀本身，而是人与人之间的憎恨，这种憎恨的情绪会导致人们抢劫、杀戮。

二、愤怒的谬妄

1

佛家认为所有的罪恶都来自愚蠢。所有罪恶均适用这一说法，尤其是冷酷无情的罪恶。打鱼的发怒，是因为鱼从渔网中漏走；捕鸟的发怒，是因为鸟儿飞走。我发怒，是因为有人没按照我的意愿做事，而是按照他自己需要的去做。这种愤怒不也同样是愚蠢的吗？

2

有人伤害了你，你便对他发怒。事情虽然过去了，但你对他的怨恨却埋在了心底。每次一想起他，你就会怒从心头起，恶向胆边生。就好像恶魔一直徘徊在你心底那扇大门旁边，虎视眈眈，一旦你怨气冲天，它便会乘虚而入，占据你的心灵。一定要把恶魔从你心里赶走！未来要小心提防，锁好心中的那扇大门，以防恶魔再次乘虚而入。

3

从前，有一位智力低下的姑娘，她因病双目失明，但是却没意识到自己看不见。她非常生气，因为无论往哪里走，她总会碰到障碍。她不认为自己撞上了障碍物，而是想象障碍物撞上了她。心灵失明的人也是如此。他们想当然地认为他们遇到的事情都是故意跟他们过不去。就像那个双目失明的小姑娘一样，他们无故对人发火，却没有认识到，他们的悲惨遭遇与他人无关，而是他们心灵的失明所致，是他们只为肉体而活的结果。

4

一个人自我评价越高，就越容易对人心怀怨言。一个人越卑微，就越善良，也轻易不会发火。

5

不要认为美德就是胆略过人或孔武有力。如果你能超越愤怒，如果你有宽怀之心，懂得原谅伤害过你的人，那么你就能超越一般人，拥有最高尚的美德。

——波斯名言

6

在遭遇攻击或受到伤害时,你也许无法克制愤怒,但是你却能隐忍不发,克制自己内心的冲动,不言不行。

7

怨恨永远是无能的表现。

8

如果一个人对你谩骂攻击,不要向他屈服,也不要反其道而行,用同样的方式对待他也是不对的。

——马可·奥勒留

三、对同胞发怒是毫无理性的,因为每个人的心中都有一个共同的上帝

1

"如果你要打击人心中的魔鬼,请一定小心谨慎,以免打到他心中的上帝。"这句话的意思是:你指责一个人的时候,一定要记得,他心中还存在着上帝。

2

每天从清晨起,就要提醒自己:我可能会遇到傲慢无礼、虚情假意、无聊厌烦以及心怀恶意的人。我们经常会遇到这样的人,他们善恶不分。但是如果我自己能分清善恶,我能意识到只有当自己去触碰邪恶时,邪恶才会作恶,那么就没有什么邪恶的人能伤害到我。没人能强迫我作恶。

如果我能记住:每个人如果不是在血肉之躯上与我有联系,那至少在灵魂上与我紧密相连。在我们每个人心中都存在一个共同的上帝。我无法对一个与我关系紧密的生灵发泄怒火,因为我知道上帝创造我们的时候,就让我们紧

密依存，手足相连，唇齿相依。就算是有人违背其天性对我犯下恶行，我又怎么能够对其恶意相向呢？

——马可·奥勒留

3

如果你对人发火，说明你是为肉体而生，而不是为灵魂而生。如果你按照上帝的方式生活，没有人能够伤害到你，因为没人能伤害上帝。而你心中的上帝也不会发火。

4

要想与人和谐相处，请记住：当你与人打交道时，不是你所需要的有多么重要，也不是你与之交往的人所需要的有多重要，而是彼此都需要那个在心中共同存在的上帝。记住这一点，每当对他人的恶意从心底里泛起时，你就能立刻摆脱它的纠缠。

5

不要鄙视他人，也不要过度崇拜他人。如果你鄙视他人，你就无法欣赏到他心中的善良。如果你过度崇拜他人，你就会对他有过多的要求。为了避免犯错误，你应该蔑视肉体生命（对你自己也是如此），尊重精神生命，因为上帝就存在于精神生命之中。

四、越是为自己考虑少的人，越是善良

1

据说，善良的人无法对邪恶的人忍气吞声。但是如果事实的确如此，那善良之人最好与其他人作对，他的脾气也应该更加暴怒才好。其实不然，人越善良，就会对其他人更加温柔、友善。这是因为善良的人会记住：他也曾有过罪恶，做过邪恶的事情，他要对别人发火之前，应该先生自己的气。

——塞内卡

2

有理性的人不会对刻薄无理的人发怒。但是，如果面对的是盗贼和流氓，又该如何克制心中的怒火呢？那我们先来看看什么是盗贼，什么是流氓。所谓盗贼、流氓，就是指一个人误入歧途，走上了邪路。对这种人要怜悯，不要对他们发怒。如果你能做到心平气和地去劝他，告诉他这种生活状态对他不好，他就会幡然悔悟。如果他还意识不到自己的错误，那么对他的堕落生活你也不必大惊小怪。也许你认为这样的人应该受到惩罚。但是如果一个人患了眼疾，双目失明，你却不能因此认为他该受到惩罚吧？既然如此，假如一个人失去了比视力还宝贵的东西，失去了一生的幸福，失去了依靠理性生活的支撑，难道对这样的人还要进行惩罚吗？

不要对这样的人发怒，应该怜悯他们，可怜这些不幸的人。要注意不要让他们的妄想激起你的愤怒情绪。请记住：你曾经犯过多少错误？身背多少罪过？与其对别人大动肝火，不如三省自身，因为你心灵中有许多刻薄之气、怨恨之气尚未清除。

——爱比克泰德

3

你认为身边尽是邪恶之人。如果你这样想，就说明你自己也不是什么好人。

4

人们通常都会通过贬低别人来抬高自己，其实这样做他们只会暴露自身的缺点。越是聪明、善良的人，就越会发现别人身上的闪光点。而越是愚蠢、越刻薄的人，才越会挑剔别人的缺点。

5

对那些道德败坏、满嘴谎言的人表示友好很难，尤其是当他们对我们进行谩骂攻击时，我们还要表示友好更难。事情上也的确如此。但是，为了他们能改邪归正，也为了我们永存善良之心，我们就要对这些人表示友好。

6

对别人发火时，你往往是在为你自己的心灵开脱。你对他发火的那个人，你只想看到他心中的邪恶。这样只会增加你的愤怒和无情。我们需要的是相反的做法。越生气，你就越应该仔细寻找对其发火的那个人内心的闪光点。如果你能在他身上发现任何善良之处，那么不仅你的心灵得到了放松，你还能体验到非同寻常的快乐。

7

我们通常会同情衣衫褴褛、饥寒交迫的人，但是谁会同情骗子、酒鬼、小偷、抢劫犯或者杀人犯？那衣衫褴褛、饥寒交迫之人的肉体经受着痛苦，但是上述那些有罪之人，其最宝贵的精神在遭受着折磨。扶危济困固然天经地义，但是也没必要一味谴责作奸犯科之人。对他们也要怀有同情之心，也要帮助他们。

8

如果你因为一个人无理的行为而谴责他，请不要把他无理的行为或语言称为愚蠢，不要认为他的所言所为都是毫无意义的。与此相反，你要随时假定他的所言所行都是有理性的，而且你要尽力去发掘其言行中的理性。发现他言行中具有欺骗性的错误并向他一一指出，这样一来，他就能依靠自己的理性判断自己的错误所在。我们必须以理服人。同样，我们也只能利用道德败坏的人自己的道德观来说服他。不要想当然地认为道德败坏的人不可能变成道德高尚的自由人。

——康德

9

如果你因为一个人做了你视为邪恶的事情而对他发火，那么请一定搞清楚他为什么这样做。一旦你明白了这一点，你就不再生他的气。就像一个人不会因为石头是往下落而不是朝上走而生气一样。

五、在人与人交往的过程中，人们需要爱

1

在人际交往过程中，为了不让他人感到痛苦，也为了不让你自己感到痛苦，如果你对他人感觉不到爱，请不要与他们交往。

2

只有对待无生命的物体才不用付出爱。所以人可以砍树、砌砖、炼铁，做这些工作时不需要付出爱。而与人交往时就必须付出爱。这就像与蜜蜂打交道时必须小心谨慎一样。蜜蜂的本性就是这样的，如果你接触蜜蜂时不加小心，你和蜜蜂都会因此受到损伤。如果你对他人感觉不到爱，那么就请静静地坐下来，做自己的事情，不要去打扰别人。如果你毫无感情地去对待别人，很快你就会失去人性，变得像野兽一样。你会因此伤害他人，也伤害你自己。

3

被他人侵犯时，你有时会像狗、牛或者马那样去反击。也就是说，如果攻击者太强大，你会躲开，或者咆哮、踢打。有时受到侵犯时，你也会像一个有理性的人那样表现，你会对自己说："这个人侵犯了我，那是他的事，我只需要做我认为是善意的事情，对他做我应该做的事情。"

4

当看到人们对一切不满、怨声载道时，你应该告诉他们："你们的人生目标不该是只看到人生的荒诞不经，然后牢骚满腹，怨气冲天，最后郁郁寡欢而死。人生不该如此啊。静下来想一想。你人生的大事不是怨气冲天，也不是心存怨恨，而是努力消除你看到的邪恶行为。而你所看到的邪恶行为不会因为你的怨恨而消除，你只能通过存在于你我心中的善良去消除邪恶。一旦你不再将善良遏制，你便会马上感受到它的气息。"

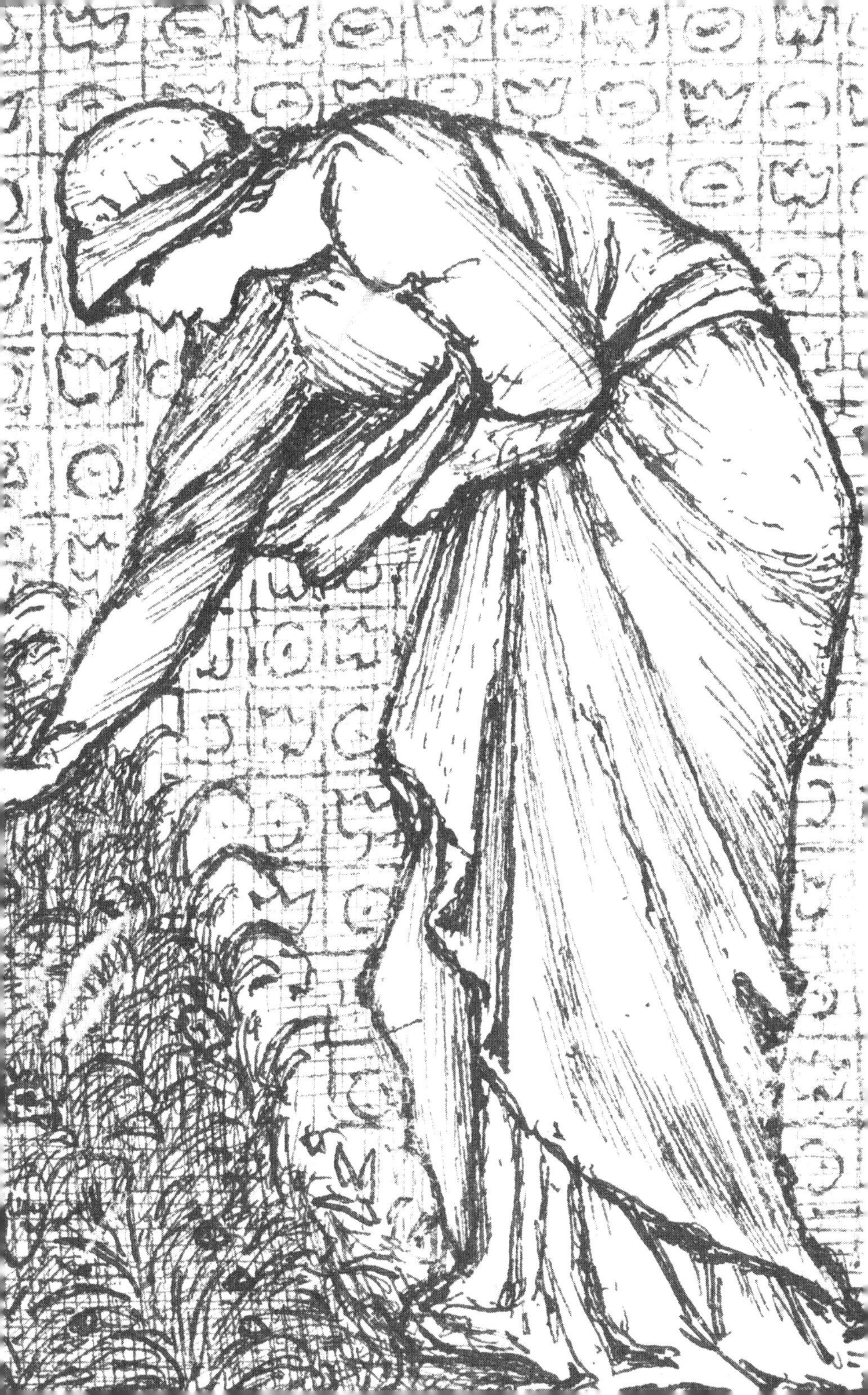

5

要养成这样一种好习惯：对别人感到不满的同时，你也对自己感到不满。对自己感到不满，是指你会对自己的行为感到不满，而不是对灵魂感到不满。你对别人感到不满意时，也要这样去做，只谴责他们的行为，但是要爱他们。

6

永远不要对他人恶意相向，也不要背后搬弄是非，这样你才不会对他们行恶事。要学会这样做，你就需要学会多考虑别人的优点，少考虑别人的缺点，不要让怨恨的情绪进入你的思想。

7

你会因为一个人溃疡发脓就对他发火吗？看到这一让你生厌的情景并非他的过错。对待他人错误的行为也该如此。也许你会反驳说，人人都有理性，为何不帮助他认识到自己的错误并纠正这些错误呢？这样说没错。但是你也有理性，也应该根据理性做出自己的判断：不能因为一个人犯了错就对他大发雷霆，而是应该心平气和、耐心谦和，以善良理性的态度对待他，这样才能唤醒他的良知。

8

有人天生脾气暴躁，容易发怒。他们总是没事找事，一有机会便挑衅与他们交往的人，对他们进行人身攻击，并以此为快。这样的人很容易招致反感。但是要记住：他们其实很可悲，从未体验过快乐的感觉。所以请不要指责他们，要同情他们。

9

没有什么能平息怒气，即使正义的怒火也难平息。但是，应该尽快对发怒的人说："你冲他发火没用，他很可悲。"这种方式最能平息怒气，就像雨水能够浇灭火苗一样，同情感化方能熄灭怒火。

10

如果一个要对其敌人复仇的人，脑子里能够想象出他复仇之后，敌人的肉体和灵魂都会遭受伤痛、侮辱或贫穷。一旦他能想象到这些，并且认识到由于他的复仇而让对方遭受的一切痛苦，他就会平息怒火。

——叔本华

11

如果你不爱他人，对他人没有感情，请不要假装去爱、去付出感情，上帝会监视着你。假装示爱比怨恨更虚伪。而当上帝把你对敌人的爱与友善的火种播撒在你心里时，请一定要及时接受并保护好，这才是最珍贵的。

六、与怨恨之罪做斗争

1

遭人谴责时，我心情沮丧，痛苦不堪。如何才能缓解这种心境？首先，态度要谦逊。如果你了解自己的缺点，当别人指出你的缺点时，就不该生他们的气。尽管他们话锋犀利，但忠言逆耳利于行。其次，要理性对待别人的指责。因为本性难移，即使自恃过高，你也不过是改变一下想法而已。不去痛恨伤害你的人的方式只有一种，即隐恶扬善。即使本性难移，你还是可以克制自己的。

——艾米尔

2

如果你有些生气，开口或有所行动之前，请先从一数到十。如果你怒气冲天，请从一数到一百。如果你生气时能想到这些，根本不用数数了。

3

世上最好的饮品就是：抱怨的话正要脱口而出，却及时咽了回去。

——穆罕默德

4

一个人越是为灵魂而生,生活中的烦心事就越少,发怒的机会也就越少。

5

静心思忖,你会理解:每个人都是按照自认为最有利于自己的方式行事。如果你能牢记这一点,就不会对他人生气,也不会对他人责备求全了。如

果一个人做了损人利己的事情,这说明他没有错,因为他不可能不这样做。但是如果一个人做了损人不利己的事情,这说明他很可悲,也没必要为此生气。

——爱比克泰德

6

向深水中抛出一块石头,河流不会因此便怒涛汹汹。人也是如此。如果一个人受到侮辱便火冒三丈,那么他不是胸襟开阔的大河,只不过是摊小水洼而已。

7

让我们牢记:我们终究尘归尘,土归土,所以要保持温文与善良。

——萨迪

七、怨恨对心怀怨恨者伤害最深

1

无论愤怒对别人的伤害有多深,心怀愤怒者总是受伤最深。愤怒总是比导致愤怒的原因更有害。

2

许多人容易生气,无缘无故就会大发雷霆,甚至伤害他人。一个吝啬鬼会损害别人的利益,这一点我们可以理解。因为他总是想把别人的东西据为己有,让自己更富有。他会为了一己私利而去损害别人的利益。但是一个充满恶意的人去伤害别人,是损人不利己。多么疯狂啊!

——苏格拉底

3

能对仇敌施以仁慈,是最大的美德。整天谋划着置人于死地者,其必定毁灭。不要作恶,贫穷也不该成为作恶的理由。即使作恶,你依旧会一无所有。人们可以摆脱仇人的怨恨,却无法摆脱自己的罪恶。自己罪恶的阴影会一直缠着你，如影随形，直到被消灭为止。不愿生活在悲痛与哀愁之中，就不要对人作恶。如果一个人自爱，不以恶小而为之。

——印度哲学

4

要想拥有高尚的美德，就要保持灵魂的自由。如果一个人总是牢骚满腹，总是杞人忧天，总是贪心不足，他的灵魂就不可能是自由的。灵魂不自由的人，有眼却视而不见，有耳却充耳不闻，有饭却食之无味。

——孔子

5

你认为你愤怒的对象是你的仇敌，其实真正的敌人是潜入你心灵中的愤怒本身。所以，尽快化敌为友，尽快熄灭你内心痛苦的情绪。

6

滴水也能装满缸。如果一个人让自己对别人发怒，他的怨气也会日积月累填满心胸。如同迎风撒出灰尘，灰尘会扑面返回一样，邪恶也会回到那作恶者身上。无论是天堂还是海洋，无论是深山还是角落，世上没有一个地方能让人抛弃他内心的怨恨之情。请铭记这一点。

——《法句经》

7

在印度法律中有这样的律条：冬冷夏热，这是自然规律。人亦如此。作恶之人，其生活必恶；行善之人，其生活必善。即使受人侵犯，遭遇痛苦，也不要与人争执。不要恶语伤人，不要恶行伤人，不要恶念伤人。这些行为都会摧毁人的幸福。

8

如果我知道愤怒会夺走我的幸福，那么我决不会有意与人为敌，也不会像以前那样以愤怒为耀，任其膨胀，为其辩护，自恃过高，而对别人不屑一顾，把他们看作丧失自我的疯子。我一想到自己正在压制愤怒，就承认是我一个人应该受到谴责，就要去跟与我为敌的人握手言和。但是这样做还不够。如果我现在知道愤怒是我灵魂里的邪恶力量，也知道我会被引向这种邪恶力量，那么我有可能忘记了，这引我进入邪恶的正是在你我身上都存在的。

我现在看到，仇视他人的主要原因在于我与他人之间的隔阂以及自恃过高。忆往昔岁月，我看到我从未对那些我认为高于我的人产生过愤怒，也从未羞辱过这些人。而对待自认不如我的人，哪怕他们一点小小的动作令我感到不快，就会激起我的怒火。我越是感觉高人一等，怒气就越大。有时甚至当我凭想象感觉有人低我一等时，都会产生羞辱他的想法。

9

一个冬日，天主教方济各会和方济女修会的创始人——阿西西的方济各在他弟兄利奥的陪同下从佩鲁贾出发前往坡起昂库尔。天气很冷，他们一路上冻得浑身发抖。方济各喊住了走在他前面的利奥，对他说："弟兄啊，上帝佑护我们，让我们在大地上树立神圣生活的榜样。但是请注意，真正的快乐并不在于此。"又过了一会儿，方济各又喊住利奥说："还要注意，我的弟兄，如果我们兄弟俩能治愈疾病，赶走魔鬼，让失明者重见光明，或者让死去四天的人重返人间，请注意啊，真正的快乐也不在于此。"

又走了一段路程，方济各再次叫住了利奥，对他说："还要注意啊，弟兄，你这上帝的羔羊。如果我们能学会天使的语言，如果我们理解了星辰运行的轨迹，如果我们发现了所有的宝藏，如果我们发现了花草虫鱼、飞禽走兽、万事万物的所有秘密，请注意啊，这些都不能算是真正的快乐！"

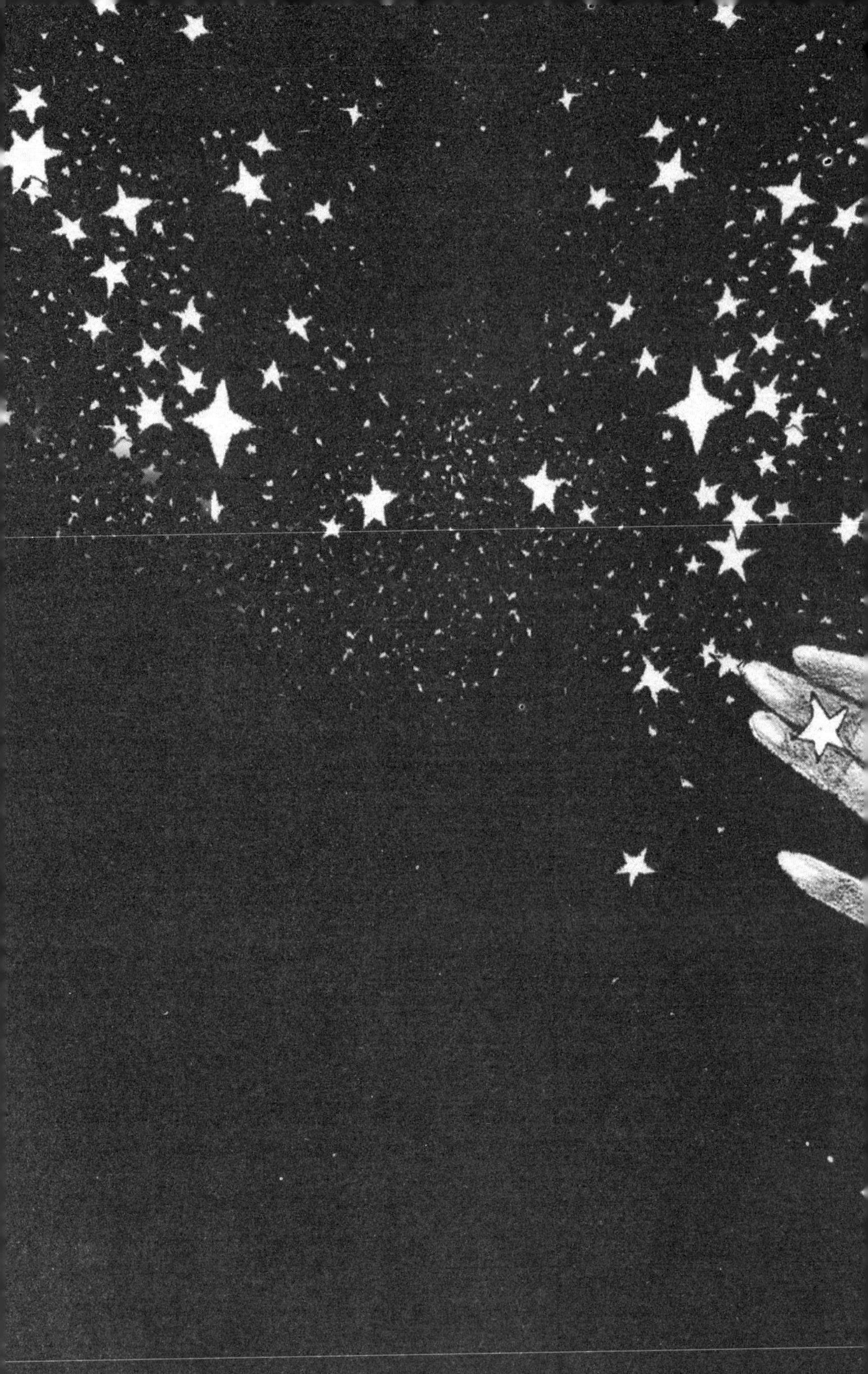

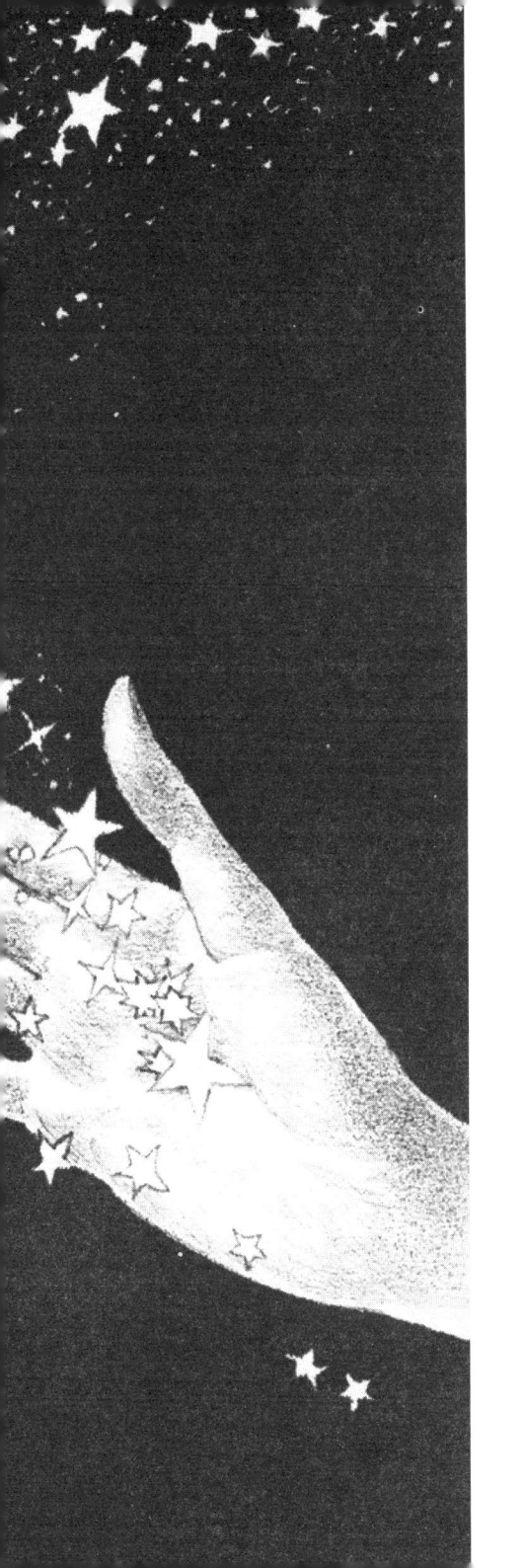

第十六章 骄傲

人之所以从罪恶中摆脱出来会那么困难,一个主要原因就是罪恶在人类所犯错误中寻求到了支持。骄傲就是其中一个错误。

一、骄傲的无知和愚蠢

1

骄傲的人总是忙于去教育别人,称自己没有时间考虑自己,为何会如此呢?因为他们已经够好了吗?正因为他们这样认为,所以他们越是教育别人,自己的水平就下降得越快。

2

正像人无法把自己举起来一样,人也无法抬高自己。

3

骄傲的卑劣之处在于,人们为那些他们本应该感到羞耻的东西如财富、荣誉和名声等感到骄傲。

4

如果你比别人身体更强壮,财富更多,学问更大,那么就利用你比别人多出来的这些技能努力去为他人服务吧。如果你比别人强壮,就去帮助身体虚弱的人;如果你比别人有学问,就去扫盲;如果你比别人更富有,就向穷人慷慨解囊。但是骄傲的人却不这样想。他认为如果人无他有,他无须与别人分享,而是在别人面前炫耀一番。

5

如果一个人不是爱自己的兄弟,而是对兄弟充满怨气,这非常不正确。而如果一个人自认与众不同,鹤立鸡群,所以可以傲视他人,不用本应该对待别人的方式去对待他们,这样就大错特错了。

6

为自己的面容或身材感到骄傲的人很愚蠢,而为自己的显赫家世、满座高朋、万顷地产以及所谓高贵人种感到骄傲的人更愚蠢。世界上大部分的邪恶就是这种愚蠢的炫耀引起的。这是人与人、家庭与家庭之间产生矛盾的原因，也是国家之间爆发战争的原因。

7

一个人不该认为自己比其他人更聪明、更高贵或者更优秀。唯一的原因就在于，没人能正确评估自己的智力和美德，也没人能评估其他人的智力和美德。

8

骄傲的人认为自己比其他人更优秀、更高尚。但是还有其他骄傲的人认为那些人没那么好，自己比他们还要优秀。但是这些更加骄傲的人并没有为此感到尴尬，反而认为其他认为高人一等的人都错了，只有他们才是正确的。

9

两个都很骄傲的人相遇，应该是很有趣的事。两人中任何一个人都认为自己高于世界上任何一个人。这对于旁观者来说很有趣，但对于这两个骄傲的人来说就不那么有趣了。他们相互憎恨，因此而感到焦虑不安。

10

愚蠢的人不一定骄傲，但骄傲的人一定很愚蠢。

11

要向流向大海深处、流向深山峡谷的静水学习。那哗哗作响的只不过是小溪，无声无息默默流淌的才是大海。

——佛教慧语

12

一个物体越轻，越疏松，所占空间就越大。骄傲也是如此。

13

坏掉的轮子吱呀作响；腹内空洞无物的麦穗仰得高。胸无点墨、作恶多端的人也总是趾高气扬。

14

人越是自我满足，能让他满足的地方就越少。

15

一个骄傲的人就像覆盖着厚厚的冰层，任何善良的感情都无法将冰层突破。

16

启发无知的人要比开导骄傲的人更容易。

17

如果骄傲的人能够知道其他人是如何利用他的骄傲来获取个人需求的话，他们就不会再骄傲了。

18

一个人越是骄傲，利用他骄傲的人就越认为他愚蠢。这些利用其骄傲的人想法没错，因为他们明目张胆地进行欺骗，而骄傲的人却仍蒙在鼓里，他显然非常愚蠢。

二、民族骄傲

1

认为自己比其他人都优秀，这种想法不但错误，而且愚蠢。我们都清楚这一点。认为自己的家族比其他人的家族都要显赫，这种想法也是荒谬愚蠢的。然而对于这一点，我们经常忽视，甚至能发现其中的好处。而认为自己的民族要比其他民族更优秀，这种想法更是愚蠢之极。然而人们不认为这种想法是错误的，相反，却觉得这是一种美德。

2

骄傲始于自恋。骄傲就是不加节制的自恋。

3

尽管人们知道互相敌视是不正确的,但是他们依旧如此。为此他们欺骗自己,压制良心的声音,为他们的相互仇视编织借口。借口之一便是:我比其他人优秀,其他人不会理解,为此我必须与他们抗争。另一个借口是:我的家族比其他人的家族都要高贵。第三个借口是:我的阶级比其他人的阶级要高。最后一个借口是:我的民族要比其他民族优秀。没有什么能像诸如个人、家庭、阶级以及民族骄傲这样把人搞得支离破碎。

4

骄傲的人自认他们比其他人优秀,然而他们并不仅仅满足这一点。他们甚至认为自己的民族都要比其他人的民族优秀。比如,德国人认为日耳曼民族优于其他民族;俄国人认为俄罗斯民族最优秀;波兰人认为波兰民族最优秀;犹太人认为犹太民族最优秀,等等。个人的骄傲危害不小,而民族骄傲危害更大。古往今来,成千上百万人因此丧生,现在这种情况仍在延续。

三、人没有任何理由自视过高,因为人人心中存在共同的上帝

1

人如果以肉体为生,就会认为自己比其他人优秀。一个人的躯体也许会比另一个人的更健壮、更雄伟、更健康。但是,如果一个人以灵魂为生,他就不会拿自己去跟别人比较,不会认为自己高于其他人,因为人人心中存在着共同的上帝。

2

人有好多头衔。有些人被称为"阁下";有些人被称为"公主殿下";还有人被称为"老爷""先生""陛下"等等。在众多的称谓里,只有一种称谓适合每个人,而且不带有任何歧视冒犯的意思,这样的称谓就是:弟兄,姐妹。这样的称谓之所以公平,是因为它们能提醒我们:在天父那里,我们所有

人彼此都是弟兄姐妹。

3

人们认为一些人高于自己，另一些人不如自己。其实，人只需要记住一点，即人人心中都存在着同一个灵魂。由此，人们就会发现高低贵贱之分的想法是多么荒唐！

4

人如果认为世界上没有人会比他优秀，这是对的。但是，如果他认为世界上肯定有人比他低贱，那他就错了。

5

人要自重，因为上帝的灵魂驻留在每个人心中。但是如果一个人因为他自身存在的一些人类特征，如智力、学识、荣誉、财富或行善的事情而自傲就可悲了。

6

如果一个人尊崇神圣灵魂的那个"自我"，值得称赞。但是，如果他只是寻求抬高他个人动物性欲望、虚荣、野心等"自我"，那就是极其恶劣的。

7

如果一个人为自己的外在之美感到骄傲，说明他并没有欣赏到自己的内在之美。而内在之美与外在之美相比，犹如太阳的光辉与蜡烛微光的差距。

8

一个人不能自恃比其他人高贵，因为一个人最珍贵的是他的灵魂。除了上帝，无人知晓灵魂的价值。

9

骄傲与人格尊严截然不同。骄傲会因为受到虚伪的尊敬和虚假的阿谀奉承而上升。但是人格尊严恰恰相反，它是随着他人对你不公正的羞辱与谴责而提升的。

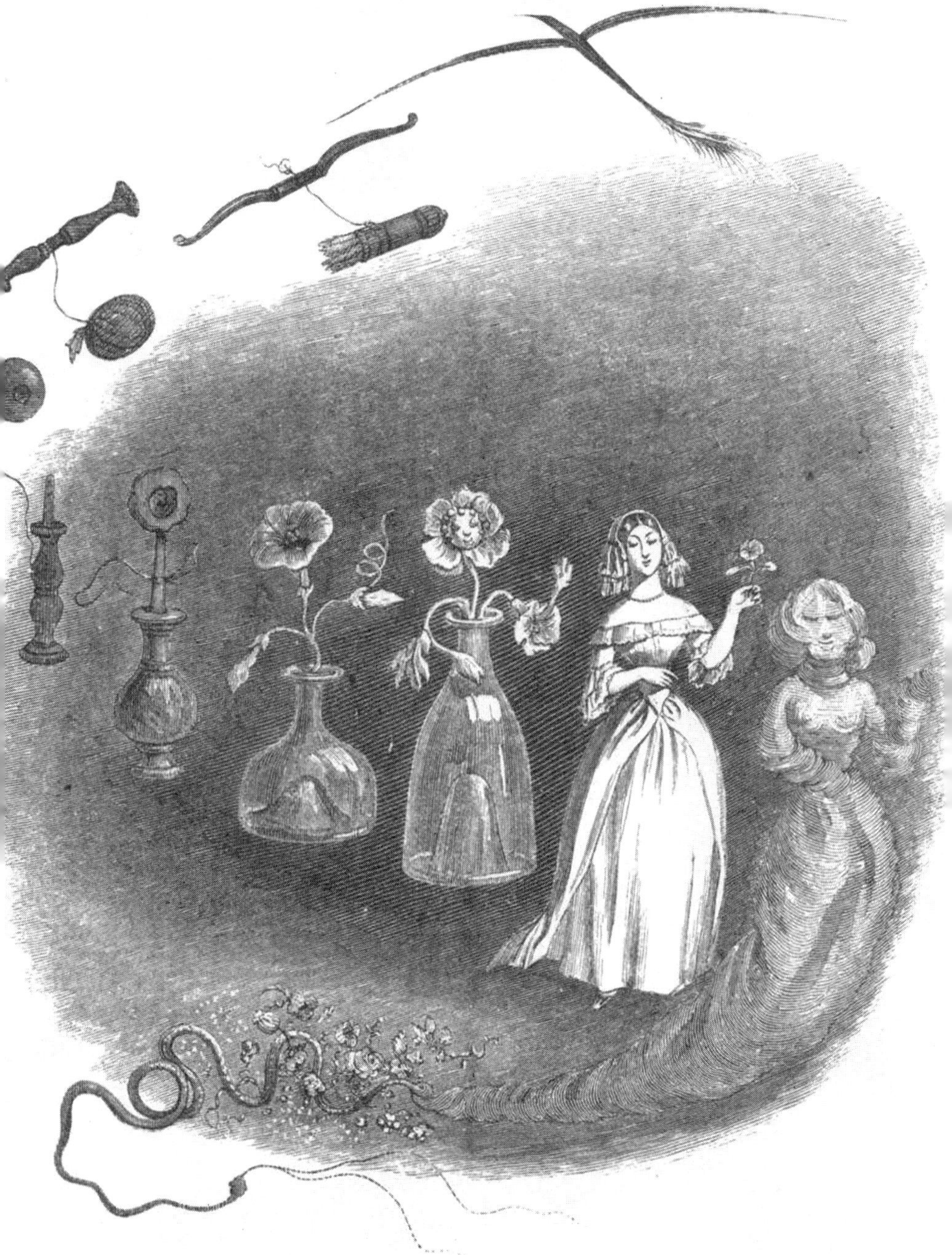

四、骄傲的不良后果

1

骄傲不仅维护自身的罪恶，还维护其他所有罪恶。自命不凡的人往往看不到自己身上的罪过，那些罪过已成为他身体的一部分。

2

长在麦田里高高的野草，从土壤中汲取水分和养分。它们遮蔽了阳光，麦田得不到阳光普照。人类的骄傲就如同野草，它汲取了人类所有的力量，遮蔽了真理的光芒，让人无法在真理中徜徉。

3

罪恶感通常比行善对人更有价值。罪恶感使人谦卑，行善往往让骄傲膨胀。

——巴克斯特

4

骄傲的人会受到各种各样的惩罚，但是其中最主要、最严厉的惩罚就是：不管他如何出类拔萃，也不管他如何哗众取宠，人们始终不喜欢他。

5

我只要开始自鸣得意，吹嘘多么优秀，那么肯定会陷入困境。

6

骄傲的人会拒人于千里之外，这样他便享受不到人生最大的乐趣，即自由而快乐地与人交流。

7

骄傲的人害怕所有批评指责。这是因为他所谓的高贵像气泡一样虚无缥缈，一个微小的漏洞就会让气泡破灭。

8

骄傲如果能够吸引人、取悦人，那么人们自傲还有情可原。但是骄傲除了排他性的特点，完全没有吸引人的任何特质。尽管如此，人们仍对骄傲趋之若鹜。

9

自满开始会令人感到困惑。人们一度会把自满者的自信和自负当成是他们的本质。但是，这种情况不会维持多久。一旦人们不再对此抱有幻想，便会对这些自负的人更加不屑一顾。

10

人们知道自己的生活并不如意,但是并没有去改变。相反,他们反而拼命证明自己与众不同,比其他人更高贵。正因为如此,他们不如意的生活便是咎由自取了。因此可以说,那些生活不如意的人,往往容易骄傲。

五、与骄傲这种谬误做斗争

1

如果没有骄傲,这世上的邪恶会减少很多。我们如何能摆脱这个邪恶的起源呢?摆脱骄傲只有一种方法,即人人先从自身做起,三省其身。我们只有先把自身存在的邪恶根源斩草除根,骄傲才能被彻底摧毁。既然骄傲存在于我们心中,我们又怎么能期望它会在别人心中消亡?因此,为了我们自己的幸福,也为了他人的幸福,我们首先要铲除存在于我们内心深处、令世界深受其辱的邪恶根源。只有我们每个人开始改变自我,其他改变才有可能。

——拉门奈

2

彻底铲除人类的骄傲非常困难。你这边刚刚修补好一处漏洞,它从另一处漏洞中探出头来,而当你跑过去填补好另一处漏洞,它却再次从新一处漏洞跑出来。如此反复,永无休止。

——利希滕伯格

3

只有认识到灵魂在所有人心中的唯一存在性,骄傲的罪恶才能被彻底铲除。一旦认识到这一点,一个人就不会再认为自己、自己的家族或者自己的民族要高人一等了。

4

只有秉持人人皆平等的理念,既不自卑,觉得矮人一头,也不自负,觉得高人一等，你才能做到与他人和谐相处。

5

人生的主要目的是提升自己的灵魂。然而骄傲的人总是认为自己非常完美。骄傲因此变得十分有害——它阻碍了人们实现人生的主要目标，也就是说，它妨碍了人们进一步完善自我。

6

为灵魂而生的人，其人生与世俗人生截然不同，其不同之处在于，为灵魂而生的人，无论其如何完善自己，永远都不会自满。因为他相信，他的所作所为仅仅是完成了自己的使命，还远远达不到完美的程度。于是，他便不断做自我批评，所以永远都不会骄傲自满。

7

"你们中间谁最伟大，谁就要做你们的佣人。凡自命不凡者，必自觉羞愧，降为卑下；凡自惭形秽者，必心怀自信，故升为高尚者。"（《马太福音》）这句话的意思是说：那些自命不凡的人，必须被降为卑微的人。因为一旦别人把他们看成是善良、聪明、友好的人，他们便心安理得地接受，不愿再去提升自己了。而那些谦卑的人，应该让他们增添信心。因为既然他们自惭形秽，必定会继续奋斗，提升自我以接近完善。骄傲之人犹如踩着高跷走在路上，而不是脚踏实地。他们看似高高在上，认为地面上的泥泞溅不到他们身上，所以能够大步前行。殊不知，踩着高跷的人走不了多远，说不准还会一头栽倒在泥水之中，反而遭人耻笑。

骄傲的人就是如此。那些不刻意通过踩高跷来抬高自己的人将他们远远甩在身后。而骄傲的人常常会从高跷上摔下来，成为人们的笑柄。

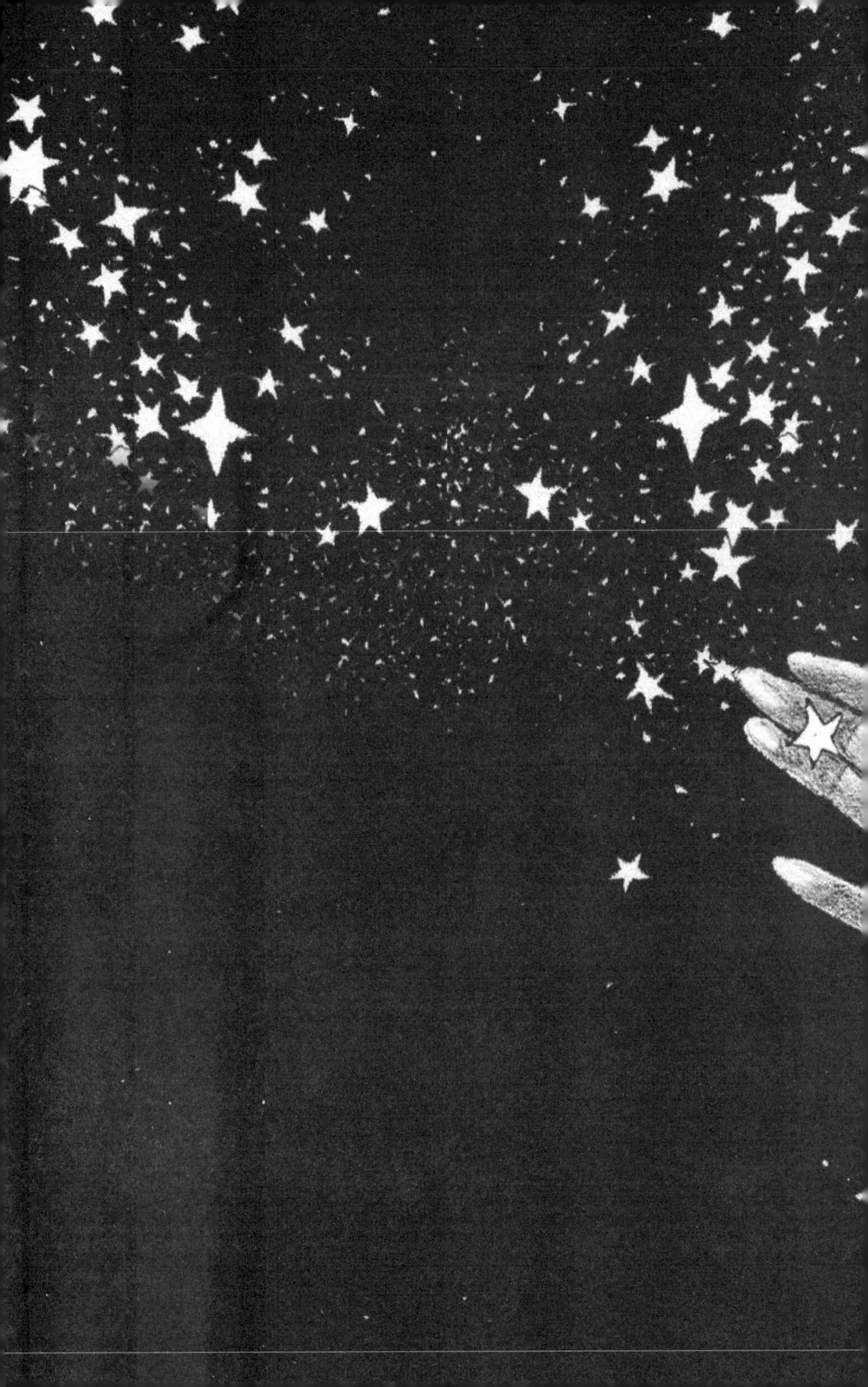

第十七章 论不平等

人类生活的基础是存在于内心的上帝的灵魂，所有人心中都存在同一个上帝的灵魂。因此，人人皆平等。

一、不平等谬误的本质

1

古时候，人们认为，人类一出生就分成各种不同种群，就有不同肤色，都是从迦费特族群衍生出来的。一些人天生就是主人，另一些人生来就是奴隶。人们认为种族高低的划分是上帝安排的，所以他们相信这种划分是合理的。这种原始而极具毁灭性的迷信至今仍存在着，只是换了一种形式而已。

2

只需要看一下如今基督教世界里人们的生活，你便会震惊地发现，有些人过着混沌不堪、精疲力竭却毫无意义的生活；另一些人却过着饱食终日、无所事事、穷奢极欲的生活。在这个宣称信奉基督教真理的世界里，不平等已达到令人发指的程度！更令人不可思异的是，有人一面宣扬骗人的说教，一面却维护极其残酷的不平等的生活准则。

3

印度教是世界上所有宗教信仰中最古老、最深奥的一种信仰。然而，印度教却未能成为一种普世信仰，未能将其信仰成果与世界分享。究其原因，主要是宣扬印度教的导师们认为人是不平等的，他们还把人分为不同等级。认为自己生来就不平等的人怎能掌握真正的信仰呢？

4

有的人身体比其他人更强健；有的人头脑比其他人更机灵；有的人智力超群；有的人待人更体贴。这些原因导致的人与人之间的不平等，大家都可以理解。然而，有些人却不以此作为人与人不平等富人划分原则，而是认为人要有高低贵贱之分。这些人认为人与人之间的不平等表现在，有人被奉为贵族，有人被称为农民；有人衣着华丽，有人就应该衣衫褴褛。

5

当今时代的人们早已认识到，所谓人与人之间的不平等纯属迷信，他们在心里对此加以批判。但是，那些在不平等中受益的人依然维护这一观点；那些在不平等观念中受害的人却不知道如何摧毁这一观点。

6

人们已经养成一种习惯，即在思想中把人们分成三六九等——出身高贵的和出身卑贱的，受过良好教育的和没有教养的，等等。人们完全适应了这种等级划分，甚至认为有些人生来就该比其他人受人尊重。一些人被划归一类，而另一些人被划归另一类。

7

富人们津津乐道的一个习俗就是：对有些人和蔼可亲，对有些人敬而远之；对一些人以礼相待，对另一些人冷若冰霜；对某些人待如上宾，对其他人敷衍了事。要想让所有人认识到"人人皆平等"这个真理，还有很长的路要走。

8

若不是因为不平等这种迷信作祟，人们决不会作恶。正是因为人们不承认"人人皆平等"这个真理，才会不断作恶。

二、论为不平等所做的辩解

1

与邪恶行为同流合污并为其摇旗呐喊，任何事情都比不上这种行径。所谓同流合污，是指一小撮人，脱离广大人民而结党营私。

2

人与人之间的不平等谬误，并不总是由那些在他人面前自以为是的人制造的，更多的是由那些在自以为是的人面前自惭形秽的人制造的。

3

令我们大为惊叹的是，时下的所谓基督教学说，根本不是真正的传递上帝的旨意。所谓的基督教生活，也早已远离真正的基督教生活。如今的基督教学说，倘若教给人们"什么是真正的平等"，教给"人们人人皆兄弟，所有人的生命都是平等神圣的，在那些迷信上帝把人分成三六九等、把人分成主与奴、有信仰者与无信仰者、富人与穷人这种谬误的人中间宣扬这些平等观念"，我们的生活还会是现在这般凄惨的模样吗？接受基督教学说的人，在目前这种情况下，只能有下面两种选择：要么彻底改变他们现有的生活秩序，要么破坏真正的教义。而他们选择了后者。

三、人人皆兄弟

1

有人认为自己比他人更高贵，这种想法很愚蠢。而有人认为自己所在的民族比其他人的民族更优秀，这种想法更荒谬。可是，任何一个民族，包括生活在其中的大多数人，的确存有这种可怕、荒唐、有害的迷信想法。

2

犹太人、希腊人、罗马人通过杀戮能捍卫自己国家主权的独立；他们同样通过杀戮迫使别的国家屈从于他们。这些人坚信，他们的民族才是唯一、真正受上帝宠爱的民族，而其他民族都是腓力斯人或野蛮人。中世纪的人们也有这样的想法。甚至直到上个世纪末，还有人这样认为。而我们决不应该再相信这种谬论了。

3

理解生活的目的和意义的人只会感受到人与人之间的平等，感受到人与人之间那种亲如兄弟的氛围。而这种平等和兄弟般的感受不仅限于自己的民族，也包括所有民族。

4

任何一个人，无论他是奥地利人、塞尔维亚人、土耳其人，还是中国人，首先是一个有理性、有爱心的个体。他的职责就是：在有限短暂的生命中，完成被赋予的使命。这种使命非常明确——为所有人付出自己的爱。

5

两个小孩碰面，不会在意彼此的阶级、信仰以及民族。他们会愉快地互相表现出喜悦的微笑。但是成年人见面前，却要考虑对方的阶级、信仰或民族，根据对方不同的阶级、信仰或民族而表现出不同的态度。其实他们应该比小孩子更理性。难怪基督曾经说过："你们应该像孩子那样。"

6

基督向人们揭示了所谓民族优劣性的划分是荒唐邪恶的。只有认识到这一点，基督教徒才不会对其他民族抱有敌意，也不会像过去那样，将自己对其他民族所犯下的暴行归咎于其他民族都是低等民族这个谬论。基督教徒不会不懂得这种民族优劣性的划分是邪恶之举，不会不知道这种划分是错误的。因此，他们不能再像以前那样有意识地去维护这种谬误。

基督教徒必须了解，他的幸福不仅与本民族的幸福息息相关，还与世界上所有民族的幸福息息相关。他知道，他与所有人之间的统一联合性，不会被所谓的边境线或鼓吹的所谓民族性所妨碍。他知道，四海皆兄弟，人人皆平等。

四、人人皆平等

1

平等是指世界上所有民族和人民都有权享有世上自然赐予的一切幸福；有权享有社会生活所带来的幸福；有权享有尊重彼此人格的权利。

2

人人平等的法则包括所有的道德法则。尽管它是一种所有法则永远无法达到的完美法则,但是所有法则都会努力接近它。

——卡彭特

3

一个人真正的"我"是灵魂的"我"。这个灵魂的"我"在所有人身上都是相同的。既然如此,人与人之间怎会不平等?

4

"耶稣的母亲和他的兄弟来了。因为人多,他们到不了耶稣面前。有人告诉他说,你母亲和你兄弟就站在外边,要见你。耶稣回答说,听了上帝的布道并遵行的人,就是我的母亲,我的弟兄了。"耶稣这段圣言的意思是:一个有理性的人,能认识到他的使命,不会把人分为三六九等,也不会认为自己与其他人之间有优劣之分。

5

西庇太的两个儿子想成为像耶稣那样聪明的人。耶稣对他们说:"你们为什么想成为我这样的人呢?你们想像我一样以灵魂为生,然后再生。如果你们想成为我这样的人,那么你们心中一定是想要成为比其他人更伟大的人。但是按照我的学说,世上不存在伟大或渺小,重要或次要。专权的统治者想统治人民,需要表现得比其他人更重要,但是你们不需要这样做。根据我的学说,表现得卑微一些,要比表现得高贵一些好。我的学说认为,最微不足道的往往是最伟大的。我的学说还认为,你要甘于奉献。"

6

没有人像孩子那样在生活中实现真正的平等。成年人破坏了孩子们纯真神圣的感情,他们犯下了滔天罪恶啊。他们一方面教育孩子们要对声名显赫的人、富有的人、有权有势的人毕恭毕敬;另一方面,却教育孩子们对待仆从、劳动者和乞丐要冷傲蔑视。"是谁教唆了这些孩子们……"（《马太福音》）。

7

我们之所以经常对生活不满意，是因为我们没有在正确的地方寻找到生活赐予我们的幸福。所有的错误都源于此。生活赋予我们所有的幸福和快乐，但是我们却仍然认为快乐不够多。我们被赐予与世上所有人交往这种最大的快乐，却只要求属于自己、属于自己的家庭以及民族的快乐和幸福。

8

如今，无论是受过良好教育的人还是学识渊博的人，哲学家还是科学家，普通劳动者还是文盲，穷人还是富人，都知道人人有权享受幸福的生活；人人皆平等，人没有高低贵贱之分。然而，人们在实际生活中却仿佛对此毫无察觉——人与人之间的不平等现象仍然存在。

五、为何人人皆平等？

1

无论什么人，也无论他们的家室多么显赫，他们都像相同的两滴水，因为他们身上存留着共同的上帝的灵魂。

2

只有那些不知道上帝驻留在他心中的人，才会认为有人高贵，有人卑贱。

3

如果一个人对某些人的爱超过对其他人的爱，那么这只是世俗之爱。在上帝之爱面前，人人平等。

4

看到一个新生命降临或死亡时，无论其阶级如何，我们都会有同样的感受。这说明，人人平等的观念是与生俱来的。

5

"在攻击人们肉体里的魔鬼时千万要小心，以免伤及同样驻留在肉体里的上帝。"这句话的意思是：在指责别人的时候，不要忘记，上帝的灵魂也驻留在受指责的那个人的身体里。

6

认为所有人与你一样是平等的，并不意味着你与其他人样强壮、灵活、聪明，受到良好的教育或者善良，而是说明在你身上存在着一样最重要的东西，而这样东西也在其他人身上存在着——这就是上帝的灵魂。

7

认为人与人之间并不平等，就如同说壁炉中的火与火灾中熊熊燃烧的火或者蜡烛燃烧的火各不相同一样荒谬。每个人身上都存在着上帝的灵魂。为什么我们要让存在着共同的上帝灵魂的人分出高低贵贱来呢？无论熊熊燃烧的大火，还是刚要燃烧的火苗，都是同样的火，我们不该区别对待。

六、人人生而平等的理念可以实现，人类正在接近这一目标

1

人们努力寻求在既有法律中建立平等关系，而不期待永恒法律所建立的平等。而人们自己的法规却正是破坏平等关系的罪魁祸首。

2

我们应该追求这样一种生活感悟，即通过社会阶梯获得地位的提高，不应该令人感到欢欣鼓舞，而是应该感到恐惧。因为这种爬升剥夺了人们生活中最大的幸福——平等对待所有人的幸福。

——拉斯金

3

有人认为，不可能实现平等。其实，此话应该反过来说：在信奉基督教的人中，不平等才是不可能的。高个子与矮个子、强壮的人与身体虚弱的人、聪明绝顶的人与愚蠢的人、热情似火与冷若冰霜的人，他们不可能完全一样。但是，我们应该做到让所有的人——无论渺小还是伟大，强壮还是虚弱，聪明还是笨拙，都能互相关爱，互相尊重。

4

有人认为，有些人永远比其他人更加强壮、聪明，而有些人总是更加虚弱、愚蠢。利希滕伯格认为，正是因为有人强壮，有人虚弱，有人聪明，有人笨拙，才更加需要强调人与人之间的平等，否则，原本在身体以及智力上就更强大的人，岂不是要变本加厉地去压制那些在这些方面不如自己的人？

5

如果有人向你宣扬人人平等不可能实现，或者只能在十分遥远的未来或许才能实现,千万不要相信这种谬论。人人平等现在就能在每个人身上实现。在你自己的生活中,你完全可以做到与你接触过的人建立平等关系。不必对那些趾高气扬、认为自己高人一等的人表现得过于谦卑,而是要把对那些自惭形秽的人的尊重,同样用在其他人身上就可以。

七、以灵魂为生的人秉持人人皆平等的理念

1

只有那些仅仅以肉体为生的人才会认为有人高贵,有人低贱,人与人之间根本不可能平等。如果人以灵魂为生,就会认为人人皆平等。

2

基督向人们揭示,他们早就了解到人人皆平等的理念。之所以人人平等,是因为在他们心中存在着同一个上帝的灵魂。然而,自古以来人们就把自己分为不同阶级,有人高贵富有,有人低贱贫穷。尽管他们知道人人平等这个理念,但是在现实生活中假装不懂,顽固地认为人与人之间不可能平等。不要相信这些鬼话。

学会像小孩子那样思考问题。小孩子从不会认为高官显赫的人与普通人有何不同。我们也要像小孩子一样平等友善地对待所有人。如果有人自恃高贵,不要对他们表现得过于敬重;如果有人自惭形秽,要对他们表现得格外尊重,像对待其他人一样平等对待他们。请不要忘记:在所有人身上都存在着同样的上帝的灵魂,这才是最高贵的东西。

3

对于基督教徒来说,爱是一种渴望所有人都获得幸福的情感。但是,许多人完全从相反的角度去理解爱。那些只把生活看成人的动物性本能体现的人,爱在他们心中不过是这样的情感,即母亲出于对孩子的呵护,雇佣乳母哺乳,也就是剥夺了乳母自己的孩子哺乳的权利。或者爱是这样一种情感:父亲

从忍饥挨饿的人们口中夺走最后一块面包,以满足他自己孩子的需求。爱还是这样一种情感:一位男子爱上一位女子,因此陷入爱的痛苦之中,也强迫对方像他一样陷入痛苦,然后诱使她进入罪恶之中;或者因为得不到她的爱出于嫉妒与她同归于尽。爱也许还是这样一种情感:党同伐异。爱也是这样一种情感:一个人为了自己所谓"喜爱"的事业而饱尝痛苦,而且还将这种痛苦带给周围其他人。爱是这样一种情感:人们为保国土免遭侵犯而血洒疆场。放眼望去,尽是残肢断臂,尸横遍野。

不过上述这些爱都不是真正的基督教所宣扬的爱,因为心怀这些爱的人并没有认识到人人生而平等这个真理。认识不到人人平等的真理,人与人之间就不可能存在真正的爱。

4

不平等与爱之间根本不存在一致性。所有人都能沐浴在爱的阳光里,这样的爱才是真正的爱。如果爱只能照耀某些人,另一些人却享受不到爱的光芒,那么这样的爱就不是真正的爱,只是与爱有些相似的东西而已。

5

平等地去爱所有的人不易,但决不能因此而放弃努力。所有美好的事物都要付出努力才能获得。

6

因为每个人自身条件不同而造成人与人之间的不平等,但越是这样,我们就越要平等对待那些自身条件不好的人。

7

在你、我、他以及所有人心中都存在着一个共同的上帝的生命。你若是对我生气,憎恨我的进步毫无意义,因为你知道,我们都是平等的。

——《穆罕默德文集》

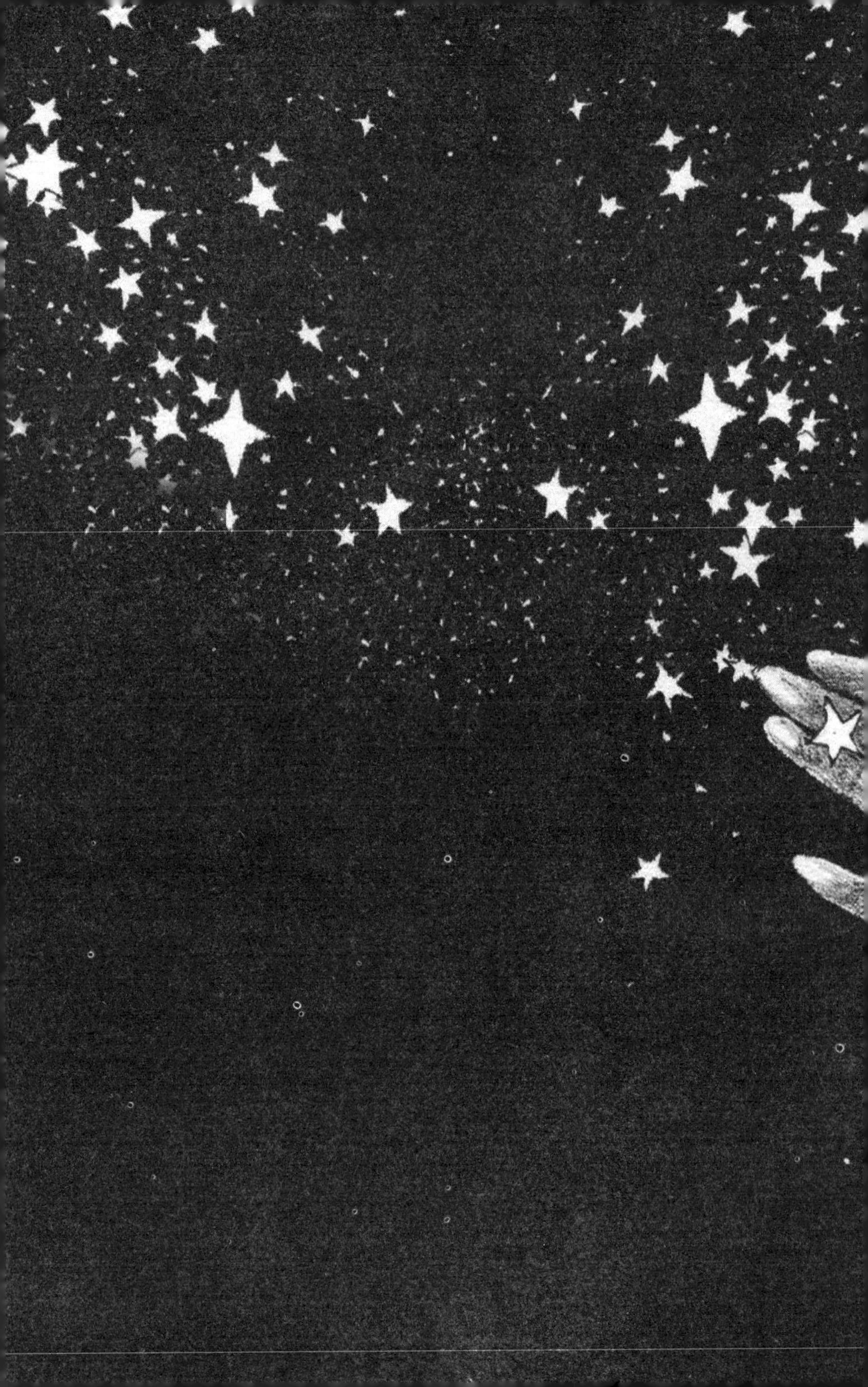

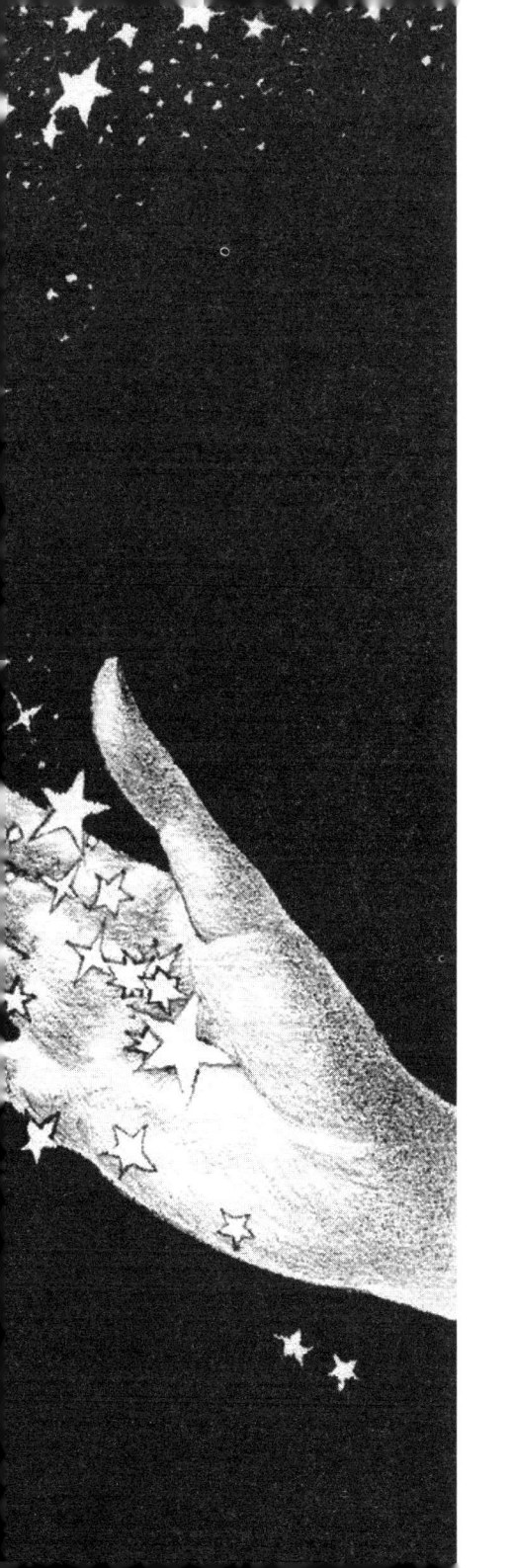

第十八章　暴力

人类经受苦难的主要原因之一就在于有人错误地认为有些人可以通过暴力手段操纵或改善他人的生活。

一、胁迫他人

1

有一种谬论认为有些人可以通过暴力手段操纵别人的生活，让其他人按照自己的方式生活。之所以产生这样的谬论，并非因为有人故意编撰而成，而是那些为满足个人私欲的人的创造。他们最初先强迫别人按照自己的意志生活，后来为自己的暴力百般辩解。

2

人们看到自己的生活不如意，便通过一些方式极力加以改变。但是，他们所能驾驭的也只能是他们自己的生活而已。不过要改变自己，首先要承认自己缺乏美德，这很令人厌烦。所以人们渐渐把注意力从自己所能掌控的范畴延伸到外部范畴，也就是他们的能力所无法掌控的范畴。而改变这些范畴对改变一个人的生活状况作用不大，这就像把红酒摇晃均匀再倒入另一个器皿中，其实酒的性质并没有得到改变一样。因此在改造他人的生活过程中，首先，改造行动是徒劳的；随后，这种改造活动渐渐变成了有害、具有欺骗性的（比如改造他人）甚至是带有蓄意谋杀性质的行动（比如可以杀死那些妨碍公众利益的人）。最后，所有的改造活动都变成了赶尽杀绝的残暴行为。

3

有些人认为可以通过暴力手段强迫别人过上幸福的生活。这些人却首当其冲成为实施暴力行为的反面榜样。这些人自己就生活在污浊之中，非但不努力摆脱这种污浊的状态，反而一本正经教导他人如何保持清洁。

4

妄想依靠暴力的手段统治人民的思想极为有害，因为这种想法会代代相传。在这种暴力统治想法中成长起来的人,不会反思胁迫他人的手段是否必要或是否合适,而是坚信如果没有暴力,人们就无法生存下去。

5

操控别人的生活并不难,因为假如你操控失败,受伤害的不是你,而是别人。

6

有人认为要掌控安排别人的生活只能通过暴力的手段实现。然而,暴力非但不能给人们的生活带来良好的秩序,反而只能让生活变得更加混乱不堪。

7

只有不相信上帝的人才会认为像他那样生活的人能掌控安排他的生活,让生活变得更美好。

8

认为可以掌控安排别人生活的谬论非常可怕,因为在这种谬论的误导下,越是道德败坏的人,反而越受到推崇。

9

现有的社会秩序不是靠暴力,而是靠公众舆论来维护的。暴力只会破坏公众舆论。因此,暴力所削弱的,正是它所维护的东西。

10

人们常说,所有人都应该和平共处,都不该受到伤害。然而,他们一边这样说,一边却使用暴力强迫人们按照他们的意志去生活。这就像是在说:按照我们说的去做,但不要按照我们所做的去做。这种人可能会令人畏惧,但决不会令人信服。

11

只要无法抵御恐惧、自我陶醉、贪婪、虚荣、野心等让一些人饱受奴役、让另一些人堕落的邪恶思想,人们就总会生活在这样一个社会中——既存在欺骗者和暴力分子,又存在被欺骗者和暴力受害者。人们虽然在内心深处能够认识到这一点,知道只能通过努力才能达到目标,却依然寻求达到目标的捷径。

人们应该通过自己的努力来表明自己对世界的态度以及维护世界秩序的态度;要将自己对待他人的态度建立在永恒的原则之上,即己所不欲勿施于人。必须抑制内心那些邪恶的欲望,因为这些欲望会让我们屈从于他人。既不要凌驾于他人之上,也不要对别人低三下四,甘愿为奴。不要伪装自己,也不要撒谎,更不要因为恐惧或者为了谋私利而背离良心的最高准则。以上这些都要通过努力才能实现。

但是,如果你只是凭想象而去建立某种秩序,希望这种秩序能引导所有的人——也包括我自己——去实现正义,获得所有的美德。而且,为了达到这一目的,不经大脑思考,只是重复某个组织所训导的话,陷入整日奔波、四处辩论、掩耳盗铃、虚情假意、无谓争吵等这些琐事之中。那么,其实你根本不需要付出努力,因为这些事情都会自然而然地发生。

时下出现了所谓通过改变外部秩序从而改善我们社会生活的学说。根据这一学说,人们不用努力就能取得原本需要通过努力才能取得的成果。这一学说自出现以来一直带给人类深重的灾难,阻碍了人类社会追求完善的步伐。

二、因为对邪恶的理解因人而异,所以使用暴力手段对抗邪恶是不可行的

1

毫无疑问,因为每个人对邪恶的理解不同,以暴制暴,用另一个邪恶来对抗不同的人所理解的不同的邪恶,不仅不能消除邪恶,反而会助长邪恶的力量。比方说,张三认为李四的所作所为是邪恶的,他会觉得自己可以理直气壮地对李四作恶。同此理,李四也可以这样认为,他也会理直气壮地对张三作

恶。而这样一来，邪恶的力量只会越来越强大。令人费解的是，人类可以掌握星际间关系的知识，却无法理解这个简单的道理。为何会这样呢？这是因为人们迷信暴力可以有效解决问题。

2

如果我可以通过使用暴力强迫一个人去做那些我认为是善良的事情，那么另一个人同样可以使用暴力强迫我去做他认为是善良的事情。即使我们两个人认为的所谓善良的事情可能不一样，甚至是截然相反的两件事，那个人也会这样去做。

3

人无论如何都不能使用暴力，即使为了所谓的善事也不行。这种学说是合理的，因为对善与恶的理解因人而异。在某些人眼中的邪恶行为也许只是虚幻的（有些人认为这些邪恶行为是善良的行为）。为了消灭自己认为的邪恶而以暴制暴，通过诸如殴打至残、剥夺自由乃至剥夺生命等手段实现消灭邪恶的目的，这才是真正的邪恶。

4

如何界定善与恶呢？人们对此争论不休。基督教学说就此问题做出解答：因为人们无法断定什么是邪恶，所以就不能使用暴力去消灭他认为的所谓邪恶。

5

使用暴力手段去改变他人的生活，其主要危害在于：一旦你认为为了其他人的利益而对一个人使用暴力合情合理，那么按照这个逻辑，邪恶也会不受限制地恣意妄行。旧时代里的残酷刑罚、党同伐异以及奴隶制等都是建立在这种谬论的基础上。如今的战争也是在这种谬论的引导下爆发的，结果令无数生灵惨遭涂炭。

三、暴力无效论

1

使用暴力强迫人们停止作恶就像修筑堤坝拦截河水——水位被控制在堤坝以下,人们或许会高兴一时。但是,过了一段时间,水流就会漫过堤坝,奔流如初。同样,使用暴力惩罚作恶者,作恶者也不会停止作恶,他们只是暂时偃旗息鼓,等待时机再次作恶。

2

我们痛恨那些强迫我们、剥夺我们权利的人。我们热爱那些谆谆教导、乐善好施的人。只有那些野蛮人以及愚昧无知的人才会依靠暴力解决问题,圣贤则不会。欲诉诸暴力者,需煞费心机找来各种辅助手段;而谆谆教导者,则无须任何辅助。胸有成竹、以智取胜者,无须诉诸暴力;只有色厉内荏、无力服众者才会诉诸暴力。

——苏格拉底

3

欲厌弃所谓有益之事,需采用暴力手段强迫他人为之,是为上策。

4

众所周知,想要改变生活使其变成自己理想中的生活非常不易。可是一旦谈到别人时,我们就都会认为只要采用恐吓或命令的手段,别人的生活就会变成自己理想中的样子。

5

暴力是无知者的工具,无知者借助暴力强迫其追随者违背天性作恶。然而就像迫使水往高处流毫无意义一样,暴力工具一旦停止运行,其效用也就消失了。指导人类活动的方式只有两种:一是了解他人的意愿,以理服人;二是强迫别人违背其意愿。

第一种方式通过经验证明切实可行,并取得圆满成果。而第二种方式通常会被无知利用，结果总是令人失望。婴儿啼哭要拨浪鼓的行为即是暴力行为。父母打孩子也是使用暴力手段强迫孩子变好。醉酒丈夫殴打妻子，其初衷是想通过暴力手段驯服她。人们惩罚恶人，是想通过暴力让世界变得更加美好。一个人与另一个人打官司，是想通过暴力的手段为自己讨回公道。牧师布道时提到地狱中饱受折磨的恐怖景象，其目的也是想通过暴力手段唤醒人们的灵魂，共同奔赴天国。而尽管明知是不归路，无知却从古至今顽固地坚持诱导人们使用暴力，这就令人百思不得其解了。

——库姆

6

众所周知，所有的暴力都是邪恶的行为。然而，为了阻止人们使用暴力，我们这些声称要获得最高尊重的人，除了采用最恐怖的暴力手段以外，毫无办法。

7

使用暴力强迫人们服从公平原则也许有效，但是无法证明使人屈从于暴力是正义之举。

——帕斯卡

四、"生活秩序建立在暴力基础之上"的谬论

1

某些人可以强迫其他人去做他们认为有利的事情，而不是去做被强迫的人认为有利的事情，这种理论是多么荒唐可笑啊！生活中所有的不幸都是源于这种谬论。一群人一方面强迫其他人假装喜欢被命令做的事情；另一方面却利用各种暴力手段禁止其他人进行伪装。他们坚信自己强迫其他人所做的事情是有用的，值得所有人，甚至包括被强迫的人称颂。

2

如此众多的受害者都成为暴力祭坛上的牺牲品,其数量之大,甚至可以装满二十个星球!即使如此,暴力对改变生活状况起到多大作用呢?一点作用都没有!除了让人们的生活状况变得更加糟糕之外,暴力什么目标都没有实现。然而,暴力如今依旧被暴徒们奉为圭臬。在血腥的祭坛上,人类似乎早已下定决心在声震云霄的战鼓声中、在隆隆的炮火声中、在血流成河的呻吟声中顶礼膜拜了。

——巴罗

3

非暴力不抵抗法则的反对者们声称:"自卫本能是大自然的第一法则。" 我同意这种说法。不过我想问问他们:"这又能说明什么呢?"我认为,对以毁灭作为要挟的一切东西进行的自我防御成为大自然的第一法则。由此可见,斗争以及每次斗争的结果,即弱势群体的毁灭,就是自然法则。而这种法则毫无疑问是为战争、暴力和惩罚辩护的。因此,自我防卫法则最直接的结论和后果就是:自我防御是合法的,因此非暴力不抵抗法则是错误的,也是反自然的,必定不适合在地球上存在。

我认同"自卫本能是大自然的第一法则"这种学说,而且正是这一法则引发了自我防御。我也承认人类是假借自我防卫和报仇的旗号,以低等生物为榜样,互相讨伐、互相伤害甚至互相残杀。但是我看到,人类不顾原本容易接受的高级人性法则,依然我行我素,继续按照人类的动物性法则生活。而且令人遗憾的是,大多数人都这样做。他们还因此剥夺了自我防卫最为有效的手段:以德报怨。如果他们不按照动物性的暴力法则而是按照人类爱的法则生活的话,原本是可以利用这种手段的。

——巴罗

4

显而易见，暴力和杀戮引起了人们的愤怒，他们的第一反应就是本能地使用暴力和杀戮去反暴力、反杀戮。这些行为，尽管与动物本能相仿，而且毫无理性可言，却并不荒唐，也不自相矛盾。然而，要是为这些行为辩护却毫无道理。一旦那些安排我们生活的人试图用他们所建立的理性原则来证明这些行为是正义的，就必然会发现他们为此要被迫建立一套狡诈和复杂的谎言与妄想，以掩盖他们毫无意义的企图。这些借口中最主要的一个方式就是：他们想象出来的一个强盗，在我们面前折磨并屠杀无辜的人。

为暴力辩护的人宣称："你可能会因为相信暴力不合法而献出生命；但是你现在正在牺牲他人的生命。"但是，要知道，这样的强盗鲜见，很多人活到一百岁也未曾遭遇过在他们眼前滥杀无辜的强盗。为什么我要把自己的生活准则建立在这样一种虚幻的基础上呢？抛开虚幻，回到现实，我们会有截然不同的发现。我们会看到，其他人，甚至也包括我们自己都犯过最残忍的罪恶。这些人并非像臆想中的强盗那样孤军作战，而是成群结队地作恶。这些人并不像强盗那样是真正的罪犯，而是因为深受暴力合法迷信的影响才去作恶。

我们还会看到，最残忍的行为并不是从想象中的强盗那里产生的，而是从那些把生活准则建立在假想的强盗上的人中间产生的。一个对生活加以思考的人肯定会看到，人与人之间的邪恶产生的原因并不是哪个假想中的强盗，而是源自人类自己的错误。由此引发的最大罪恶就是：我们会以平空臆想的邪恶的名义真正去作恶。认识到这一问题的人，就会引导自己去彻底铲除罪恶之根源。而当他去完成这一使命时，就会发现在他眼前展现的是一项伟大而富有成果的任务。他永远都不会明白自己为何还需要一个假想的强盗。

五、迷信暴力的严重危害

1

人们为了抵御邪恶而采用暴力所造成的危害,远比他们纯粹为了自卫而采取暴力所造成的危害小得多。

2

不仅仅是基督,世界上来自诸如婆罗门教、佛教、古希腊等所有的圣贤都曾教导人们,有理性的人不该以暴制暴;相反,他们应该以德报怨。但是靠暴力为生的人却认为,不能以德报怨,否则生活会因此变得更加糟糕。就他们自身而言,这样想没有什么错误;但是对于那些饱受暴力之苦的人来说,这样想就非常错误了。从世俗的角度来看,以德报怨的做法会让以暴力为生的人生活变得更加糟糕,但是会让其他人的生活变得更加美好。

3

全部基督教的学说就是教导人们一心向善,奉献爱心。为别人付出爱意味着按照你希望别人对待你的方式去对待别人。因为人们都不希望被强迫,所以你对待他人的态度,也要像你希望他人对待你时的态度一样。无论什么时候,都不要使用暴力去伤害他人。

如果说基督教徒一方面认可并遵从基督教学说,另一方面却认为可以对任何人使用暴力,这就好比一边拿着钥匙并未将其插入锁眼中能转动的位置,一边却声称钥匙已经物尽其用、完成它的使命了。不承认任何情况下都不得使用暴力这个原则,基督教所有的学说都不过是空话连篇。如果按照暴力学说去实践基督教教义,那岂不是像现在的基督教徒那样可以在战争中肆意折磨、劫掠、杀戮几百万人,却不能承认自己是基督教徒。

4

恪守非暴力不抵抗的准则不易,但是遵从斗争与复仇的学说不难。这是为什么呢?要想回答这个问题,只要翻开任何一个民族的历史,看一看有关依照战争法则进行的成千上万次战争，了解一下其中任何一次战斗就能明白：这些战争夺走了亿万人的生命。在这些战争中丧失的生命远比在历史长河中因为奉行非暴力不抵抗准则而丧失的生命总数还要多。

——巴罗

5

暴力激起人们之间的仇恨。使用暴力自我防卫的人，不仅不能保护自己，反而会把自己置于更大的危险之中。因此，使用暴力进行自我防卫不合理，也没有效果。

6

任何暴力行为都只会惹怒他人，却不能令人屈服。因此，显而易见，不能使用暴力去改造他人。

7

假如有这样一个问题：人们如何能够摆脱道德约束、犯下滔天罪行却毫无愧疚感？那么恐怕除了迷信暴力能够带给人民的福祉的学说之外，再没有其他更行之有效的手段了。

8

"有些人可以依靠暴力去安排别人生活"的谬论相当有害，因为信奉这种谬论的人不再去分辨善与恶。

9

暴力只会创造一种所谓正义的假象，然而这样做只能让人永远无法生活在没有暴力的公平世界中。

10

为什么基督教会退化到如此卑劣的地步？为什么道德水平会如此下降？只有一个原因，即信奉暴力。

11

我们看不到暴力所有邪恶的本质，因为我们向它屈服。暴力，就其本质而言，不可避免地会导致谋杀。如果一个人对另一个人说："去做这件事！否则，我就强迫你去按照我的意志去做。"这只能说明：如果你不严格按照我说的去做，我就会杀死你。

12

人们离经叛道，背离天国的精神使用暴力去建造天国，这才是天国在尘世间建成过程中最大的障碍。

六、只有借助非暴力不抵抗准则，人类才能用爱的法则代替暴力法则

1

"你听到有人说，以眼还眼，以牙还牙。只是我要告诉你们，不要与恶人作对。有人打你……"这句话的意思非常清楚，无须解释或说明，人人都可以理解。这句话的意思是说：基督摒弃了暴力法则，也就是"以眼还眼，以牙还牙"的法则，因此也就摒弃了一切建立在暴力基础之上的世界秩序。基督用全新的爱的法则代替了暴力法则，提倡人人平等，毫无差别。他由此建立了世界新秩序，这种新秩序不是建立在暴力基础之上的，而是建立在人人平等的爱的法则基础之上的。

有些人理解了基督教学说的真正含义，并且预见到如果按照这种学说指导生活，他们曾经享有过的或正在享受的全部利益将全部化为泡影。于是，他们便将基督钉在十字架上，又把基督的门徒也钉死在十字架上。而另外有些同样掌握了基督教学说真理的人，却凛然走上十字架，或者前赴后继奔赴十字架，推动着世界新秩序继续沐浴在爱的法则之中。

2

认为不可采取以恶制恶法则的学说并非什么新学说，它只不过是指出人

们违反了爱的法则；只不过是向人们说明：无论出于复仇的动机，还是出于把自己或他人从罪恶中拯救出来的目的，凡是允许对他人采取的任何暴力行为，都与爱的法则水火不容。

3

渴望使用暴力手段改善人们生活的做法，恰恰极大阻碍了生活的改善。而人与人之间的暴力行为正是试图唆使人们放弃利用唯一正确方式改善自身生活的始作俑者。

4

只有那些从安排别人生活中获益的人才会相信，暴力能改善人们的生活。而陷入这种暴力迷信泥沼中的人们应该清楚地看到，只有对每个人内心的灵魂进行改造，人生才能达到完善；而暴力行为却只能让人生变得更加惨淡。

5

一个人越是对自己或者自己的生活不满意，他就越是要在社会生活中表现自己。要想不陷入这样的误区，一个人就需要理解并牢记：尽最大可能不去命令或安排别人的生活，就像别人也无权安排他的生活一样。他与其他人一样，都只有权追求自身的完善。只有人人完善自我，才能去影响别人的生活。

6

人们的生活之所以经常陷入困顿之中，就是因为他们总是想要安排别人的生活，而不去完善自我。他们似乎认为自己的生活微不足道，因此不如其他人的生活重要。但是他们忘记了一点：他们有权安排自己的人生，却无权干涉别人的生活。

7

假如人们现在把时间和精力都用在对抗自身的罪恶上，而不是消耗在安排他人的生活上，那么他们努力追求的目标——建立完美的生活秩序，很快就会实现。

8

人只能自己管理自己，只能有权按照自己认为正确方式合理安排自己的生活。然而，大家都在忙着安排别人的生活。正因为他们总是为别人奔波忙碌，他们自己也只好屈从于别人为他们安排的生活。

9

借助暴力手段安排别人的生活、而不去完善自我的做法，就如同不用水泥，而是用粗糙的石头垒砌坍塌的楼房。无论石头堆砌得多么高，楼房终究免不了再次轰然倒塌的厄运。

10

被问及在哪里出生时，哲学家苏格拉底回答说："我在大地上出生。"被问及来自于哪个国家时，他回答说："我来自宇宙。"我们必须牢记：在上帝面前，我们都是同一个大地上的住民，也都沐浴在同一个法则——上帝的法则之下。

11

没有人既是工具，又是目的。人的价值正体现于此。既然他不能随意对待自己的生活（这有悖其尊严），那么他也同样无权安排他人的生活。换句话说，一个人必须要承认每个人身上存在的人类的尊严，因此必须尊重每个人。

——康德

12

如果人只有使用暴力才能影响到他人，那么人的理性还有什么用处呢？

13

人是有理性的生命体，因此才能依靠理性来指导自己的生活，而且最终也会以自由换取暴力。但正是每一次的暴力行为阻碍了人类迈向这种自由的进程。

14

人总是对来自于外部的、别人身上的邪恶深恶痛绝，对自身存在的邪恶却无动于衷，不加抵制——其实自己完全有能力去抵制自身的邪恶。听起来这真是令人百思不得其解。

——马可·奥勒留

15

可以以理服人，或者树立榜样教育他人，但是不能依靠暴力强迫他人去做违背他们意愿的事情。

16

如果人们活着就为了拯救自己而不是拯救世界；就是为了解放自己而不是解放全人类，那么他们才能真正为全世界、全人类的解放做出贡献！

——赫尔岑

17

只有以灵魂为生，先完成内心的目标，每个人才能自觉有效地为公共生活服务。

18

人们在年轻时相信人类的使命就是不断追求完美；也相信改造全人类、消灭所有的罪恶和苦难不仅可能、甚至很容易做到。这些幻想并不可笑，恰恰相反，它们要比沉湎于谬论中无法自拔的成年人的想法包含更多的真理。这些存有幻想的人一反常人所经历的历程而特立独行；当他们垂垂老去时，便会告诉其他人不要期望太高，不要努力追寻，只需要像动物那样生活。

这些年轻人所持幻想的错误在于：他们把自身和灵魂追求完善的责任全部推卸到别人身上。去完成自己的事业吧，提高并完善灵魂，同时坚信只有这样才能最大限度地帮助人类改善共同的生活。

19

如果看到社会秩序混乱不堪,你想去改造它,那么请记住,只有一种方法可行,即让所有人变得更好。而要想让所有人变得更好也只有一种方法,即先完善自己。

20

在任何出现暴力的情况下,只要用理性加以劝说,你就会减少在尘世间的损失,在精神层面上也会遥遥领先于其他人。

21

假如我们只能看到那些破坏我们幸福的事物,那么我们的生活也会非常美好。但是,破坏我们幸福生活的最主要的元凶是迷信暴力能带来幸福。

22

社会的安定与幸福仅仅取决于社会成员的道德水平。但是道德是建立在爱的基础之上的,而爱与暴力是格格不入的。

23

对于生活在基督教世界里的人们来说,即将出现的生活秩序的变化,是建立在爱的法则基础上的,爱的法则取代了暴力法则。这种变化还体现在:幸福生活是建立在爱的基础之上的,而不是建立在暴力以及对暴力的恐惧基础上的。这种变化有可能、甚至是很容易实现,但是绝对不会依靠暴力实现。

24

一个人可以按照基督教的方式生活,也可以按照撒旦的方式生活。按照基督教的方式生活,就是按照人性的方式生活——去爱人民,做善事,以德报怨。而按照撒旦的方式生活,就是过动物般的生活——自私自利,以恶制恶。越是按照基督教的方式生活,人们生活中的爱与幸福就会越来越多。

越是按照撒旦的方式生活,我们生活中的苦难就会越来越多。爱的戒律为我们指引了两条道路:一条是真理之路,也就是基督之路——通往美好生活之路；另一条则是虚妄伪善之路，也就是死亡之路。尽管放弃利用暴力方式进行自我防卫看起来很可怕，但是这毕竟是一条通往救赎的道路。

放弃使用暴力并不意味着就要放弃维护你的个人生活、劳动以及周围人的生活和劳动，而只是以一种不违背常理和爱的方式对他们加以保护，即通过唤醒前来破坏的恶人心中那善良的情感来保卫自己及他人的生活和劳动。要想做到这一点，人们首先自己必须做到善良且富有理性。比如，如果我看到一个人要杀死另一个人，我最应该做的事情就是替那个受到威胁的人的着想，让自己处于受威胁境地，去保护受害者，掩护他。如果有可能的话，我还会去救他，把他带到安全的藏身之处，让他躲藏起来，就像从熊熊烈火中救出奄奄一息的人，或是从水中救出溺水者一样——要么自己赴汤蹈火，要么救人于水火之中。

如果我不能放弃暴力，那说明我是有过错的罪人。但这并不能说明我就是头野兽，必须以作恶的方式来为自己的行为辩护。

——俄罗斯宗教慧语

七、教会的学说是对基督提出的"非暴力不抵抗"戒律的歪曲

1

异教徒之间的法律与秩序是建立在复仇与暴力的基础之上的，这种法律与秩序不可能是别的什么东西。看来我们社会必然会是建立在爱与非暴力的基础之上的。然而，暴力依旧四处横行。为什么会这样呢？因为目前所奉行的基督教学说并非基督本人的学说。

2

值得注意的是，那些不理解基督教学说的人尤其憎恨非暴力不抵抗的说法，因为这种说法扰乱了他们业已形成的生活秩序，令他们不悦。所以，那些不愿意改变原有生活秩序的人，就把这个爱的基本法则，解释为一条特殊的法

则,将其称之为"独立于爱的法则之外的戒律"。他们要么想尽办法修改它,要么干脆拒绝接受它。

3

我们应该把基督"爱那些恨我们的人,爱我们的敌人,禁止使用任何形式的暴力"的学说按照其原意理解呢?还是理解为善良、谦卑以及爱的学说呢?抑或是理解为其他别的意思?如果还有别的什么意思,那么它说明了什么呢?似乎没人愿意这样做。这说明什么呢?这说明那些自称为基督教徒的人妄图对自己、也对他人掩盖基督教学说的真实含义——因为如果按照基督教学说原意去理解的话,他们原本的生活秩序就要被打乱了,而他们本来就是这种生活秩序的既得利益者。

4

自称为基督教徒的人根本不承认非暴力不抵抗戒律具有法律约束力。他们教唆人们:不用遵守这种戒律,而且一有机会便可违背。然而,他们却不敢说他们不承认这个简明扼要的戒律与基督教全部学说,即善良、谦卑、忍受苦难、自我奉献以及爱自己的仇人等的学说是不可分割的。而失去了这个戒律,全部基督教学说就只是连篇空话。这样的基督教导师们一千九百多年以来一直宣扬鼓吹基督教学说,然而世界上的人们依然过着非基督教徒的生活。产生这个不可思议现象的原因,除了上述原因之外,再没有其他原因。

5

世界上每个读福音书的人心里都清楚,福音书禁止以任何借口对他人作恶,即无论复仇、保护或是为了拯救他人,都不能成为对他人作恶的理由。因此,如果一个人想要继续保持其基督徒的身份,就必须在以下两件事中选择一件去完成:要么改变他建立在暴力基础之上的全部生活习惯,即对他人作恶;要么以某种方式对自己隐瞒基督教学说的要求。因此,人们很容易接受虚假的基督教学说,也就是那些以种种虚假的形式伪造而成的基督教学说。

6

接受基督教学说的人竟然对在所有情况下禁止使用暴力的法则感到愤怒,这真令人感到不可思议。生活的意义和真实生活中的一切活动都是爱的体现。认可这一原则的人却因为有人为他指出一条获得爱的无可置疑的光明之路,或者因为有人指出诱导他误入歧途的极度危险的错误而感到震怒。凡此种种,难道不令人感到奇怪吗?上述做法,就像是一位航海者因为有人为他在礁石与暗礁之中指出一条安全可行的通道而感到愤怒一样。他反而会说:"何必如此呢?也许我正想让船搁浅呢。"而那些认为在不得已的情势下使用暴力以恶制恶的人也正是这样为自己辩解的。

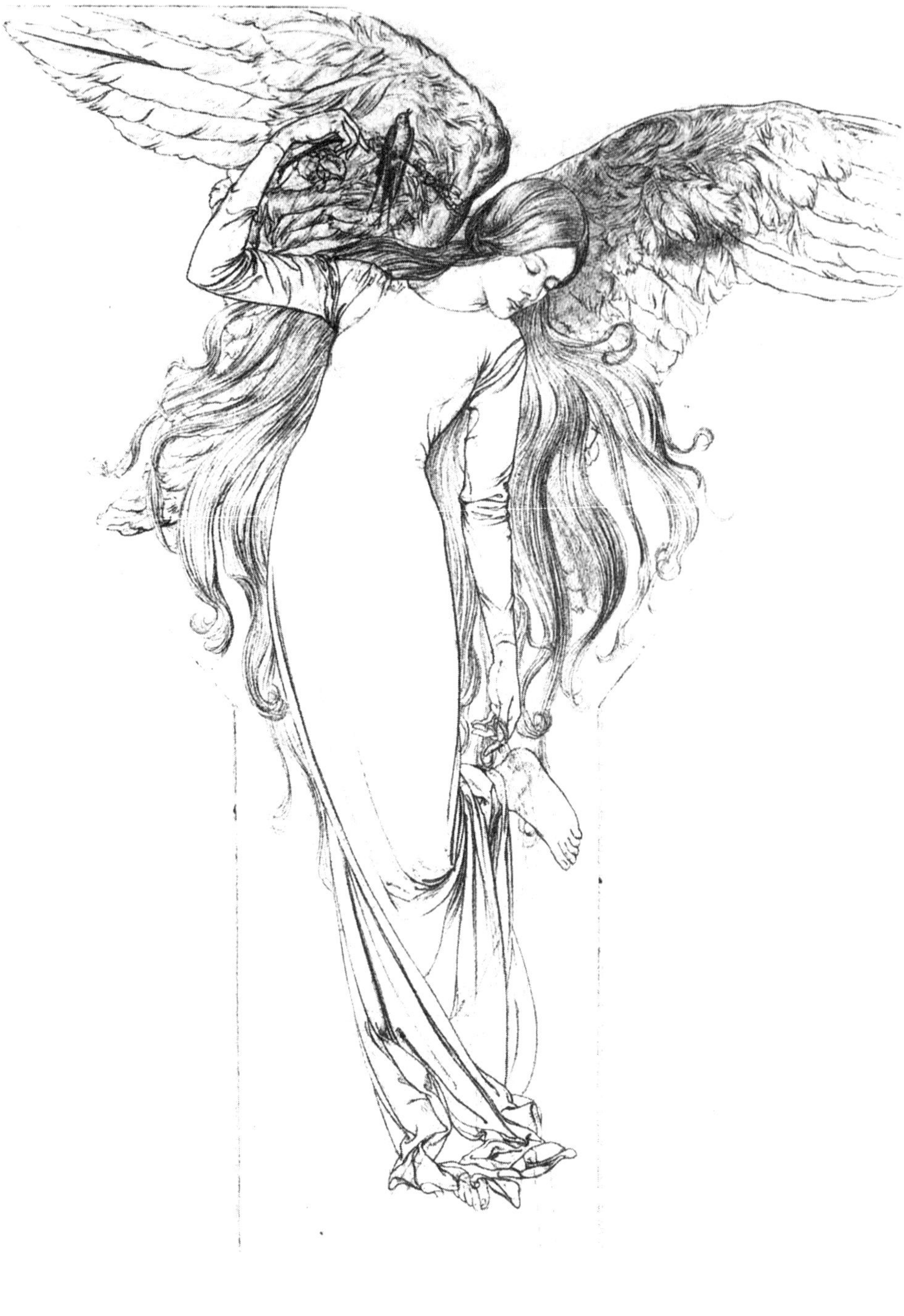

江苏文艺
世界大师
果壳宇宙

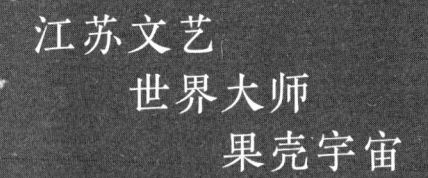

热情

情怀 勤勉 革新

善良 豁达 澄明 睿智

沉稳 平衡 神秘

浪漫

人类的过去，书写在这里；你的未来，藏在你读过的书中。

人类是一根连接在兽类与超人中间的绳索——
一根悬于深渊上的绳索。
人类之伟大，在于它是桥梁而非终点；
人类之可爱，在于它是过渡也是没落。

每个不曾起舞的日子都是对生命的辜负/尼采

荣光时刻/丘吉尔

不要因为走得太远而忘记为什么出发/纪伯伦

这里有我对生命全部的爱/加缪

Aries

这个世界既不属于富可敌国者,
也不属于权势滔天者,
它属于那些有心人。

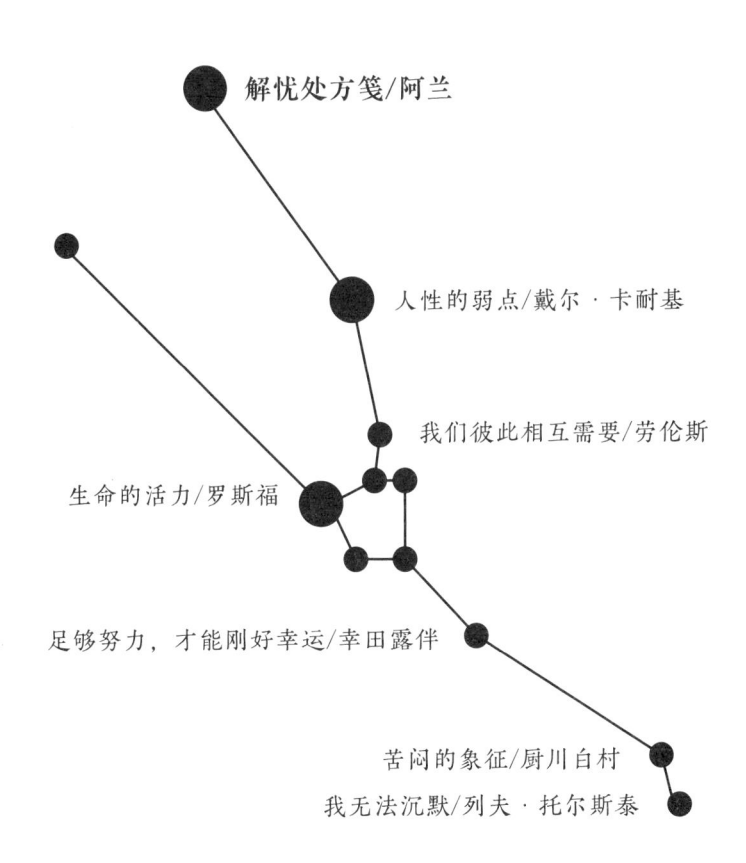

解忧处方笺/阿兰

人性的弱点/戴尔·卡耐基

我们彼此相互需要/劳伦斯

生命的活力/罗斯福

足够努力,才能刚好幸运/幸田露伴

苦闷的象征/厨川白村

我无法沉默/列夫·托尔斯泰

Taurus

生活的不确定性,正是希望的源泉。

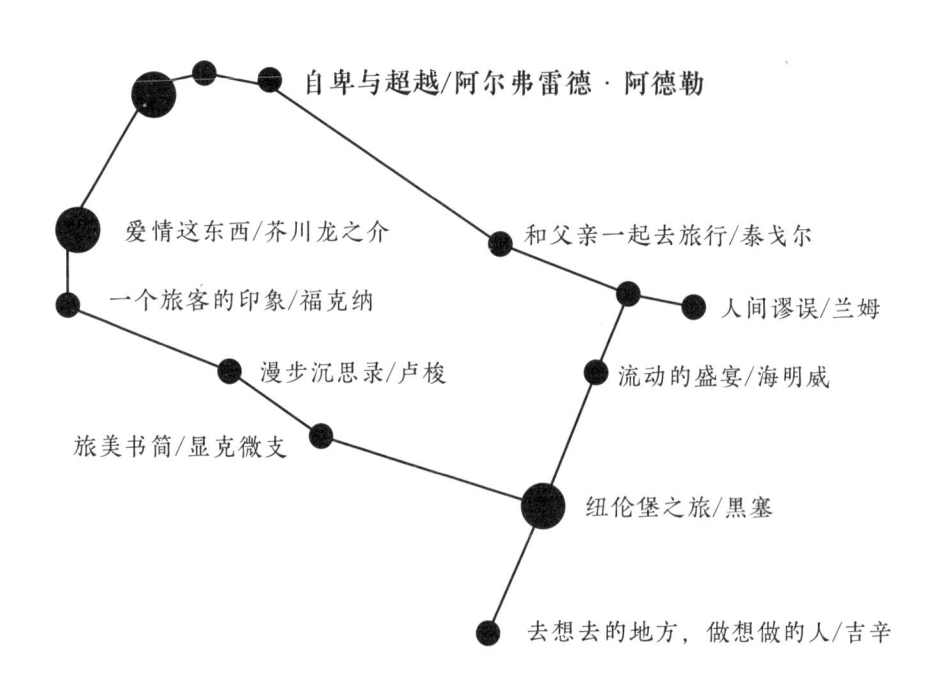

自卑与超越/阿尔弗雷德·阿德勒

爱情这东西/芥川龙之介

和父亲一起去旅行/泰戈尔

一个旅客的印象/福克纳

人间谬误/兰姆

漫步沉思录/卢梭

流动的盛宴/海明威

旅美书简/显克微支

纽伦堡之旅/黑塞

去想去的地方,做想做的人/吉辛

坚定你的信念吧，天会破晓；希望的种子深藏于泥土，它会发芽；
白天已近在眼前，那时——
你的负担将变成礼物，你受的苦将照亮你的路。

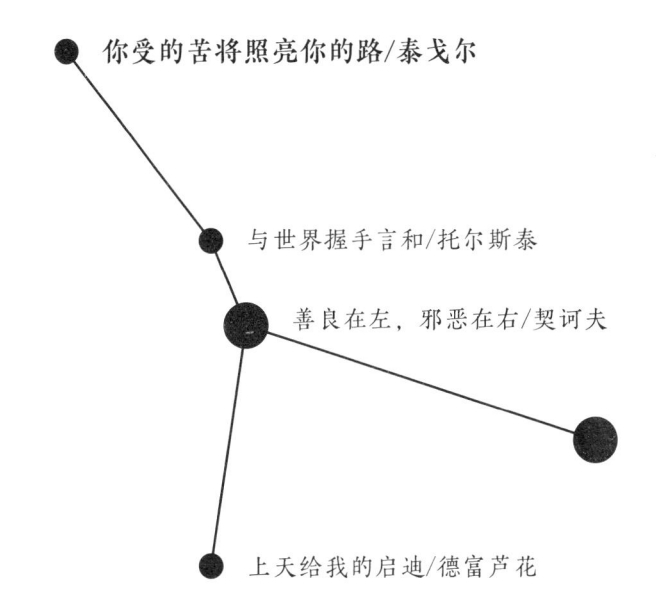

你受的苦将照亮你的路/泰戈尔

与世界握手言和/托尔斯泰

善良在左，邪恶在右/契诃夫

上天给我的启迪/德富芦花

诗意地理解生活，理解我们周围的一切——
这是童年最可宝贵的馈赠。

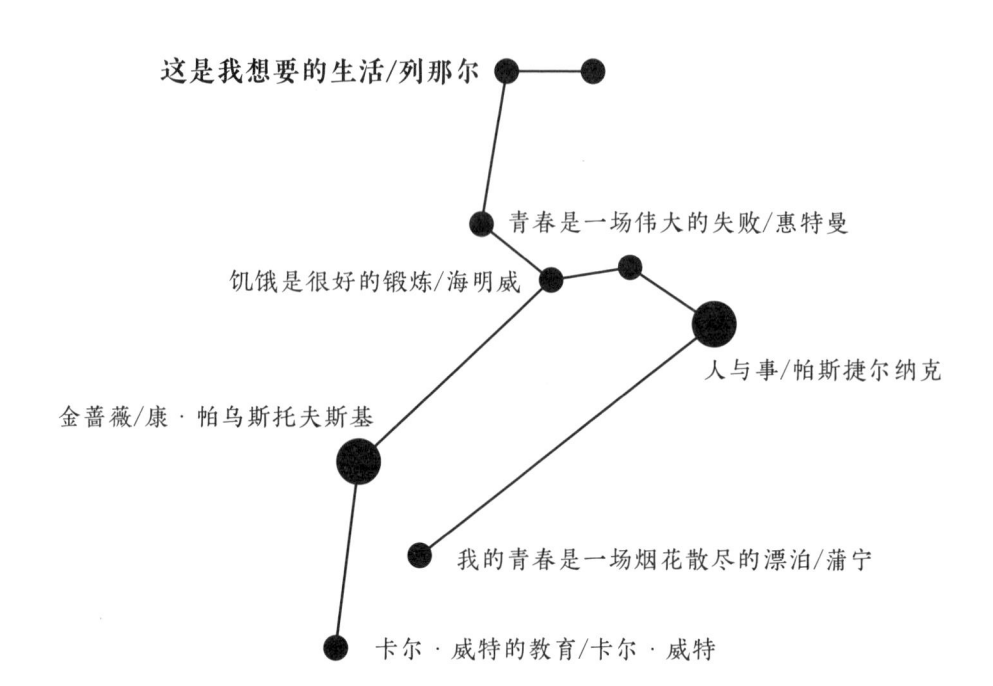

这是我想要的生活/列那尔

青春是一场伟大的失败/惠特曼

饥饿是很好的锻炼/海明威

人与事/帕斯捷尔纳克

金蔷薇/康·帕乌斯托夫斯基

我的青春是一场烟花散尽的漂泊/蒲宁

卡尔·威特的教育/卡尔·威特

我们在这世上的时日不多，
不值得浪费时间去取悦那些卑劣庸俗的流氓。

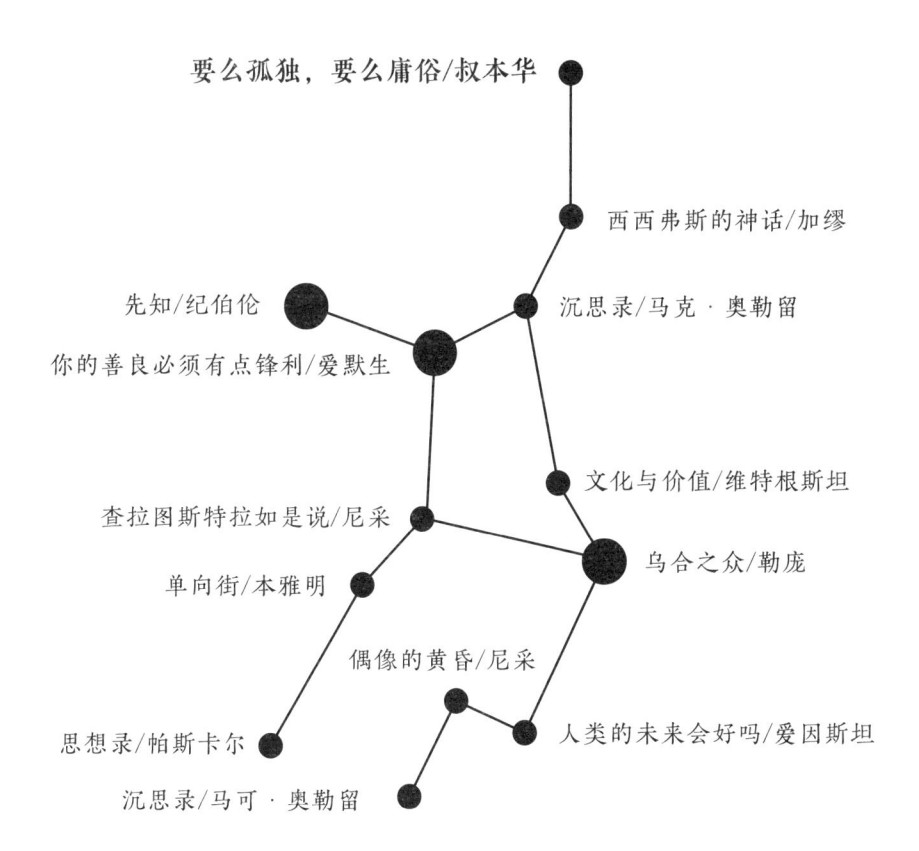

要么孤独，要么庸俗/叔本华

西西弗斯的神话/加缪

沉思录/马克·奥勒留

先知/纪伯伦

你的善良必须有点锋利/爱默生

文化与价值/维特根斯坦

乌合之众/勒庞

查拉图斯特拉如是说/尼采

单向街/本雅明

偶像的黄昏/尼采

思想录/帕斯卡尔

人类的未来会好吗/爱因斯坦

沉思录/马可·奥勒留

"可能"问"不可能"道:"你住在什么地方呢?"
答曰:"我就在那无能为力者的梦境里。"

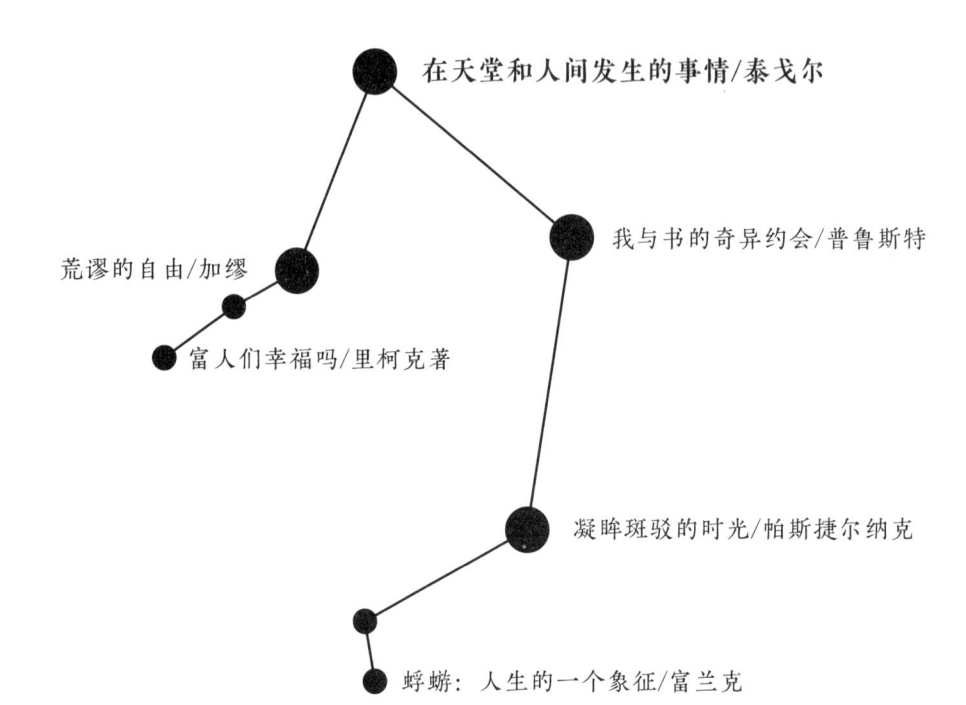

在天堂和人间发生的事情/泰戈尔

我与书的奇异约会/普鲁斯特

荒谬的自由/加缪

富人们幸福吗/里柯克著

凝眸斑驳的时光/帕斯捷尔纳克

蜉蝣:人生的一个象征/富兰克

神秘

这莫名其妙的世界啊,无论如何令人愁肠百结——
她,总还是美的。

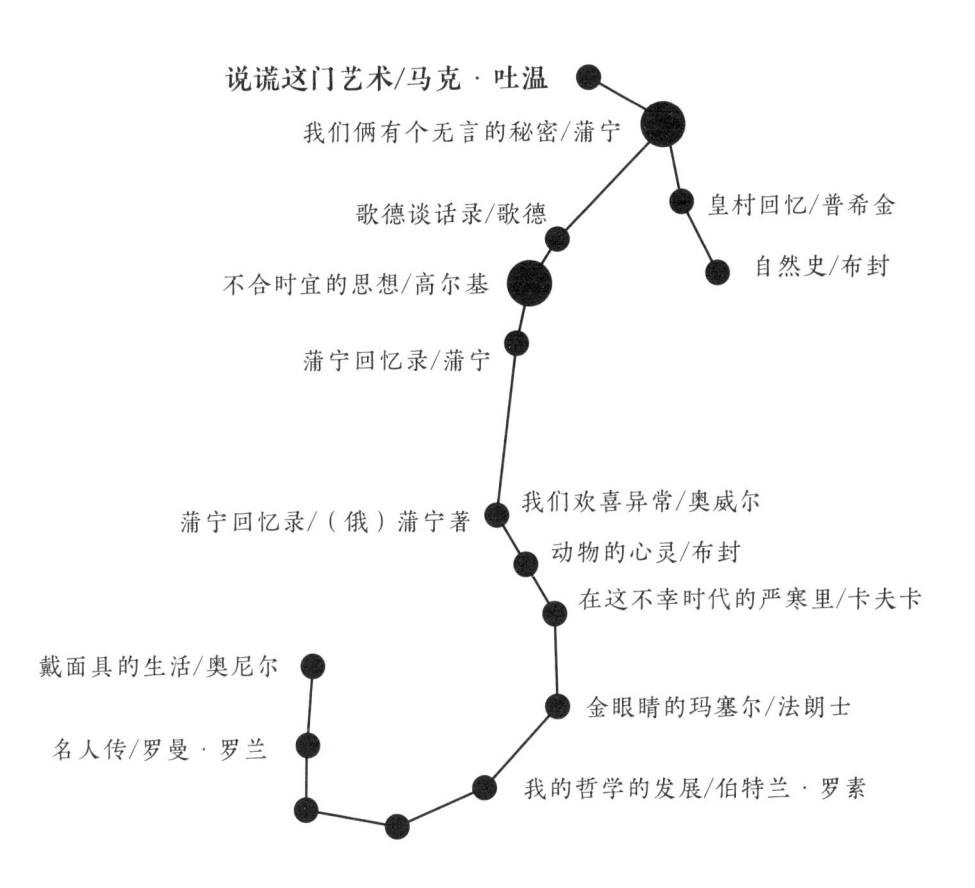

说谎这门艺术/马克·吐温

我们俩有个无言的秘密/蒲宁

歌德谈话录/歌德　　　　　　皇村回忆/普希金

不合时宜的思想/高尔基　　　　自然史/布封

蒲宁回忆录/蒲宁

蒲宁回忆录/(俄)蒲宁著　我们欢喜异常/奥威尔

动物的心灵/布封

在这不幸时代的严寒里/卡夫卡

戴面具的生活/奥尼尔

名人传/罗曼·罗兰　　金眼睛的玛塞尔/法朗士

我的哲学的发展/伯特兰·罗素

Scorpio

世界上最宽阔的是海洋，
比海洋更宽阔的是天空，
比天空更宽阔的是人的胸怀。

愿你爱的人恰好也爱着你/雨果

世界之外的任何地方/波德莱尔

丢失的行李箱/黑塞

一个人在世界上/爱默生

三个世界的西班牙人/希梅内斯

我用爱意给孤独回信/卡夫卡

做一个世界的水手，游遍每个港口/惠特曼

在密西西比河岸旁/马克·吐温

意大利的幽默大师/皮兰德娄

从大海到大海/吉卡林

东西世界漫游指南/E.V.卢卡斯

Sagittarius

谁将声震人间，必长久深自缄默；
谁将点燃闪电，必长久如云漂泊。

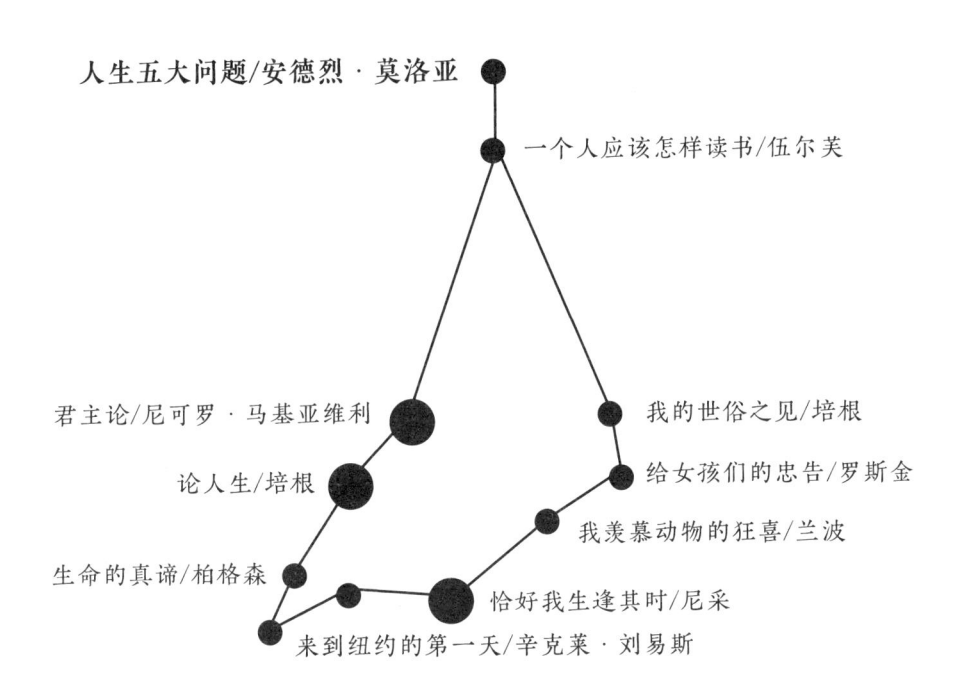

人生五大问题/安德烈·莫洛亚

一个人应该怎样读书/伍尔芙

君主论/尼可罗·马基亚维利

我的世俗之见/培根

论人生/培根

给女孩们的忠告/罗斯金

我羡慕动物的狂喜/兰波

生命的真谛/柏格森

恰好我生逢其时/尼采

来到纽约的第一天/辛克莱·刘易斯

Capricorn

我们的整个生命是一场惊人的道德之争，
人，你本该活得荣耀。

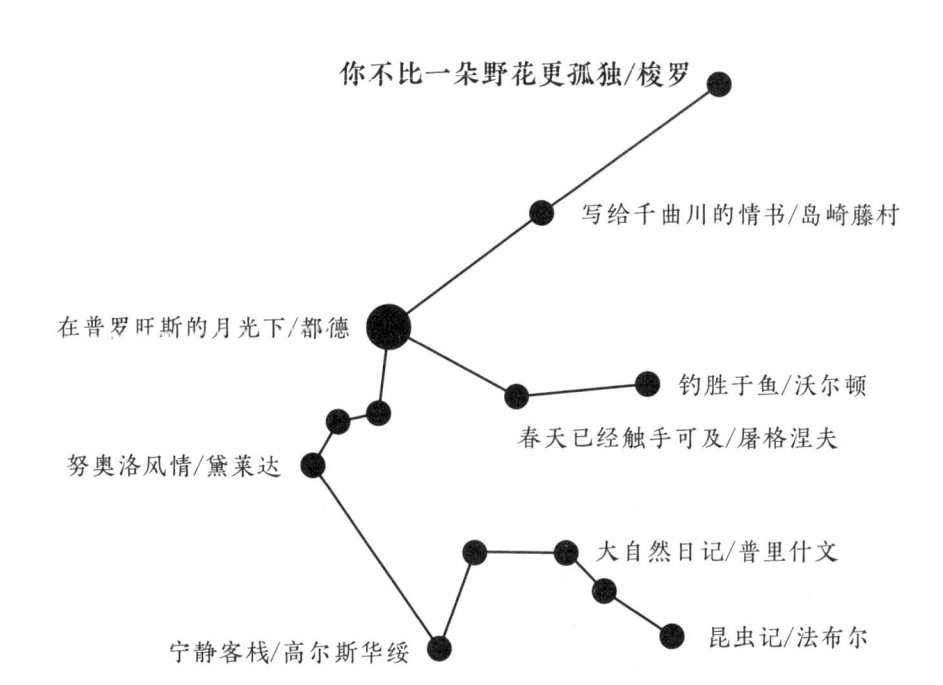

你不比一朵野花更孤独/梭罗

写给千曲川的情书/岛崎藤村

在普罗旺斯的月光下/都德

钓胜于鱼/沃尔顿

春天已经触手可及/屠格涅夫

努奥洛风情/黛莱达

大自然日记/普里什文

昆虫记/法布尔

宁静客栈/高尔斯华绥

Aquarius

你我相知未深，

因为我不曾与你同在一片寂静之中。

我想为你连根拔除寂寞/夏目漱石

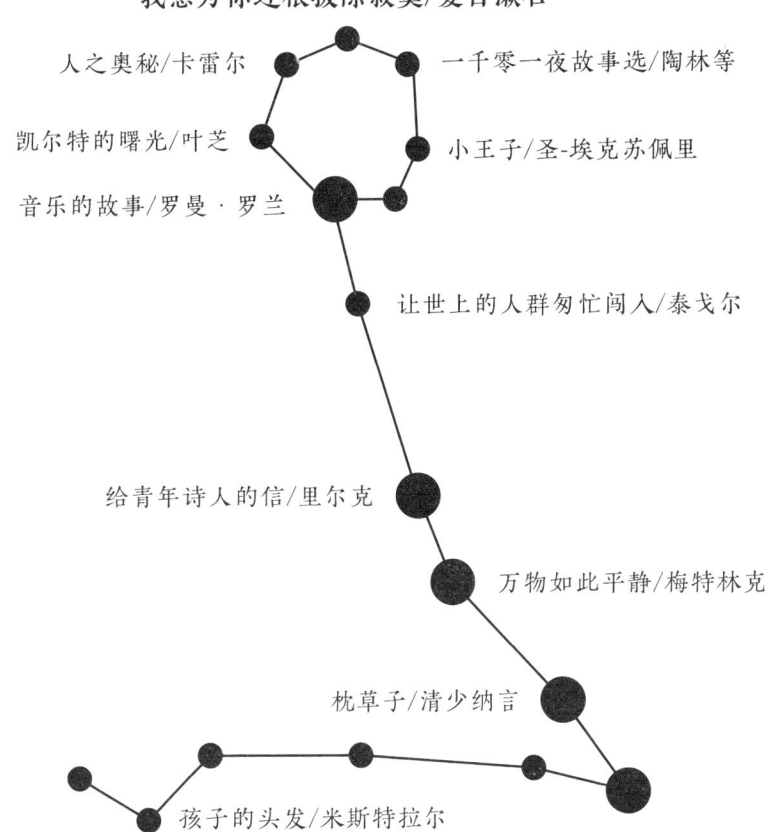

人之奥秘/卡雷尔　　　　一千零一夜故事选/陶林等

凯尔特的曙光/叶芝　　　小王子/圣-埃克苏佩里

音乐的故事/罗曼·罗兰

让世上的人群匆忙闯入/泰戈尔

给青年诗人的信/里尔克

万物如此平静/梅特林克

枕草子/清少纳言

孩子的头发/米斯特拉尔

Pisces

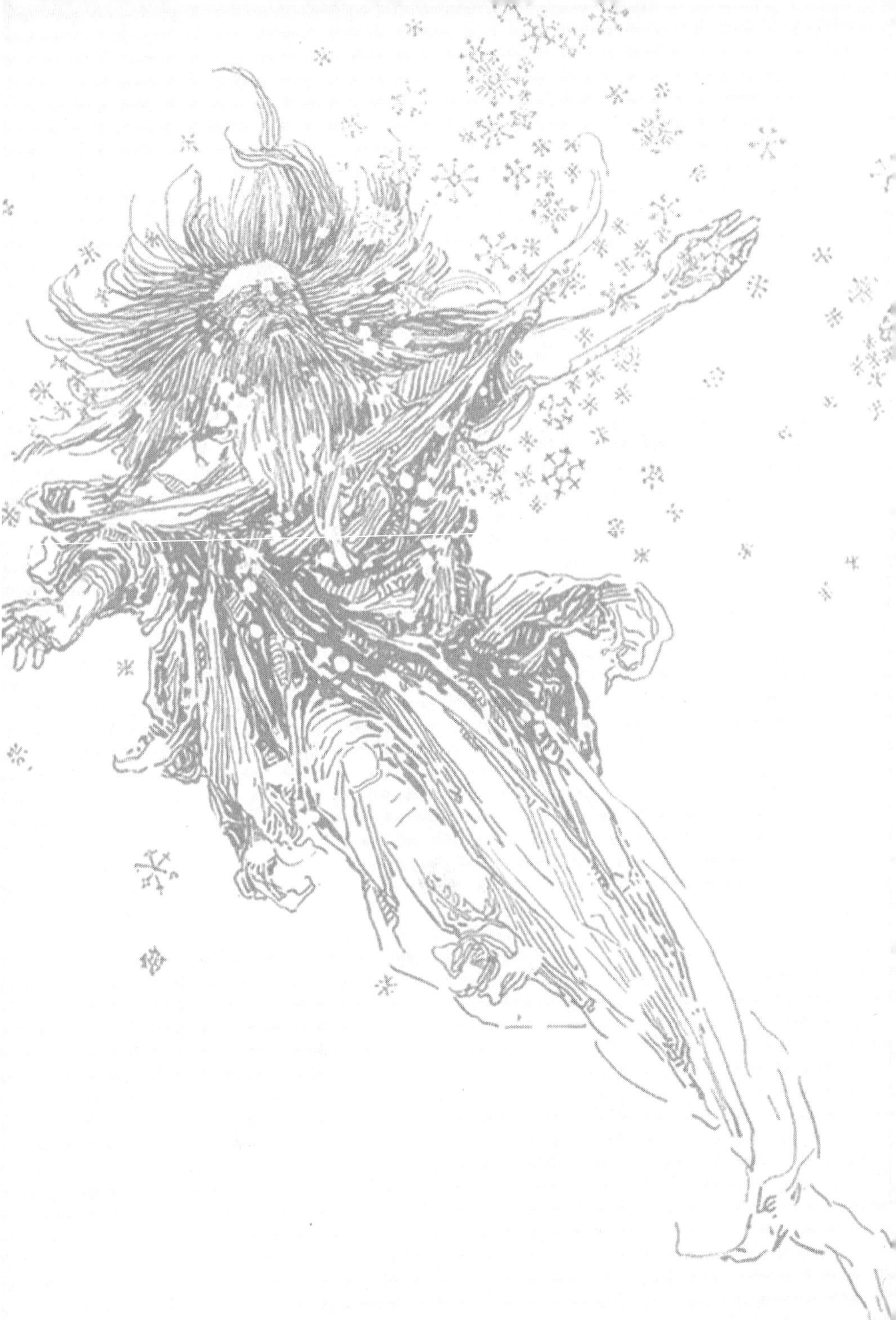